點燈人

EMMA STONEX

THE LAMP LIGHTERS

SP SELECT

艾瑪・史東尼克斯——作

獻給IFTS與KMS

作者的話

一九〇〇年十二月，遠在外赫布里底群島中的艾倫·莫爾島上，三名燈塔管理員從燈塔人間蒸發。他們的名字是：湯瑪斯·馬歇爾、詹姆斯·杜卡特，以及唐納德·麥克阿瑟。《點燈人》一書的靈感來自這起事件，並以尊敬的心情進行寫作，本書內容純屬虛構，與當事人與其個性無任何關聯。

「我們僵立片刻，沉默無言
各自心中懷著不祥預感注視著門
我們即將把它打開
離開陽光進入黑暗」

——威爾弗里德・威爾遜・吉布森（註1），〈弗蘭南島〉

「兩個不同的人；長久以來，我一直是兩個不同的人」

——摘自托尼・帕克（註2），《燈塔》

註1 威爾弗里德・威爾遜・吉布森——Wilfrid Wilson Gibson，一八七八～一九六二，英國詩人。〈弗蘭南島〉（Flannan Isle）一詩是他在一九一二年的作品，以一九〇〇年弗蘭南島三名燈塔管理員離奇失蹤的案件為主題。

註2 托尼・帕克——Tony Parker，一九二三～一九九六，口述歷史學家。

I

1972

1

接班

朱利打開窗簾，看到灰濛濛的天已經亮了。收音機播放著似曾聽過的歌。他邊喝紅茶邊聽新聞報導：一個女孩在北方的公車站走失了，可憐的母親傷心欲絕——那是當然的。朱利在腦中想像那個女孩的模樣：短髮，短裙，有一雙大眼睛，在冷風中發抖。他也想像到空無一人的公車站。先前應該有人在那裡，以溺水者般的動作招手；公車停下來又開走，沒有察覺到異狀，人行道在黑暗的雨中閃閃發光。

大海風平浪靜，呈現狂風暴雨之後特有的鏡面質感。朱利打開窗栓。新鮮空氣感覺幾乎像是可吃的固體，在海邊小屋之間發出叮噹聲，就如飲料中的冰塊般。沒有任何東西和海水的氣味一樣：鹹鹹的，很乾淨，令人聯想到放在冰箱裡的醋。今天的海沒有聲音。朱利看過狂風呼嘯的海與靜悄悄的海，驚濤駭浪的海與鏡子般的海；有時憤怒的大海會讓人感覺這艘船是人類僅存的依靠，甚至相信最荒誕的念頭，譬如大海是通往天堂或地獄的路徑，或是天上和深海潛藏著未知的怪物。曾經有個漁夫告訴他，大海有兩張面孔，你必須要了解它好的一面與壞的一面，千萬不能漠視任何一個。

經過漫長的等待之後，今天的大海總算有利於出航。他們今天就要去執行任務。

朱利負責決定要不要出船。即使風勢在九點時處於穩定狀況，也不代表到了十點仍舊相同。而且不論港口此刻的狀況如何，到了燈塔周圍就會增強到十倍的程度。比方說假設港口的浪高四英尺，那麼他可以猜想到燈塔周圍會有四十英尺高的浪。

這次要送去的是個二十多歲的小夥子。他有一頭金黃色的頭髮，戴著厚厚的眼鏡，讓他的眼睛看起來又小又局促不安。這個年輕人讓朱利聯想到被關在籠子裡、住在木屑裡的動物。他站在棧橋上，燈芯絨喇叭褲的褲口被濺起的海水打溼，使顏色變深。清晨的碼頭很安靜，只有一個遛狗的人，以及正在卸下牛奶箱的人。這是介於聖誕節與新年之間、寒冷而短暫的閒暇。

朱利和他的手下把這名男孩的行李（特利登協會的紅色紙箱中，放了兩個月的衣服和食物、新鮮的肉、水果、不是奶粉的正常牛奶、報紙、一盒茶葉、GV香菸）拖過來，用繩索把它們運下去，然後用防水布覆蓋。燈塔上的管理員應該會很高興——他們在過去四個星期當中，只能吃很稀的濃湯，最新資訊也只有上一個接班者帶去的《每日郵報》首頁。

淺水區的水面漂浮著海藻，海水打在船身周圍。男孩爬上船，腳上的帆布鞋都溼了。他像個盲人般摸索著船身，一隻手臂夾著用繩子綁起的包裹，裡面放的是他的個人用品，包括書本、錄音機、卡帶等打發時間的東西。看來他很有可能是學生。特利登近年來僱用很多學生。他的興趣大概是寫曲子吧。他會在燈塔上想，這就是人生。燈塔管理員都需要找些事情來做，總不能把時間都打發在跑上跑下樓梯。朱利很久以前認識一個手工很巧的管理員，在值班期間製作瓶中船，還做得很漂亮；後來燈塔上裝了電視，這名管理員就拋棄這項興趣，而且是真如字面上的意思：把工作道具從窗戶拋到海裡，從此之後空閒時間都坐在電視機前看電視。

男孩問朱利：「你做這行很久了嗎？」朱利說：「是啊，比你活過的歲月還要久。」男孩又說：「我沒想到可以成行。我從星期二就一直在等。他們讓我寄宿在村子裡，雖然住得不錯，但是也沒有好到讓我想要繼續待下去。我每天都望著外面想：到底什麼時候才能出發？那場暴風雨真的很誇張。我真不知道如果又來一場暴風雨，在燈塔裡會是什麼樣子。他們告訴我，沒有從海上看過暴風雨，就不能算是真正看過暴風雨。據說感覺就像整座燈塔即將從腳底崩塌，然後被海浪捲走。」

新來的人總是很多話。朱利認為這是因為緊張：他們擔心在渡海時遇到風向轉變，擔心靠岸是否安全，擔心燈塔上的其他成員是否容易相處，擔心自己是否能夠適應他們，擔心那裡的主任是什麼樣的人。那座燈塔還不屬於這個男孩，或許永遠不會屬於。臨時雇員來來去去，有時到陸地上的燈塔，有時到礁石上的燈塔，像彈珠臺的彈珠一樣，在全國各地往返。朱利看過很多像這樣的年輕人，一開始非常熱情，對這份工作抱持著浪漫的想法，但這份工作並沒有他們想像的那麼浪漫。三個男人孤立在海上的燈塔，沒有什麼特別之處，就只有三個男人和無盡的海。要有一定的特質才能承受被關在燈塔裡，忍受寂寞、孤獨、單調。在方圓幾英里內，除了海水以外什麼都沒有；沒有朋友，也沒有女人，日以繼夜只看到另外兩個人，無法逃離他們。這種生活簡直會把人逼瘋。

等好幾天、甚至好幾個星期才等到輪班也是常見的事。朱利曾遇過一名管理員因為接班者失蹤，結果在燈塔待了四個月。

朱利對男孩說：「你會習慣天氣的。」

「希望可以。」

「而且你不會比那個準備要回陸地的可憐蟲更火大。」

他的水手聚集在船尾憂鬱地看著海面，邊發牢騷邊抽菸，溼溼的手指沾溼香菸。他們就像一幅陰沉的海景畫中的人物，以厚厚的油畫顏料和粗糙的筆觸勾勒。其中一人喊：「還在等什麼？難道要等潮水在出發前轉向嗎？」船上也載了要去修無線電的工程師。一般來說，在輪班的日子，他們應該和燈塔之間已經聯絡五次了，但是暴風雨使他們斷了音訊。

朱利把最後幾箱行李蓋起來，發動馬達，船便出發了。船身在海中搖晃起伏，就如漂浮在浴缸裡的玩具般。一群海鷗在遍布鳥蛤的岩石上爭執，一艘拖網漁船發出「突突」的引擎聲駛入港口。當海岸線消失，海面變得更加動盪，白色水花在綠色的浪峰濺起又消失。更遠處的顏色更深，海面變成卡其色，天空則是不祥的灰色。海水拍打著船首，海面上出現條狀泡沫後又擴散開來。朱利叼著在他的口袋被壓扁、但仍舊勉強能抽的捲菸，雙眼注視著海平線。他的雙耳在冷風中感到刺痛。在他的頭上，一隻白色的鳥在遼闊而無彩色的天空盤旋。

朱利可以看到霧中的處女岩燈塔，孤單的塔尖高聳在遠方。燈塔位於十五海里外。朱利知道管理員比較喜歡離岸邊遠一點，免得從燈塔看到陸地而想到家。

新來的男孩背對著燈塔。朱利心想，背對著自己即將前往之處，這樣的啟程滿可笑的。男孩擔心著大拇指的擦傷，表情顯得虛弱而病懨懨的，感覺很生澀，不過每個海員最終都得適應才行。

朱利問：「小夥子，你以前上過燈塔嗎？」

「我之前在特雷弗斯（Trevose）燈塔，接著又到聖凱瑟琳（St. Catherine's）燈塔。」

「可是你沒待過海上的燈塔吧？」

「從來沒有。」

「要待在海上燈塔，必須具備膽量才行，而且還要和其他人員相處，不管他們是什麼樣的人。」

「喔，我可以適應。」

「那當然了。你的主任管理員是個好人，這點很重要。」

「其他人呢？」

「我聽說要小心那個兼職管理員。不過他跟你的年齡相仿，你們一定可以合得來。」

「他有什麼問題?」

朱利看到男孩的表情笑了,對他說:「你不需要那麼擔心。工作上有各種傳言,不過未必都是真的。」

風吹過海面,掀起陣陣波浪;海水在他們下方翻滾,黑暗的波濤拍打著船身;當浪花濺灑在船首,波浪便再度從深處湧起。朱利小時候從萊明敦搭船到雅茅斯時,會從甲板的欄杆往外看,注視著海水在不為人所知的地方悄悄展現如此驚人的景觀;大陸棚陡降而陸地消失,如果掉下去就會沉入好幾百英尺的深度;海中會有長嘴魚和星鯊,外型怪異、臃腫、閃亮的生物伸出柔軟的觸手,眼睛宛若白底藍紋大理石般。

燈塔越來越近,原本像一條線,接著變成直條狀,然後又變成手指的形狀。

「那就是處女岩燈塔。」

此時他們可以看到燈塔底部海水侵蝕的痕跡。那是長年以來的惡劣天候累積而成的傷痕。雖然朱利已經開船來過這裡無數次,但每次接近這座燈塔中的女王,總是會讓他產生特別的情感——感覺自己受到斥責、非常渺小,甚至懷著恐懼。這座燈塔建立於維多利亞時代,有五十公尺高,蒼白地聳立於海平線前方,做為保障海員安全的堅固堡壘。

朱利說:「它是最早完成的燈塔之一,建於一八九三年,在成功點燈之前曾經被摧毀過兩次。據說在狂風暴雨的時候，風吹過岩石之間，它就會發出好像女人在哭泣的聲音。」

燈塔的細節逐漸從灰濛濛的霧中顯現，可以看到塔上的窗戶、底下環狀的水泥平臺，以及通往檢修門的狹窄鐵製階梯（通稱「狗階梯」）。

「他們看得到我們嗎？」

「現在可以。」

然而朱利在說話時，雙眼搜尋著他預期應該出現在燈塔底部的人物。藍色制服、白色鴨舌帽的燈塔主任管理員，或是助理管理員應該要在那裡揮手迎接他們才對。那些管理員應該從日出就在觀察海面。

朱利注視著燈塔底部的波浪，考慮最佳的做法：是要繼續前進還是後退，要拋下錨或是繼續航行。冰冷的海水盪過水底一連串的礁石。當海水上漲，這些礁石會消失，當海面下降，它們就會像黑色閃亮的臼齒般浮現。朱利認為在所有燈塔中，主教、野狼和處女是最難靠岸的；如果要從中再作選擇，他認為處女岩燈塔難度最高。在水手的傳說中，這座燈塔是建立在海中怪物化石的牙齒上。在建造它的過程中，死了好幾十個人，這裡的礁岩也害死了許多迷途的水手。這座燈塔不喜歡外來者，也不歡迎訪客。

不過朱利仍舊在等待管理員出現。除非有人在靠岸設備的另一邊，否則他們沒辦法讓這個年輕小夥子下船。

此刻的海水起伏相當劇烈，他會一下子往下掉十英尺、一下子升高十英尺；一個不注意，繩索可能被扯斷，害他掉入冰冷的水中。

這是很驚險的工作，不過海中的燈塔就是這樣。對習於陸地的人來說，會以為大海好像很穩定，但朱利知道大海並不穩定，而是反覆無常、無法預期的。如果不提防，就會被它吞沒。

「他們在哪裡？」

朱利在海浪的聲音中，幾乎無法聽見他身旁的人在喊什麼。

朱利示意手下繞行燈塔。年輕小夥子和工程師的臉色都變得蒼白。朱利必須安撫他們，但他自己也感到不安。

在他開船到處女岩的這麼多年來，他從來沒有繞到燈塔的後方。

完全以花崗岩建造的燈塔高聳在他們前方。朱利探頭看入口處。這道緊閉的門高出海面六十英尺，以青銅打造。

船員高喊管理員的名字，並吹出尖銳的口哨聲。

在更高處，燈塔逐漸變細並往天空延伸，而天空則俯視著他們的小船迷惘地轉向。跟著他們飛到海上的那隻鳥再度飛來，不斷盤旋，叫著他們聽不懂的訊息。

男孩靠在船側，手中的早餐掉落到海裡。

他們坐在上下起伏的船上，一直等待。

朱利抬頭仰望燈塔，駛出它的陰影，耳中只聽見海浪沖刷在岩石之間的聲音，腦中想的是他今天早上在廣播中聽到的那個女孩，還有空無一人的公車站，以及毫不歇止的大雨。

2

燈塔奇聞

《泰晤士報》，一九七二年十二月三十一日，星期日

特利登協會得知該協會有三名管理員從處女岩燈塔失蹤。該燈塔位於距英格蘭東南端十五英里的海上。三名失蹤男子為：主任管理員亞瑟・布拉克、助理管理員威廉・比爾・沃克，以及兼職助理管理員文森・伯恩。發現三人失蹤的是當地船夫及其船員。他們在昨天早上原本要送接班的管理員到燈塔，並把沃克先生接回岸上。

目前失蹤者仍舊行蹤不明，協會也還沒有正式聲明。調查行動已經展開。

3

九層樓

靠岸過程花了好幾個小時。十幾個男人爬上「狗階梯」，舌頭上感覺到鹽巴與恐懼混合的滋味，耳朵和雙手也都凍僵了。

他們到達燈塔的門，發現門是從裡面鎖上的。這道鐵門是為了承受海浪與颶風而建造的，此刻則必須用臂力與棍棒破壞。

後來其中一人出現不斷發抖、臉色蒼白的症狀；部分理由是因為精疲力竭，部分理由則是在朱利的接班船沒有接到人、特利登協會叫這批人「去看看」之後，他心中一直有不祥的預感。

他們當中的三人進入燈塔。裡面很暗，有種發霉的生活氣味。這是海上燈塔在窗戶緊閉狀態很典型的氣味。倉庫裡沒有太多值得注意的地方：在黑暗中只看到龐大的物體輪廓，幾捆繩子、救生圈，以及上下顛倒懸掛的小艇等，沒有任何東西被動過。

管理員掛在這裡的雨衣在黑暗中看起來就像上鉤的魚。搜尋者朝著天花板上的檢查井呼喚管理員的名字，聲音沿著階梯往上迴旋。

亞瑟！比爾！文森！文森，你在那裡嗎？比爾？

他們的喊聲劃過寂靜的塔內，顯得格外詭異。在凝重的寂靜中，他們的聲音大到感覺不敬。他們並不期待有人回答。特利登告訴他們這是一場搜救行動，但他們的任務是要找到屍體。門是鎖上的，燈塔管理員逃亡的可能性已經消失。那些管理員一定在燈塔內的某個地方。

特利登協會交代過，要悄悄地把他們帶回來。過程要謹慎，找到能夠守密的船夫，不要大肆張揚，不要引起糾紛，不要讓任何人知道，另外也要確保燈塔沒問題——看在老天爺的份上，一定要有人去確認這一點。

三人一個接著一個爬上去。上面這一層的牆上排列著起爆劑和霧砲的火藥。這裡沒有爭鬥過的跡象。每個人都想到自己的家、自己的太太、自己的小孩（如果有的話），想到自己坐在溫暖的火爐前方，有人撫摸自己的背說：「親愛的，今天辛苦你了。」燈塔裡沒有家人，只有三個管理員，而這三人此刻已經死在燈塔內的某處。屍體在哪裡？那些屍體的狀況如何？

一行人來到四樓，看到石蠟槽。接著到五樓，這裡存放著燈頭用的油。其中一人再度呼喚管理員的名字，主要是為了驅走難以忍受的靜寂。現場沒有逃跑的跡象，沒有任何證據顯示那些管理員逃到其他地方。

他們離開存放燃油的樓層，爬上沿著牆壁內側通往燈室的鑄鐵螺旋樓梯。樓梯的扶手閃閃發亮。燈塔管理員是很特殊的人種，非常執著於室內環境的細節，不斷擦拭、清理、打掃。燈塔可以說是最乾淨的地方。他們檢查銅製扶手，沒有看到任何指印。這是因為管理員為了保持清潔，都會避免去碰扶手。除非有人跑得很急，或是有人摔倒而緊急抓住扶手，或是因為發生可怕的事件而一時忘我……不過這裡並沒有特別奇怪的跡象。

一行人的腳步聲聽起來就像死亡的鼓聲，堅定而深沉。他們已經在懷念安全的拖輪與陸地了。

他們來到廚房。這裡有十二英尺寬，中央有垂直通過的重錘管。牆上安裝了三個櫥櫃，裡面整齊堆放各種罐頭食品，有焗豆、蠶豆、米、湯、ＯＸＯ高湯塊、加工肉、鹹牛肉、醃菜等，角落則放置沒有打開的玻璃罐，裡面裝滿了法蘭克福香腸，看起來就像實驗室的組織標本。窗邊有水槽，紅色水龍頭打開是雨水，銀色水龍頭則是淡水。水槽旁邊晾著洗滌盆。在內牆與外牆之間、管理員用來儲藏食物的架子上，放了一顆枯乾的洋蔥。水槽上方有一個附鏡子的儲物櫃。管理員把這裡兼作浴室使用，因此放了牙刷、梳子、沐浴用品及古龍水。在它旁邊則是裝刀叉與杯盤的餐具櫃，每一件東西都一如預期收納得很整齊。牆上的時鐘停在八點四十五分。

「這是怎麼回事？」留著小鬍子的男人問。

桌上擺好餐具，準備迎接沒有吃的一餐。餐具只有兩份，各有一組刀叉及一張等著放食物的盤子，另外還有兩個空杯子、鹽巴和胡椒、軟管裝的芥末醬、已經清乾淨的菸灰缸。料理臺是美耐板材質，作成新月狀，剛好沿著重錘管周圍設置。料理臺下方擺了一張長椅和兩張椅子，其中一張的泡棉露出來，另一張則斜斜放置，彷彿坐在這張椅子上的人很匆促地離開座位。

另一名頭髮往後梳的男人檢查烤爐，確認裡面沒有在烤東西，不過溫度是下降的，烤箱裡也沒有東西。透過窗戶可以聽到海浪拍打底下岩石的聲音，聽起來宛若嘆息。

「我實在是搞不懂。」這句話與其說是回答，不如說是承認普遍而可怕的無知。

一群人抬頭看天花板。

重點是，在燈塔中沒有地方可以躲藏。從下到上的每一間房間，只要走兩大步就會碰到重錘管，再走兩步就會到另外一邊。

他們上樓到臥室。沿著彎曲的牆壁有三張香蕉形的床鋪，每一張的簾子都是打開的。這些床鋪都鋪得很整齊，床單繃得很緊，枕頭和駝色的被子摸起來很粗糙。上方有兩張較短的床是給訪客用的，而且都有附梯子。梯子下方是拉上簾子的儲物空間。頭髮往後梳的傢伙屏住氣拉開簾子，但卻只找到一件牛皮夾克和掛起來的幾件上衣。

他們爬到第八層，來到位於海面上方一百英尺的地方。客廳裡有一臺電視機和三張破舊的 Ercol 扶手椅。在最大的那張椅子（他們猜測那是主任管理員的椅子）旁邊的地上，放了一個杯子，杯裡殘留些許冷掉的茶。重錘管後方是來自樓下的暖氣管。也許主任管理員隨時都會下來見他們，告訴他們他剛剛在上面的燈室擦燈，其他人也在那裡，在外面的迴廊，所以很抱歉沒聽到呼喚聲。

這裡的壁鐘也停在同樣的時間：八點四十五分。

一道雙開門通往第九層的值勤室。死者有可能在這裡——緊閉的空間有可能阻止氣味外流。不過一如他們的預期，這裡也沒有人。那些管理員離開了這座燈塔，只留下燈。整整九層樓都沒有找到人。一行人來到樓頂，看到處女燈。這是一口巨大的煤氣燈，被宛若鳥翼般脆弱的鏡片覆蓋。

「到此為止。他們不見了。」

海平線附近形成羽狀的雲。風再度吹起，改變方向，掀動浪峰的白色泡沫。那些管理員彷彿一開始就不在這裡，或者是爬到樓頂飛走了。

II

1992

4

謎

《獨立報》一九九二年五月四日，星期一

作家計畫解開處女岩燈塔之謎

冒險小說家丹・夏普決心要調查當代最著名的海上懸疑事件，找出真相。夏普是海軍冒險類小說暢銷書《暴風雨之眼》、《寧靜水域》與《被擊敗的無畏艦》等書的作者。他從小在海邊長大，長久以來一直受到這起未解的失蹤案件吸引。這是他第一次嘗試非文學類寫作。他解釋：「我從小就深深著迷於處女岩燈塔的故事。我打算訪問事件中的核心人物，希望能夠對這起事件有新的了解。」

二十年前，在一九七二年的冬天，三名燈塔管理員從康沃爾郡的海上燈塔失蹤。該燈塔距離蘭茲角數英里。失蹤的管理員留下一些線索：入口的門是鎖上的，兩個時鐘停在同一時刻，餐桌上擺著餐具，準備迎接未吃的一餐。主任管理員的天氣紀錄上，記載著籠罩燈塔的暴風雨，然而天空卻不知為何相當晴朗。

這三名管理員究竟遭遇什麼樣的命運？夏普打算要找出真相。他補充：「這個謎充滿了小說家追求的各種元素，包括戲劇化的情節、懸疑、海上危機，然而它卻是真實發生過的事件。我相信所有的謎最終都能解開，重點是要追尋正確的方向。在我看來，應該有人知道得比我們想像的更多。」

5

海倫

應該就是他了——海倫看著那個男人把車停在街上稍遠的地方，心裡這麼想。那是一臺深綠色的 Morris Minor（註3）汽車，排氣管掛在車後，看起來就像叼著菸斗。海倫不知道他為什麼要開這樣的車。如果他的書真如宣傳中所說的，是銷售排行榜第一名，那他應該很有錢才對。

他雖然沒有在電話中提及自己的外表，不過海倫立刻認出他。也許海倫應該先問清楚，畢竟讓陌生人進入家裡必須非常謹慎，不過海倫相信那一定是他。他穿著海軍藍的雙排釦大衣，表情像學者般眉頭深鎖，彷彿好幾個小時都在埋頭寫作。他比海倫想像的年輕，還不到四十歲。

註3 Morris Minor——英國平民車品牌。

「走開。」海倫漫不經心地對她的狗說。狗狗的鬍鬚擦過她的手掌。「結束之後，我會帶你出去。」她會走到樹林裡，在潮溼的泥土上遛狗。想到結束之後的事，讓她的心情稍微平靜了些。

作家背著帆布包。海倫猜想包包裡大概塞滿了收據和打火機。她可以想像作家的房間裡床鋪凌亂，有幾隻貓睡在工作檯上。他的早餐是從破舊的紙盒倒出來的麥片，可是他的牛奶用完了，所以只好從水龍頭加水。他會抽根菸，思考處女岩燈塔的事件，並寫下他要問的問題。

過了這麼多年之後，海倫仍舊保留這樣的習慣。每當認識某個新的對象時，她會首先以她自己的衡量標準來評估對方：他們是否跟她一樣，失去過某個重要的人？他們是否了解這樣的感受？他們是否站在她這一邊，或是站在遙遠的另一邊？她並不認為這位作家是否曾經遭遇同樣的經驗很重要。既然是作家，應該可以想像才對。

不過關於這一點，海倫抱持懷疑態度：他能夠想像到無法想像的事物嗎？海倫覺得這種感覺就好像往下墜落，處於無重力狀態，不相信任何東西，想要被抓住卻沒有人伸出手，一年又一年過去，她只是繼續墜落，沒有結果、沒有真相、沒有解脫。對於感情失敗，或是被炒魷魚的人，近年來流行用「解脫」一詞來形容。海倫心想，從那些情況重新出發簡單多了。那些情況不會把你從岩石上推下去，讓你一直往下掉。那三個人好像隨風消失，沒有痕跡、沒有理由、沒有線索。這位名叫丹·夏普的作家專門寫戰艦、武器，以及在造船廠喝得醉醺醺的男人，他對這起事件能做出什麼樣的想像？

她很想要和有同樣遭遇的人交流。她會認出他們，而他們也會認出她。她可以從他們臉上看出他們的失落——不是很明顯的跡象，而是某種悲痛或放棄的表情，就如她長久以來想要擺脫的幽魂。她會說：「你們也懂得，對不對？」沒人知道他們會做出什麼樣的回應，不過如果沒辦法得到善意與理解，這樣的交流還有什麼意義？

在此同時，她每天早上換衣服時，仍舊會看到那些幽魂從櫃子裡的衣服之間溜出來，讓她打哆嗦。她也會看到他們蹲在角落，剝著大拇指的皮。心理治療師（她已經很久沒去找他們）告訴她，她無法得到確定性，而確定性是一個人至少可以掌握的東西。

作家來到屋子前方，打開柵欄的門。由於門閂生鏽了，因此他在進來之後花了一番工夫才關上門。廚房裡的收音機正播放著〈史卡博羅市集〉（註4）。聽

註4〈史卡博羅市集〉——Scarborough Fair，英國民謠。歌詞描述一名男子要求前女友為他完成各種不可能的任務，譬如不用針線製作襯衫等。

到這首憂鬱的旋律唱著海水、細亞麻襯衫，以及真愛中的酸苦多於甜蜜，就讓海倫感到暈眩。她有時候會對於亞瑟等人的失蹤事件產生奇特的想法，不過她通常都避免去想這些念頭。不論燈塔有什麼樣的祕密，那些男人的祕密已經沉到海底，而她的祕密也一樣。

海倫對於丈夫只有片段的回憶，枯乾的鱗片就如從廚房的門吹進來的落葉般。有時她能夠捕捉其中之一並仔細端詳，不過通常她只是看著這些樹葉在腳邊飛舞，懷疑自己要怎麼打起精神去掃這些樹葉。

亞瑟失蹤之後，一切都沒有改變——歌曲繼續被寫出來，書本繼續被閱讀，戰爭沒有結束，在特易購超市有一對情侶在推車前吵架，最後上了車用力關上門。生命毫不留情地不斷更新，時間之流以它慣常的節奏奔馳。來來去去，開始與結束，在理智的潮流中把東西整理歸位，不去理會在郊外森林裡發出的吹哨聲。一開始是乾燥的嘴脣吹出來的口哨聲，在這麼多年之後，蛻變成嘹亮而持續的音符。

她現在又聽見這個音符，伴隨著門鈴的聲音。海倫把雙手插入開襟毛衣的口袋裡，手指搓揉著毛衣的線頭。她喜歡用指甲搓揉線頭的觸感，感覺得到疼痛，卻又不會太痛。

6

海倫

請進。進來吧。抱歉，屋裡很亂。我很感謝你說不會，不過是真的很亂。你要喝咖啡還是紅茶？紅茶？好的——你要加牛奶和砂糖嗎？當然了，現在每個人都要加牛奶和砂糖。我祖母以前喝茶的時候不加牛奶，而是放一片檸檬，不過現在不太有人這麼做了。要不要吃蛋糕？很抱歉不是我自己做的。

你是作家吧？太棒了，我以前從來沒有見過作家。大家都說自己也能寫書，我自己也想過，不過我不是作家——我可以想像自己要寫什麼，可是卻很難傳達給其他人。我想這就是一般人跟作家的差別吧？亞瑟死後，大家都跟我說，我應該把自己的心情寫下來，這樣才能把這些念頭逐出我的腦袋。你身為創作者應該也相信，從事創作活動讓你感覺像是更完整的人吧？不過我沒有寫出任何東西。我不知道要寫什麼東西給陌生人看。

真不敢相信，已經二十年了。我可以問你為什麼要選擇我們的故事嗎？如果你期待我先生像你書中那些彪形大漢，或是我會告訴你特別任務或沉船之類的故事，那麼你最好改變主意。

沒錯，如果你相信傳言，那起事件的確感覺很神祕；不過我是局內人，又和當事人很親近，所以不會有那樣的想法。你真的不需要感到抱歉。我可以很自在地談亞瑟的事。談起他會讓我覺得他仍舊在我身邊。如果我假裝這件事沒有發生過，那麼我大概早就出問題了。一個人必須接受生命中發生的事。

這些年來我聽過很多傳言，像是亞瑟被外星人綁架、被海盜殺死、被走私者勒索、他殺了其他人，或是其他人殺了他，或者也有人說他們彼此殺害之後自殺——理由是為了女人或債務，或是被沖上岸的藏寶箱。有人說他們被鬼魂糾纏或是被政府綁架，被間諜威脅或被海蛇吞噬；有人說他們當中某一個，或是全都發瘋了；有人說他們藉由地圖上的十字記號，在南美洲的農場找到寶藏，現在過著沒人知道的祕密生活；有人說他們航海到廷巴克圖（註5），因為太

註5 廷巴克圖——Timbuktu，馬利共和國的城市，位於撒哈拉沙漠南端，常被視為神祕的地方。

喜歡那裡就不回來了……當盧肯伯爵（註6）在事件發生的兩年後失蹤，有人說他去無人島遇見亞瑟他們，而且還有從百慕達三角洲穿越過去的可憐蟲在那裡。說真的，你應該會比較喜歡這樣的故事，可是這實在是太可笑了。我們現在不是在你的世界，而是在我的世界。這不是驚悚故事，而是我的人生。

五分鐘可以嗎？我是指蛋糕的大小：把蛋糕想成時鐘，切成五分鐘的角度。把你的盤子給我吧。我得承認我從來就不擅長烘焙。我也不知道為什麼。亞瑟比我更擅長做這種事。你知道他們在受訓的時候，也會學烤麵包嗎？要當燈塔管理員，必須學習各種技能才行。

在所有燈塔裡面，我覺得主教燈塔的名字最好聽。這個名字會讓我想到西洋棋的主教棋子，文靜而莊重。亞瑟很會下西洋棋，所以我從來不跟他下棋。我們兩個都很好勝，我不讓他，他也不讓我。身為燈塔管理員有太多時間要打發，所以他必須熱中於打牌和各種遊戲才行。玩紙牌遊戲也是和同事親近的方式。還有茶！管理員最擅長的就是喝茶，可以每天喝下三十杯。有很多燈塔唯一的規則就是在廚房的人要泡茶。

註6 盧肯伯爵——Lord Lucan，一九三四年出生，於一九七四年其子女的保母死於家中、妻子也指控遭到他攻擊之後失蹤。

你會發現，燈塔人都很普通。希望你不要感到失望。外面的人都以為這是很神祕的工作，畢竟我們過著很封閉的生活；他們以為和神祕的燈塔管理員結婚，生活一定充滿魅力，但實際上並非如此。簡單地說，和燈塔管理員結婚必須要有心理準備，面對長時間的離別，在一起的時間則濃密而短暫。那段親密的時間就好像遠方的朋友重聚，雖然很興奮，但也具有挑戰性。在度過八個星期只屬於自己的生活之後，突然有一個男人闖進屋裡成為一家之主，而自己只能屈居副手——這種情況有時會讓人覺得很不自在。像我們這樣的婚姻，不能算是一般的關係。

你問我懷不懷念大海？完全不會。事情發生之後，我等不及要搬離海邊。這就是為什麼我會來到城市。我從來就不喜歡大海。我們以前住在管理員的小屋時，周圍都是大海；從窗戶望出去，不論往哪裡看，都只能看到海景。有時候我會覺得自己好像住在金魚缸裡。

當暴風雨來臨的時候，會看到很壯觀的閃電，另外日落也很漂亮，不過整體來說，大海都灰濛濛的，沒有太大的變化。

話說回來，海水應該比較像綠色而不是灰色，就像鼠尾草，或是 eau de Nil（淺藍綠色）的顏色。

你知道「eau de Nil」是「尼羅河之水」的意思嗎？我以前以為那是「零之

水」（註7）的意思。這也是海水給我的感覺，所以我到現在還是把它想成「零之水」。

不論是亞瑟失蹤的那天，或是今天早上，我都完全無法了解發生什麼事了，不過痛苦還是會減輕。時間可以在自己和事件之間拉開距離，在回顧過去時不會產生跟以前一樣的情緒。那些感情已經平靜下來，不像一開始那樣立刻就浮現在腦中。弔詭的是，有時候我會覺得這一切沒什麼好奇怪的，大概是海浪打上來把他們捲走了，可是有時候我又會覺得整起事件太古怪了，讓我無法呼吸。有很多細節是我無法忘記的，像是鎖上的門，或是停止的時鐘。這些細節一直糾纏著我。當我晚上想到這件事，就得努力驅逐腦中的念頭，否則就沒辦法睡覺。我會想到從小屋窗戶望出去的海面，看起來既遼闊又空虛，而且非常冷漠，因此我必須打開廚房的收音機來陪伴我。

我猜想事情就像我剛剛說的：他們不小心被突來的海浪捲走了。這就叫做「奧坎剃刀」法則（註8）。這個法則告訴我們，最簡單的答案通常就是正確答

註7 零之水——Nil在法文是指尼羅河，在英文則是零的意思，因此才會把eau de Nil（eau de＝法文「之水」）解釋為零之水。

註8 奧坎剃刀法則——Ockham's Razor，十四世紀邏輯學家奧坎的威廉（William of Occam）提出的法則。

案。如果碰到一個謎題，不要把它想得比實際上更複雜。

亞瑟淹死了——這是唯一合理的解釋。如果你不同意，那麼你就會跟我剛剛說的那些人一樣，去相信天馬行空的鬼故事或陰謀論之類的妄言。人們會相信任何事情，而且往往相信謊言更勝於事實。這是因為謊言更有趣。就像我說的，當你每天看著大海，就會覺得大海並不有趣。不過我完全不懷疑，一定是大海帶走了他們。

你去過海上燈塔嗎？你必須了解，海上燈塔是直接矗立在海面上的，不像島嶼燈塔，周圍至少還有一些土地可以走在上面，或是種些蔬菜、養幾隻羊之類的。那裡也不像陸地上的燈塔，仍舊可以待在本土，離自己的家人很近，沒有值班的時候可以開車到村裡，過著正常的生活，只要在值班的時候盡到自己的責任就行了。海上燈塔周圍就只有海，所以燈塔管理員只能待在燈塔裡，或是到底下的平臺。如果想要做運動，可以在平臺上慢跑，可是如果跑太快，就會繞得頭昏眼花。

喔，對了，真抱歉，平臺就是指燈塔入口大門底下的臺座，圍繞燈塔一圈，就像甜甜圈一樣。平臺大概高出海面二、三十英尺，聽起來好像很高，可是當你在平臺上，只要一個浪頭打到你身上，就可以把你捲走。我聽過有管理員在那裡釣魚、賞鳥，或是看書打發時間。我相信亞瑟也會做這種事。他是個很愛看書的人。他說在燈塔上他有很多時間可以學習，所以他會帶各種主題的書過去，包括小說、傳記和關於太空的書。他對地質學產生興趣——他會收集整理石頭和岩石之類的，說這一來就可以了解不同的地質年代。

不論如何，平臺是在燈塔上唯一能接觸到新鮮空氣的地方。燈塔的牆壁很厚，沒辦法直接從窗戶探頭出去，而且窗戶是雙重結構，有外窗和內窗，兩者之間有三、四英尺的距離，要探頭出去還得坐在中間狹窄的空間，一定很不舒服。另外也可以到樓上的迴廊——就是在燈塔最上面的燈室外圍，有一圈圍繞燈塔的走道，不過那裡沒有很大的空間，而且從那裡釣魚要有很長的釣魚線才行。

事情大概就是這樣：他們當中的一個人到外面——我不想亂猜，不過有可能是亞瑟。他喜歡享有獨處的時間。也許他當時到外面的平臺，坐在那裡看書。外面風平浪靜，只有一級或二級風，然後突然不知道從哪來的一個大浪，把他捲走。你要知道，大海有時會這樣。亞瑟以前在愛迪斯敦燈塔的時候，曾經遇到過這種情況。他當時剛升上助理管理員，正要去晒衣服的時候，海面上突然捲起一陣大浪把他沖倒。幸運的是他的夥伴剛好在旁邊抓住他，要不然我會在事件發生的好幾年前就失去他。他嚇壞了，不過安然無恙，只是他洗好的衣服沒那麼好運。我猜他大概再也沒有看到那些衣服。在他值班期間結束之前，他都得向其他人借衣服才行。

不過這種事不會影響到亞瑟。燈塔管理員不是浪漫主義者，他們不會神經兮兮地鑽牛角尖。這份工作的重點，就是要保持腦袋冷靜，做該做的事，要不然特利登協會不會僱用他們。即使大海充滿危險，亞瑟也從來不怕海。他曾經告訴過我，在暴風雨的時候，浪花甚至會濺到燈塔的廚房窗戶。別忘了，那裡距離海面有八十到八十五英尺。大石頭也會撞擊燈塔底部，搖晃整座燈塔。要是我在那裡，一定會很害怕，可是亞瑟不怕。他覺得大海是支持他的。

他來到陸地上時，有時會顯得不太舒服，就好像離開水的魚一樣。他不知道在陸地上該怎麼生活，卻很熟悉在海上該怎麼生活。當我送他回燈塔、跟他道別的時候，我看得出他很高興可以和燈塔重逢。

我不知道你出過多少本關於大海的書，不過寫一個關於大海的故事和描寫真實的大海是不一樣的。大海會在你不注意的時候突然攻擊你，在彈指之間改變心意，完全不管你是誰。亞瑟有各種辦法去預測海況，像是雲的形狀，或是聽風吹在窗戶上的聲音。他可以從聲音來判斷風是六級還是七級。他是我認識的人裡面對這方面最有經驗的。如果像他那樣的人都會遇難，那就證明大海真的非常善變。也許他有時間喊救命，然後其他人跑來想要救他，結果因為平臺太滑，再加上大家驚惶失措，很快地三人都被捲入海裡。

比較奇怪的是門是鎖上的，不過我可以提出自己的看法。我唯一想到的就是，那裡的門為了承受各種衝擊，所以是很厚重的青銅門板，有可能因為一陣風吹來而重重地關上。門從裡面上了門閂這一點一直讓我苦惱。我的想法是，燈塔的門用的是很沉重的鐵棒，所以有沒有可能是關上的力道太大，讓門閂剛好掉下來……？

我也不知道。如果你覺得聽起來很蠢，那你自己去找其他理由，然後在你半夜開始思考種種細節的時候，選一個你最喜歡的。停止的時鐘、鎖上的門，以及擺好餐具的餐桌會刺激你的想像力，對不對？不過我的看法比較現實。我不是個迷信的人。我猜不論是誰負責當天的晚餐，應該都會依照慣例先擺好餐具。在燈塔上，食物是很重要的，而且燈塔管理員是非常墨守成規的。只有兩人份的餐具這一點，我猜大概是因為他還來不及準備第三份吧。

至於那兩個停在同一個時間的時鐘？那種情況很特殊，不過也不是不可能發生。或許這是那種在擴散時遭到扭曲的傳言之一：有個聰明人編出這個說法，結果有一天就被當成事實了；但其實這不是事實，而是無益的謊言。

我原本希望特利登協會把他們當作溺死處理，免得讓家屬處在不確定的狀況中，可是他們一直沒有做出結論。在我心中，這是一起溺水的意外事件。我很慶幸自己心中得到結論。即使不是正式結論也沒關係，我需要這樣的結論。

珍妮·沃克（比爾的太太）有不一樣的看法。她寧願不要得到答案。她覺得如果得到答案，就會奪走比爾生還的所有可能性。我知道他們不會生還，不過人們總是用自己的方式來面對不幸。我們沒辦法強迫別人要怎麼哀悼。這是很個人、很隱私的事情。

發生這種事之後，我們這些女人、妻子應該要團結在一起才行，但是很遺憾地，情況並非如此。自從第十年的紀念日之後，我就沒有見過珍妮；即使在那一天，我們也沒有交談，甚至沒有接近彼此。我不希望這樣，但是也沒辦法，事情就是這樣。不過我還是嘗試著要改變。我相信人們應該分享內心的感受。發生這麼悲慘的事件之後，我們不應該獨自承擔痛苦。

所以我才會跟你談。

你說你關心的是真相，我想我應該也一樣。真相就是，女人對彼此來說是很重要的，甚至比男人更重要。這應該不是你想聽的。

你要寫的書就跟你其他的書一樣，是關於男人，對吧？男人總是比較關心男人。

可是對我來說卻不一樣。

他們三人留下了我們三人，而我關心的是留下來的人。我關心的是我們可以如何理解這起事件——如果還有辦法的話。

你身為小說家，大概會著重在迷信之類的話題，不過請記住，我並不相信那種東西。

你問哪種東西？別傻了。你是作家，你自己去想吧。這麼多年來，我了解到世上有兩種人：一種人在黑暗寂靜的屋裡聽到嘎吱聲，會覺得那是風聲而關窗；另一種人則會點亮蠟燭，去看到底發生什麼事了。

7

巴斯
西丘
桃金孃崗16號

康瓦爾郡
莫特海芬
凱瑟小屋
珍妮佛·沃克　收

一九九二年六月二日

珍妮：

自從上次寫信給妳，也過了好一陣子。雖然已經不期待妳回信，不過我還是一廂情願地相信妳讀過我的信。至於妳的沉默，就算不代表原諒，我也希望能夠解釋為我們之間的和睦狀態。

我想要告訴妳，我打算接受夏普先生的訪談。我並不是隨便做出這個決定的。我跟妳一樣，從來沒有向外人透露過關於那起事件的資訊。特利登協會要求過我們，我們也遵守了規定。

可是我已經不想再隱藏祕密了。二十年是很長的時間。我逐漸變老，有很多事情想要放下。為了種種理由，這麼多年以來我一直默默承受許多事情，但是我現在必須告訴別人。希望妳能夠了解。

祝闔家平安。

海倫

8

珍妮

午餐之後就開始下雨。珍妮討厭下雨。她討厭小孩子在雨天溼答答地進屋子裡，把屋子弄得髒兮兮的。尤其是在她剛打掃完時，漢娜推著雙人用嬰兒車進來的時候。這種時候，見到孫子的喜悅也比不上清理屋子的麻煩。

他在哪裡？已經遲到五分鐘了。又不是珍妮想要見他，是他自己想要拜訪還遲到，實在是太沒禮貌了。珍妮之所以會答應見他，純粹是因為海倫的關係。她不能讓海倫說些關於她的謊言（或真話），然後被寫進書裡，給全世界的人閱讀。這位作家顯然很有名。珍妮對此並不感興趣。她並沒有閱讀的習慣，一個月兩次的算命對她來說已經足夠了。

這個男人無疑在期待珍妮會隆重歡迎他。身為富裕的上流階級，他可以隨心所欲，不在乎自己遲不遲到。接下來他就會用溼溼的鞋子踐踏室內。珍妮覺得主動要求訪客脫鞋很尷尬。他們應該在被要求之前就主動脫鞋才對。

她現在很討厭下雨。長年以來，當她看到下雨，就會想到比爾的值班時間要延長，她要等更久的時間才能和比爾重逢。在過去那段她會跑去迎接比爾回來的日子裡，她非常執著於天氣，擔心天氣一變化，接比爾的船就沒辦法出發。可是她越是觀察，天氣似乎就越容易產生變化，簡直就像是在欺負她。他們原本打算在比爾退休之後搬到西班牙，用他們存下的一點點錢在南部買棟有游泳池的房子，在露臺上陳列陶製花盆，門口綻放粉紅色的花，孩子們也會在放假的時候來玩。珍妮在太陽底下感覺狀況比較好。雨天會讓她的心情沉入谷底，而英國的雨會連續下好幾個月，更令人感到沮喪。如果他們真的搬到西班牙，她一定會好很多。在那裡連骨頭都可以晒得暖暖的。當太陽下山，他們就會喝白蘭地亞歷山大。最近每到下雨天，她就會想到這個夢想永遠不會實現。

海倫的信躺在垃圾桶裡。珍妮應該要在打開信封之前就把它撕毀。每當海倫的信落入信箱裡，珍妮就會告訴自己，她要點火柴把那封信燒了，或是把它撕成碎片，塞到排水溝裡。

但她從來沒有這麼做。她的姊姊告訴她，讀海倫的信可以讓她更接近比爾。不管她喜不喜歡，那些信是她與失蹤的丈夫之間的連結。海倫的信證明那段生活實際發生過。他們曾經結婚，曾經相愛，曾經幸福。那不是一場夢。

客廳裡的電視原本在播放《女作家與謀殺案》（註9）的一集，可是畫面卻變黑了。珍妮從長椅起身，用力拍一下電視。畫面回來了，主角正躲在衣櫃裡等槍手離開。珍妮心想：我也可以這麼做。我可以躲在櫥櫃裡，假裝不在家。不過那位丹・夏普隨時會來。如果珍妮不跟他談，就無法得知那個賤人編了什麼謊言。雖然珍妮這些年來讀過許多關於處女岩燈塔的各種荒謬言論，明白必須抱持極度懷疑的態度去看待這些垃圾，但她還是覺得自己有義務要在意。每當她在報紙上看到一則報導，她就要打電話找負責人談，以便陳述自己的主張並糾正他們，就好像她有義務要保護的某個家人一樣。

外面的天空變得陰暗。在隔著許多屋頂的遠方，可以看到一小片海。這一小片海對珍妮來說，就如同緊緊抓住的救生圈。她需要看到這片海在那裡，做為她最接近比爾的地方。在天候惡劣的日子，當她看不到海，就會感到驚恐，想像那片海消失了，她無法到達海邊，或者海水完全乾涸，而她丈夫的屍骨赤裸裸地躺在沙地上。

燈塔管理員絕對不會拋下自己的燈塔。

註9　女作家與謀殺案——Murder, She Wrote，一九八四～一九九六年的美國電視劇，主角為年長的推理小說女作家。

比爾失蹤的時候，珍妮聽到很多人這麼說。

那麼他究竟做了什麼？這些年來，珍妮已經習慣於不知情，甚至對這樣的狀態感到舒適自在，就好像一雙鞋底有洞而失去功能的破舊拖鞋，但她仍舊不會脫下來。

太太也不會拋下自己的丈夫。珍妮絕對不會搬走，直到有一天她得知事實真相，或許就能夠安心睡著。

她聽到訪客拖著腳步來到門口，伴隨吸菸者慣有的咳嗽聲。訪客敲了門，讓珍妮嚇了一跳。她握緊顫抖的手，這才想起來：對了，門鈴壞掉了。

9

珍妮

我本來想開車去見你，可是車子爆胎了。我在等我的姊夫來幫我修理。我不擅長修理車子。比爾以前會做這些事，可是他不在了。幸虧卡蘿和羅恩住在附近。要是沒有他們在，我大概沒辦法應付吧。

進來吧，我來開燈。我平常在家裡不會開很多燈，免得浪費錢。特利登協會提供我們津貼，可是我很快就會花掉自己的份。我沒辦法工作，所以也沒有額外的收入。我從來就沒有工作過。當比爾在顧燈塔的時候，我在家裡照顧小孩，所以我能做什麼？我根本不知道怎麼開始工作。我不知道自己能做什麼。

言歸正傳，告訴我你想知道什麼吧。待會有人要來幫我修電視，所以我沒有太多時間。我不能沒有電視。我一整天都開著電視來陪伴我。電視關上時，我就會感到寂寞。我最喜歡的是舞臺布景很華麗的猜謎節目。我喜歡看《家庭財富》（註10），就是因為它閃亮的燈光和獎金。我喜歡像那樣色彩繽紛的節目。我上床睡覺的時候也習慣開著電視，這一來我起床的時候它也是打開的，我就有個對象說早安。電視可以讓我不去想些有的沒的。尤其是在晚上，最容易想太多。

你要寫的主題很灰暗。不用你來寫一本書，這起事件也已經夠糟了。我不了解為什麼有人會想要閱讀人生的黑暗面。這世上已經有太多悲慘的事，為什麼不寫更多關於美好事物的小說？去問你的出版商吧。

你想喝點什麼嗎？我有咖啡，可是已經沒有紅茶。因為車子出毛病，我沒辦法去買東西，而且我又不喜歡走路，更何況我自己也不喝茶。你連水都不需要？好吧，隨你的便。

那是在鄧傑內斯（註11）拍的家庭照片。我孫子五歲，那對雙胞胎兩歲。他們是漢娜的小孩。她不想這麼早就生孩子，可是還是生了。漢娜是我最大的孩子，接著是茱莉亞，她現在二十二歲；然後是馬克，二十歲。兩個女兒的年齡差距比較大，是因為比爾常常不在家，所以我們花了好一陣子才懷孕。喔，我

註10　家庭財富——Family Fortunes，一九八〇年開始播放的英國猜謎節目。
註11　鄧傑內斯——Dungeness，位於英國肯特郡的岬角。

不覺得我當祖母太年輕。我覺得自己很老，比實際年齡還要老。我在他們面前會裝出很有精神的樣子，免得讓他們每次來都看到外婆悲傷的表情，可是我得很努力才行。比方說在比爾的生日或我們的結婚紀念日，我只想待在床上，甚至不想起床去開門。我不在乎自己能不能繼續前進。我看不出有什麼必要。我永遠無法忘記那起事件。

你結婚了嗎？沒有——我就知道。我聽說作家都是這樣，專注於自己腦中的事物多過外界的事物。

我沒有讀過你的小說，所以我不知道你寫過什麼樣的故事。你好像有一本書改編成電視劇，叫做《海王星之弓》，對不對？事實上，我有看過那部電視劇。ＢＢＣ在聖誕節之前播過。那部還不錯。是你寫的吧？很好。

我不知道你為什麼會對我們的事感興趣。你對燈塔或是在燈塔裡面工作的人一無所知。有很多人對那起事件充滿興趣，可是不會想到要拿來寫出娛樂作品。不管你覺得自己多厲害，你都沒辦法解決這個謎。

我跟比爾是青梅竹馬的情侶。我們從十六歲的時候就開始交往。在比爾之前，我沒有跟其他男人交往過，在他之後也沒有。對我來說，我們仍舊是夫妻。即使到現在，當我沒辦法做出決定（像是我孫子要來喝下午茶的時候，我該去超市買多少魚柳條），我就會問自己比爾會怎麼說。這樣可以幫助我做決定。

我無法了解那些和自己丈夫吵架的女人。她們動不動就發牢騷，在大家面前數落自己的丈夫，像是把髒衣服丟在地上，或是沒有好好洗碗。那些女人只會抱怨，也不想想自己有多幸運，每天晚上可以跟丈夫在一起，不用想念對方。她們說得好像髒衣服或洗碗盤很重要一樣，可是那些事在生命中並不重要。如果沒辦法容忍這些小事，一開始就不應該結婚。

你想知道關於比爾的什麼事？首先，他會鄙視那些愛管閒事的局外人。不過這點對你沒什麼用處吧？

比爾從小就註定要當燈塔管理員。他的母親在他還是嬰兒的時候就過世了（這是一場悲劇，他母親是在生他的時候死的），所以在他成長的過程中，家裡就只有父親和哥哥。他父親是燈塔管理員，還有他祖父和曾祖父也都是燈塔管理員。比爾是從事這一行的三兄弟當中最小的一個。他沒有別的選擇。他的確討厭這份工作。我相信他內心深處也許想要做別的工作，可是沒有人問過他的意見，所以他從來就沒有機會反對。他在那個家裡沒有任何權力。

他總是想要討其他人歡心。他跟我說過，「珍妮，我只想要過輕鬆的生活。」我回答他，這就是我在他身邊的目的。我要讓他的生活變得輕鬆。我們都來自不快樂的家庭，這也是我們當初會在一起的理由。我了解比爾，他也了解我。

我們不需要向對方說明。我們只想要一般人覺得理所當然的東西，像是舒服的屋子，還有餐桌上熱騰騰的飯菜。我們想要讓孩子過更好的生活。我們想要得到過正常日子的機會。

一開始我們很幸運，被派駐到岸上燈塔，可以住在一起，或是派駐到有提供住宿的礁岩燈塔。我們剛開始交往的時候，我就告訴他：我討厭自己一個人，一定要有人陪在我身邊；如果你要跟我結婚，就得依照我的意思。這份工作還算通融，但是我知道總有一天他會被派到海上燈塔。我很害怕那一天來臨。這一來我就會有很多時間都沒有他陪伴，必須像那些可憐的單身母親一樣撫養小孩。通常是沒有家庭的男人才會想要到海上燈塔，就像那個兼職管理員文森，不需要照顧任何人，所以也不在乎被派到哪裡；可是我們不一樣，我們在乎。我們根本不想去那座可怕的海上燈塔，卻還是被派去了，讓我很生氣。結果看看發生了什麼事！

處女岩燈塔的環境是最惡劣的。它離海岸很遠，而且外觀又醜又嚇人。比爾跟我說過，那座燈塔裡面又暗又悶，而且讓他產生不好的感覺。他的說法是「很糟糕、很沉重的感覺」。我現在當然常常想起這件事。我真希望自己當時多問他一點相關的問題，可是我通常會改變話題，避免讓他感到不愉快。我也不希望他在岸上的時候花太多時間去想那座燈塔。那座燈塔已經占據他夠多時間了。我們要等好久才能等到他回來，所以當他回來的時候，他必須把心放在這裡才行。

比爾出發的前幾晚是最難受的。他一回到岸上，我就為了他會再度離開而難過。這真的是很浪費的一件事。當他在家的時候，我應該好好享受他的陪伴才對。我太執著於他會再度離開的念頭了。最後幾晚我們總是依照慣例度過：我們會坐在長椅上看《唬人遊戲》（註12）或其他不需要花腦筋的節目。比爾說他在離開之前會得到感應——這是他形容他產生那種感覺的時候用的說法，根據他的形容，那是不安與悲傷的感覺。他說那種感覺就像水手回家休息之後要重返船上，必須花幾天的時間才能適應離家的感覺。在適應之前，他們會感覺好像失去真實的生活，必須努力調節心態才行。比爾在離開家之前就會產生這樣的感覺。預期陷入這種心境，幾乎同樣糟糕。他會從窗戶望著處女岩燈塔在遠方等他。天黑之後，燈塔亮起來，就好像在說：「哈！你以為我已經忘記你了吧？可是我沒有忘記。」對我們來說，看得到燈塔感覺更糟糕。如果我們住在不會看到它的地方，一定會好很多。

我們會注意氣象，以防接班的時間延遲。我們內心有一半希望能夠延遲，

註12　唬人遊戲——Call My Bluff，英國猜謎節目。

另一半又不希望，免得等待的時間拉長。我會替他準備他最喜歡的晚餐：牛排派和做為點心的冰淇淋蛋糕捲。我會替他放在盤子裡端給他，讓他放在膝蓋上吃。不過他因為「得到感應」，沒辦法吃很多。

我會在月曆上畫叉叉等他回來。我平常得忙著照顧小孩。漢娜出生的時候，我們還一起住在陸地上的燈塔，不過沒有跟其他人住。比爾是在茱莉亞幾個月大的時候被派到離岸燈塔，於是我得自己在家照顧五歲大的小孩和得到急性腹痛的嬰兒。那真的很辛苦。每當我看到處女岩燈塔得意洋洋地站在那裡，我就會感到憤怒。她憑什麼從我身邊奪走比爾？我明明更需要他。

漢娜喜歡自己的父親是燈塔管理員。這讓她感覺與眾不同。她同學的父親是郵差或商店老闆。這些工作當然沒有不好，可是很普通，不是嗎？漢娜說她記得比爾，不過我不認為她能夠記得。我想最初的記憶是很強烈的，會一輩子在你腦海中留下深刻的印象，不過這些記憶未必總是正確。

當比爾要回到陸地上的時候，我會去買他最喜歡的食物，為他做特製巧克力。這是我小小的儀式。我不希望有任何不一樣的地方。我希望他知道自己回到家會看到什麼，也會替他準備好，就像我準備好迎接他。維持婚姻的就是這些小東西：不用花大錢，就能夠告訴對方你愛他，而且不求回報。

我不知道我丈夫發生什麼事了。如果他們失蹤時門是打開的，或者如果他們把船划走，或者如果他們的防水衣和橡膠靴不見了，那麼我或許會相信比爾消失在海上；可是救生艇留在原處，防水帽也一樣，更何況門是從裡面鎖上的。想想看，那麼大的青銅門不會自己鎖上。再加上那些時鐘和擺好的餐桌，怎麼想都不對勁。

比爾在失蹤的前一天，也就是二十九日，曾經用無線電通訊過。他當時說暴風雨快要停止了，他們會在星期六迎接接班的人。

特利登協會有那次無線電通訊的錄音，不過我敢打賭他們絕對不會讓你聽到。他們很重視保密，也不想提過去發生的事，畢竟那件事對他們來說應該很尷尬。總之，比爾在那次通訊裡說，明天可以接班，希望他們一大早就派出朱利的船。他們說：沒問題，比爾，我們預定這麼做。我知道海倫怎麼想——她相信是一陣大浪把他們捲走了。她是個沒有想像力的人，所以我不會對她的想法感到驚訝，不過我知道這個想法是錯誤的。

我永遠不會忘記比爾在無線電裡的聲音，還有他說話的所有內容和說話的方式。那個聲音聽起來的確是我先生。唯一奇怪的地方，就是他在最後結束通話之前等了比較久的時間。就像看電視的時候，收訊斷掉一秒鐘，然後接下來的畫面又跳出來那種感覺，你懂嗎？

我是個常常問「假如」的人。我會問：假如他們失蹤那天海面很平靜會怎麼樣？假如比爾是被帶走的會怎麼樣？我不知道是被什麼東西帶走，也不想說出來。我會想像所有可能性：發生什麼事、感覺如何、誰在那裡、會不會是他們當中的某個人下的手。我沒有一天不去想這些問題，不過我總是回到同一個結論——說出來感覺很瘋狂，不過這只是我相信的答案。孤零零矗立在海上的燈塔，就好像遠離羊群的羊，是很容易被帶走的目標。

你看起來不像會相信這種事的人。我不在乎。我只想告訴你，你可以去體驗看看，失去這世上最重要的人會怎麼樣，看看是不是能夠很輕易地劃清界線，宣稱事情結束了，他們走了。你知道嗎？我仍舊可以聽到我先生的聲音，現在也能夠很清楚地聽見。比方說當我晒衣服的時候，我會聽見比爾在屋裡呼喚我的名字，就好像他在後院忙著修理腳踏車的鍊條，然後走進屋裡問我想不想喝杯咖啡。

我知道這是不可能的。我們已經不住在以前住的地方。我搬到新家，他不可能知道我在哪裡。我們沒辦法繼續住在小屋。那裡是給管理員的家屬住的，不是給失蹤管理員的家屬住的。儘管如此，我還是覺得搬出來就好像承認他再也不會回來了。當我想像他來到小屋門口，可是我卻不在那裡，就會感到很難過；不過如果他真的回來了，現在住在處女岩燈塔小屋的管理員應該會告訴我。總之，我腦中會去想像這些事情。

海倫並不會想像。她是個冷漠而現實的人。所以當你跟她談的時候，我敢打賭她絕對不會告訴你實話。她甚至不了解這個詞的意思。我認識她這麼久，知道她唯一擅長的就是說謊。海倫會寫信跟寄聖誕卡給我，不過我希望她別多事。我不會讀那些信，也希望永遠不要再聽到她的消息。

從她以前的生活情況來看，你大概會以為她想要有一兩個朋友，不過海倫從來不會提到這種事。我們當時住在隔壁，原本應該可以很親近。全國各地的主任管理員太太都會照顧所有家庭，在男人不在家的時候承擔領導的責任。如果我們在小屋相處得很好，他們在燈塔上也會相處得很好。這是燈塔勤務中的法則。

可是海倫卻不願意承擔這樣的責任。她是個自命不凡的人，不屑做那種事。她喜歡穿戴昂貴的圍巾和漂亮的首飾。在我看來，就算我擁有全世界的財富，可以盡情打扮自己，我也會打扮得很樸素。美麗應該是來自一個人本身的，不是嗎？我從來就不覺得自己美麗。

在日常生活中，我們不會接近彼此。我甚至為兩人曾經相遇感到遺憾。海倫很不幸地沒有任何信仰。我自己要是沒有信仰，大概早就結束生命了。我有時仍舊會想到結束生命，可是一想到孩子們，我就沒辦法這麼做。如果我知道比爾在另一個世界，也許我會去找他，但現在還不是時候。我必須點亮家裡的燈等他。

特利登協會曾經試圖告訴我，比爾是故意的。他們說他跳上法國船，漂流到其他地方展開新生活。要知道，我不是個喜歡暴力的人，可是當他們說那種話的時候，我必須很努力克制自己不要當場發飆。比爾絕對不會對我做那種事。他絕對不會留下我一個人。

喔，有人在敲門。是來修理電視的人。

你問完所有問題了嗎？如果還沒有，你必須等下次再來問。我不能讓你留下來。同時做兩件事會讓我感到緊張。我現在得專心應付修電視的人才行。今晚要播《來跳舞》（註13），所以我希望他能修好電視。我最討厭電視畫面變得模糊。

註13《來跳舞》——Come Dancing，英國社交舞競賽節目。

10

海倫

每年夏天，海倫都會在亞瑟的生日前後去祭拜。她會把狗留下來請朋友照顧，然後搭火車前往最近的車站，距離海岸大概有半小時的車程。她會從車站搭計程車前往目的地。這裡沒有太多的改變，沒有任何不一樣的地方。地表上的生活雖然繼續進行，但底下的地球卻轉動得很緩慢。海浪永無止境地打到岸上，絲毫不會耗盡耐心，山毛櫸的樹葉像中國摺扇般搖晃。

海倫離開大街，走進小巷。成群的蠓盤旋在空中，峨參被晒熟的氣味從灌木籬笆升起。溫暖的影子橫亙在她要走的路徑上，橘色的太陽被黑暗的樹幹分割。海倫經過蒙特海芬墓園的標識。崩塌的墓碑在底座上傾斜，倒向岬角邊緣的方向，更前方則是一望無際、閃閃發光的蔚藍大海。

他們沒有墳墓，只有岬角上的一張長椅刻著：

亞瑟・布拉克，威廉・沃克，文森・伯恩
摯愛的丈夫、父親、兄弟、兒子——
「天父的慈愛之光
來自祂永恆的燈塔」

海倫常聽亞瑟唱水手之歌（註14）。當他坐在浴缸邊緣，歌聲會從水蒸氣中傳出來；當他在洗手臺前把肥皂泡沫塗在臉上，或是在廚房煎培根、把麵包切成可以防止門關上的厚度時，也會哼這首歌。「點亮底下的燈，讓光線照亮海面。」他回到家，身上散發海藻的氣味，坐在他的椅子上吃著包在油膩的紙張中、沾了薩爾森醋的薯條。他的一雙大手像陶盆般乾裂，指甲周圍有一圈硬皮。亞瑟會一把抓起整條魚——有嗎？他具有魔力：海洋的魔力，一半是人，一半生長於海水中。海倫一開始並不確定自己會跟他結婚，直到有一次他帶海倫坐上小船，海倫看著他，心中才產生確信。他在水上和平常不同。雖然很難說明，但他的一切感覺都變得具有意義。

路標指著「燈塔園區」，在那前方蜿蜒的小徑變得狹窄，並且被路邊冒出來

註14 水手之歌——Sea Shanty，昔日船上勞動的水手所唱的歌。

的一叢叢櫻草花和蕁麻等植物覆蓋。海倫繼續走，往上爬了一段路，總算首度看到處女岩燈塔出現在眼前。

燈塔在深藍色的海面上微微發光，看起來就像用筆畫出來的線條。海倫心想，在夏天，或許會有少數燈塔愛好者來到這裡，雙腿被黑刺李和紫羅蘭刮傷，然後在這個地點瞻仰遠處的燈塔——宛若銀色鏡子上的銀色條紋——然後在又累又想喝冷飲的狀態下轉身離開，再也不會想起這座燈塔。

前方小徑通往草木稀疏的空地，金屬門柵欄上方的標識寫著：處女岩燈塔小屋：禁止進入。

那些屋子現在是度假屋，只有房客能夠進入。這裡的路又窄又彎曲，就連垃圾車都無法進入，因此在柵欄門口放了幾個塑膠桶，上面用白漆寫上數字。

海倫每年都會來到這裡，期待能夠見到亞瑟走向她。或許亞瑟會和另一個人在一起，兩人舉起手，而她也會舉起手回應。她不得不希望事情真相就是如此：屬於彼此的伴侶終於找到回頭的路。

1972

11

亞瑟

船與星星

我最想妳的時候，是在太陽即將升起的時候。在黎明的一兩分鐘之前，夜晚打呵欠迎接清晨，海洋與天空之間的區別開始變得明顯。日復一日，太陽都會再度出現。我也不知道為什麼。我的燈塔在這裡，我也會持續點亮它，因此太陽今天不需要出來；可是太陽仍舊升起，而我也仍舊想起了妳。我想著妳在哪裡、在做什麼。雖然我不是那種平常就會想這種事的男人，但是在此時此刻，我卻無法不去想。當我獨自度過寂寞的時刻，我幾乎相信因為太陽持續升起，因為我日復一日在黎明來臨、不再需要燈光之後把它熄滅，當我下樓時或許會看到妳。妳會坐在餐桌前，跟另一個人在一起，看起來或許比我上次看到妳的時候老一些，或者也可能一樣。

在塔上十八天。

隨著時間經過，白天變成夜晚，夜晚變成黎明，周而復始過了幾個星期；大海的波浪翻滾，雨點打在海面上，太陽閃耀到夜晚，然後又是早晨；我們在昏暗中對話，在黑暗中對話，另外還有從來沒發生、或正在進行的對話。

「《智多星》（註15）又在重播了。」比爾在廚房說話，嘴裡叼著香菸，埋頭雕他的貝殼。我在他剛來的時候就告訴他，燈塔管理員都需要有個嗜好，而且最好是需要手藝的工作，可以不斷追求進步，直到完美為止。我以前曾在某個主任管理員手下工作，他教我怎麼製作縱帆船模型放入瓶子裡。我個人覺得要小心翼翼地黏那些帆太苛求細節了，必須花好幾個星期的工夫才能把它塞入瓶子裡、並且拉起繩索；而且只要稍微黏歪，就全都毀了。寂寞會驅使一個人達到水準。我之所以知道這一點，是因為我在處女岩燈塔待了二十多年，而比爾才

註15《智多星》——Mastermind，一九七二年開始播放的英國益智節目。最早的主持人為馬格努森（Magnus Magnusson）。在第一輪時，會由參賽者自行選擇專門主題來回答。

待了兩年。

「有什麼有趣的主題嗎？」

「十字軍，還有《雷鳥神機隊》（註16）。」

「你應該去試試看的。」

「試什麼？」

「任何你懂的主題都可以。」

比爾朝著他的貝殼雕刻吹氣，然後把它擱在一旁，往後靠向椅背，雙手放在腦後。我這位助理外表看起來認真、內向，頭髮圍繞著耳朵剪齊，五官小而細緻；要是在岸上看到他，大概會以為他是個會計人員。白煙從他的鼻孔和兩邊的嘴角冒出來，然後和上一個在這裡抽菸的人留下的煙霧混合在一起。

他開口說：「我知道很多事情，但是每一樣懂得都不夠多。」

「你懂大海。」

「可是必須要更具體的主題吧？你不能只是跟馬格努森那個老傢伙說：問我關於大海的問題吧。這個主題太大了，他們不會接受。」

「好吧，那就選燈塔。」

註16《雷鳥神機隊》——Thunderbirds，六〇年代的英國科幻人偶劇。

「別傻了，你不能選自己的工作當專門主題。姓名：比爾・沃克。職業：燈塔管理員。主題：管理燈塔。」

他捻熄手中的大使牌香菸，然後又點燃一根。由於天氣很冷，因此我們必須關上窗戶，再加上這裡是做菜、抽菸，以及邊抽菸邊做菜的地方，室內的空氣註定變得混濁。

我問：「你期待文森回來嗎？」

比爾從鼻子吐出煙，說：「沒特別期待或不期待。」

我拿起他的馬克杯，打開電熱水壺開關。在燈塔時，我們的白天與夜晚是由喝茶來安排的。尤其是在一年當中的這個季節——嚴冬的十二月，天氣寒冷到使人麻木。我早上四點醒來值勤，在午餐之後回到床上，等到再度起床時，窗簾已經拉上，下午時間也已經過去了。此刻是今天、明天，還是下星期？我睡了多久？

這個紅色與藍色的馬克杯是法蘭克的，上面寫著「布蘭登堡門」。法蘭克非常挑剔，因此他明天回陸地時一定會把這個杯子帶走，免得我們當中有人偷走它。我們每個人都有不同的喝茶方式，因此負責泡茶的人必須一一記住。即使是離開好幾個星期的文森明天回來之後，我們也會確保提供給他正確的茶。這代表我們關心。在家時，海倫從來不會替我放糖，但是我不會抱怨。在這裡，我們會戲謔地說：**你這個呆子，就連漁網都比你的腦袋更能留住東西！**

比爾說：「你知道法蘭克的茶要先加牛奶嗎？放入茶包之後先加牛奶，然後再倒入熱水。」

「聽他在放屁！應該先加熱水再加牛奶才對。」

「我也是這麼說的。」

「茶包在牛奶裡面根本浸泡不出來。」

「你如果要用『浸泡』這個字眼，你可以去死一死。」

「如果我是長船燈塔的主任管理員，你最好注意自己的說話方式。」

不過咒罵就和茶一樣，不論是「放屁」或「去死」，都是在輔助對話進行。對話中加入咒罵，就代表兩人是朋友並且彼此了解。對方是誰、或者誰是主管都不重要。當我們在這裡，就會自動恢復這樣的說話方式，然後在回到陸地上時，就會暫時拋開這樣的習慣。如果我們的太太偷聽我們此刻的對話五分鐘，一定會感到震驚。在家的時候，我們絕對不能問：幹，妳最近怎樣？見到妳真他媽的超開心。對了，我們有什麼鬼東西當茶點？

比爾說：「昨晚上節目的女人選的主題是太陽系。」

「看吧，她的主題比大海還要大。」

「是啊，不過他們會問什麼很明顯，大概就是行星之類的。他們會問海王星和冥王星，另外鐵定會問到天王星。」

「你是白痴嗎？問題多到問不完。」

「可是主題如果是大海，可以問的問題就比較沒那麼明顯。大海的一切都比較不明顯。」

「我喜歡這樣。」

「我不喜歡。我討厭自己沒辦法掌握的東西。」

比爾第一次到處女岩燈塔的時候，我不知道要怎麼跟他相處。有些人會敞開心扉，有些人不會。比爾的個性文靜從容，讓我想到以前在倫敦動物園看過的一隻銀背大猩猩，從塑膠窗望著訪客進入。在那之後，我試圖思考那隻動物的表情到底代表什麼意義：憤怒、無聊、早已感到倦怠、聽天由命、對我的憐憫。

燈塔上有許多時間可以聊天，尤其是在午夜值班的時候，在凌晨零點到四點的這段時間，話題會不知不覺轉到各種黑暗的層面，等到清晨來臨之後就再也不會被提起。在你之前值班的人會把你叫醒，替你準備紅茶和一盤起司跟消化餅乾，替你端到燈室，然後陪你一個小時之後回去睡覺。這麼做是為了讓接班的人清醒過來，腦筋恢復活動，避免在接下來獨處時不小心再度睡著。當比爾跟我一起在燈室時，他會說些等到白天來臨時會後悔告訴我的事情。他提到他希望自己能夠過著不同的人生，懊悔在過去該拒絕時答應別人；他也提到珍妮想要他雕刻的那些貝殼，可是他不想要給她。他寧願自己留下那些貝殼，就如其他很多東西。

✦

我上樓準備睡覺。我當初花了一些時間才習慣香蕉形的床鋪。陸地上的人聽了會很驚訝（他們會問：「我以為那是玩笑話。你們真的要睡在那種彎曲的床上嗎？」），不過這些年來，我的背脊大概已經為了適應這樣的床而變得彎曲。我以前待在燈塔兩個月後會背痛，回到岸上時肌肉酸痛的程度大概跟年紀大我一倍的人一樣，不過現在我幾乎不會感到背痛。躺在正常的床上時，我反而感到拘束與冷漠。當我的背躺直時，我必須很努力才能睡著，而且醒來時會發現自己的胸膛已經碰到膝蓋。

我的腦袋一躺到枕頭上，就必須要睡著。不論躺下的機會是在半夜或清晨來臨，或是在值夜班的人提燈來叫醒你之前、短暫而縹緲的片刻，我們都盡可能想辦法睡覺。

或者應該說，我在過去值班的燈塔是如此。最近的睡眠就好像長了爪子，輕巧地從我身邊溜走。我的腦中會浮現深海的景象、海倫的身影，以及從陸地遙望這座燈塔的景象，並且為自己一下子從陸地到燈塔、或者不在任何一處而感到暈眩與懷疑。我轉身背對隔開床鋪與房間的簾子，在黑暗中看著牆壁，聽著大海的聲音以及我緩慢的心跳，腦袋不斷運轉，思索並回憶。

十九天

燦爛的陽光，意味著來替法蘭克接班的完美條件。由於船遲遲不開，因此接班者在午餐前才到。

不論如何，法蘭克可以順利離開，文森也能順利登陸。文森即使在驚濤駭浪中，也能毫無問題地從船上踏到平臺。

文森是個年輕人，留著黑髮和超級流浪漢樂團（Supertramp）般的鬍子。他很快就安頓完畢。每樣東西都有固定的放置位子，而且我們都能夠很迅速地取出行李中的個人物品，以便有效率地回到自己的崗位上。

寄給我們的家書封在防水袋裡隨船抵達。我有一個正式的袋子，上面標著主任管理員。

文森說：「就這樣了。布列茲涅夫（註17）上不了月亮。」

我們等待食物的時候，文森談起上個月蘇聯火箭發射之後在空中爆炸的新聞。聽真實世界、另一個世界發生的事情，讓人感到迷惘。就算那個世界消失了，我們或許也會有好一段時間不知道。我不確定自己是否需要那個世界。任何城市、任何小鎮、任何比兩個男人平躺的長度還要寬的房間，似乎都充斥著太多聲色光影，而且太過複雜。

比爾說：「去他的共產黨！不要討論那些掃興的傢伙。戰爭的威脅跟習慣戰爭，到底哪個更糟？」

文森說：「別亂說，我是個和平主義者。」

「你當然是他媽的和平主義者。」

「和平主義者又有什麼問題？」

「和平主義就是什麼都不幹的藉口。只會去留鬍子，然後在倫敦四處亂搞。」

文森往後靠在椅背抽菸。他跟我們在一起才九個月，感覺卻跟櫥櫃一樣熟悉。我看過幾十個管理員來來去去，不過其中有些人會讓你比其他人更喜歡一

註17　布列茲涅夫——Brezhnev，一九〇六～一九八二。於一九六四～一九八二年擔任蘇聯共產黨總書記。

點。我不知道比爾喜不喜歡他。

文森對比爾說：「你在嫉妒。」

「去你的。」

「你距離二十二歲多久了？」

「沒你想的久，沒禮貌的混蛋！」

這就是他們兩人的對話模式。文森會嘲笑比爾是個老人（雖然比爾才三十多歲），而比爾則一副受到冒犯的態度回嘴。雖然是在開玩笑，但是我看得出比爾內心感到煩躁。他從來沒有像文森那樣生活過。他不到二十歲就結婚，珍妮已經在談要替他生孩子，而他又在燈塔工作。

文森從陸地帶來醃火腿。當醃火腿放在煎鍋裡、再打一顆蛋下去煎，就會發出劈里啪啦的聲音，散發驚人的香氣。

我跟比爾已經有兩個星期沒吃到不是罐裝的肉了。罐裝肉雖然聊勝於無，但遠遠比不上真正的肉。罐裝食品很快地吃起來就完全一樣，不論是什錦水果或一片午餐肉，吃起來都是罐頭味。事實上，午餐肉只要煎過其實還不差，但是如果像文森或法蘭克那樣，只是把冷肉倒在盤子裡，那就足以逼人成為素食主義者。

今天由比爾下廚。他是我們當中最會做菜的。文森完全派不上用場，而我還算可以，只不過比較沒有熱忱。這是因為我在陸地上也常常下廚，而比爾卻完全不用。他的太太替他做所有事情。比爾說「除了擦屁股以外」，所有事都有人替自己做，感覺大概就跟關在監獄裡差不多。文森說不一樣，畢竟監獄裡不會有柳橙蛋白霜或蘭姆巴巴，也沒有女人會替你揉腳。比爾說，你當然知道了，騙子！於是我就得在對話超出玩笑範圍之前出面平息。

文森問：「主任，你覺得應該怎樣？」

「你在問什麼？」

「應該控制局面，還是爆發衝突？」

我很想說，關於冷戰、尼克森、蘇聯，或是日本飛機在離開莫斯科時墜落之類的話題，對我來說都沒有意義。既然我們都待在這座燈塔，要跟其他人相處在一起，那就不要有太多期待或干擾，只要在晚上點亮燈、在黎明熄燈，睡覺之後醒來，聊天之後閉上嘴巴，活過之後死亡。難道我們不能只待在自己的島嶼上，不去管其他事物嗎？

然而我沒有說這些，只是告訴他：「如果可以的話，你們應該保持和平。」我內心期待自己能夠在這段值班期間做到這一點。

不過文森談到太空船，讓我想到幾年前的一段往事。當時我在黎明的俾赤岬（Beachy Head）燈塔獨自待在燈室，在太陽即將照射進來的時刻，我看到某樣東西掉入海裡。那是個霧氣瀰漫的早晨，時間還很早，天上還剩下幾顆星星。如此美麗的早晨，會讓人懷疑只要抬頭往上看，就會看到天堂已經降臨。就在這個時候，不知從何處飛來亮晶晶的金屬落入海水中，沒有留下任何痕跡。我不知道那東西有多大，落在多遠的地方。從高處的燈塔俯瞰，大海看起來是恆常不變的。

我的確看到那樣東西，卻說不出來那是什麼。我知道照理來說，那應該是飛機的碎片，像是副翼或擾流器之類的，但是那東西移動的方式、墜落的動力，卻具有某種我無法形容的優雅與意義。我沒有告訴任何人，包括當時的工作夥伴或海倫，但是我相信那是你。

那是你給我的珍貴禮物，為此我心懷感謝。

不論是白天或夜晚，臥室裡通常都有人在睡覺，或是試圖要睡覺，因此總是保持黑暗。冬天時，經常性的黑暗會讓人失去時間的感覺。從唯一的窗戶望出去，很難分辨是黎明還是黃昏。當我關上門時，看到自己的手放在門把上，平滑而毫無生氣，就會覺得這隻手彷彿不屬於我，而是屬於更年輕的人。這個人在平行宇宙中，也許正在開門而不是關門。

我正在讀一本關於時間的書，叫作《方尖碑與沙漏》。我是在莫特海芬大街上的樂施會慈善商店找到這本書的。我總是相信有一天我會親自去看以前在書上讀到的東西，包括埃及金字塔、南美洲神廟、巴比倫的空中花園等等。什麼時候能夠實現願望並不重要，重點是我心中存在著這樣的可能性。

我跟海倫結婚之後，曾經到威尼斯旅行。我們吃了一個星期的油膩麵包和薄得像衛生紙的粉紅色火腿。我們漫步在潮溼的通道及散發鹽巴與雞蛋臭味的橋下。現在回想起那個充斥著影子與水、鐘聲和金色屋頂的下沉世界，感覺很非現實。

《方尖碑與沙漏》這本平裝書很軟，封面有一個日晷。在燈塔上，我們是以日數來計算時間，每個人都在算自己八個星期的值勤期間已經過了多少。海倫說，這就像坐牢的人用粉筆在牆上劃掉日子。也許真的有點像。古代的中國人會用蠟燭來計算小時：在蠟燭上畫線，看蠟融化多少，這一來就能計算時間了。需要的話，也可以收集那些蠟，重新做成蠟燭再點燃，這一來就能重新計算這段時間。

海倫並不知道關於你的事，我也絕對不會告訴她。我永遠不會說出你的事。有些東西是禁區，而你就是其中之一。不過當我想到蠟燭跟燃燒的時間，我會思索時間是否一去不回，或者有辦法重新挽回。如果我能夠挽回你，不知會有多好。

我在這裡待太久了。寂寞的夜晚，黑暗盤旋在黑色的海面上，天空看起來更黑。讓一個最犬儒的男人到燈塔值早班，看著太陽升起，將天空染成鮮橘色，看看他還會不會說，這世界就只有這樣。絕對不只有這樣。

當我閉上眼睛，我在眼瞼後方看到陸地上有一支手電筒在發送信號。燈光在黑暗中呼喚，不斷發出亮光，堅持要我轉身去看它。

12

比爾渡海

在燈塔上三十五天

我不知點了多少次燈。每年八個月，有時延長有時縮短，大概是兩百四十天；乘以我工作的年數，也就是快十五年，那麼我已經點了三千六百次這盞或別盞燈了。至於我這些年來待在燈塔上的時間，我寧願不要知道。

把燃料加熱，成為蒸氣，轉開開關，把火柴丟入裡面。我可以蒙著眼睛做這些步驟，不過特利登應該不會允許我這麼做。火焰在玻璃罩中搖晃。處女岩的燈不會自己轉動，而是它周圍的透鏡在轉，將光線放大並投射到海上。

現在時間是八點。我在半夜結束值班。有整晚的休息時間，代表我可以在跟陸地上正常夜晚一樣的時間睡覺。在那之前，我得注意不要讓燈口塞住，或是讓壓力降低。我得記錄天氣、氣溫、能見度、氣壓，以及風力。除此之外的時間（做這些事其實已經不需要特別花費心思），我都在思考：如果一個人對自己的命運不滿意，該怎麼做才能改變人生。

我有充分的時間可以去想這個問題。

當我點亮燈及熄滅燈的時候，全世界都取決於我。黎明與黃昏只屬於我，可以隨我擺布。這是很強大的感覺。

文森帶來一個珍妮送來的包裹。如果我不立刻讀她的信，這封信就會一直縈繞在我腦中，就好像她在這裡盯著我一樣。

有時在燈室裡，你可以感覺到有另一個人在這裡。

不管喜不喜歡，你可以感覺到有人在你身邊。他們有可能就坐在你旁邊，讓你手臂上的寒毛直豎；或者有可能在你身後，盯著你的後腦杓，想著種種關於你的恐怖念頭。

當你轉頭去檢查，沒人在那裡，燈室裡只有你一個人，但你還是轉頭了。

珍妮照例在包裹裡放了手工巧克力。我可以想像到她一邊聽著收音機播放的《阿徹家族》（註18）、一邊用湯匙把巧克力一顆顆放進紙托中的樣子。我第一次見到珍妮・希頓時，她綁著辮子、穿著蓋過膝蓋的裙子走出學校。她不喜歡自己的膝蓋，覺得那雙膝蓋凹凸不平。她永遠忘不了她姊姊曾說，她的膝蓋很像康沃爾肉餡餅。這讓我聯想到我曾經跟住在隔壁的蘇珊・普萊斯交往，後來過了幾個月，她跟我分手，說：「比爾，你太矮了。我想要找個更高的對象。」

跟珍妮在一起一開始並不壞。我們會在她母親的家裡躺在床上，她冰冷的手指握著我的手，而她母親則在樓下的沙發上酩酊大醉。我可以感覺到她在棉被下方的膝蓋。我告訴她我喜歡她的膝蓋，它們看起來一點問題都沒有。為什麼她不肯再讓我親她？我們並沒有說很多話。我從來就不是個健談的人，而她也不在乎。我覺得這一點是她跟其他女孩不一樣的長處。後來有一次，她在黑暗中對我低語：「比爾，你跟我一樣。」我躺到天亮，內心感到憂慮。我原本的主要目標是要和女生上床，以便向我的兄弟炫耀我跟女生上過床了。此刻我感到內心湧起渴求。鑰匙已經插入鎖中。

珍妮的信用的信紙，是從我們在布萊登度蜜月時住宿的高級飯店偷拿的。

註18《阿徹家族》——The Archers，BBC Radio 4推出的廣播劇，以鄉村生活為舞臺，自一九五一年播放至今。

親愛的比爾，我好想你。你已經離開一個月以上了。屋子裡沒有你在，感覺好空虛。我真希望你和我們一起在家裡。孩子們每天都在問我，你什麼時候會回來，讓我感到更難過！我無時無刻不在哭。嬰兒也一樣，整晚都在哭。我很想要變得堅強，可是很難。我們分離的時間才過一半而已，可是這麼久見不到你已經讓我感到絕望。在你回來之前，我沒辦法做任何事。我不想去任何地方、見任何人。如果我去了，一定會哭出來。我要費很大的工夫才能避免哭出來。

我感覺到她在那張床上握著我的手指。

其他人無法理解，我有多需要你、多想念你。獨自一人讓我感到痛苦。我的心真的在痛。你這次離開之後，我就生病了。漢娜聽到我在哭，我只好騙她說是因為晚餐吃的肉丸害的，可是其實不是。當你不在的時候，我得騙所有人。我感到很不對勁。比爾，你呢？

我在樓下的廚房，用文森帶來的加工白麵包做烤吐司（**「母親的驕傲是擁有麵包的家庭」**）（註19）。用我們自己做的麵包沒辦法做烤吐司。那些麵包有一半變成烤麵餅，另一半則像司康餅。烤架會在邊緣留下焦痕，不過我比較喜歡這樣，而且我記得好像有人說過，吃到一點炭對身體比較好，可以補充碳之類的。我會抹上馬麥醬，所以看不出來。當我咬下烤吐司，喀滋的聲音會讓我聯想到營火的木柴裂開的聲音。

一個人能找的藉口有限。我肯定是個懦夫。在我十歲的時候，我爸發現我在臥室利用手電筒的光線看書，打了我的耳光對我說：「你這樣瞇著眼睛看書會瞎掉！協會根本不會考慮僱用戴眼鏡的人。」我相信他對於戴眼鏡的看法，也相信燈塔管理員是我唯一能做的工作，所以我只好改變自己的行為，要不然還能怎樣？我爸幾年後生病躺在床上，變得越來越瘦，最後消失不見，只剩下一張

註19　母親的驕傲是擁有麵包的家庭——六〇年代著名的廣告詞。「母親的驕傲」（Mother's Pride）為麵包品牌。

臭嘴巴，用沙啞的聲音說：「都是你的錯。」沒錯，是我的錯。我出生時上下顛倒，臍帶纏繞，就好像被塞進袋子裡丟入水裡的小貓。

大海影響我們所有人。即使在死後，我們也無法逃離它。我爸有個堂姊住在多塞特郡一間俯瞰西灣的公寓。她在室內掛了大海的畫。那是舊約聖經中的大海，畫面中的天空雷電交加，浪花濺起白色的泡沫，航行在驚濤駭浪間的船隻劇烈搖晃。我很討厭去那裡，看到畫中的漩渦和戰爭場景、大砲發射、旗竿上的紅色旗幟隨刺骨寒風飄揚。那間房間聞起來有雪利酒和易碎的奶油餅乾的氣味。她總是烤了那些餅乾之後放在塑膠罐裡。她過世的時候，我們從來姆利吉斯搭船載她到海上，把她的骨灰灑到海裡。其中有很多被風吹回我的臉上。我當時心想，我永遠無法逃離這片該死的大海。

我從來沒有學會過游泳，不過這不重要。我爸說，坐在燈塔上不需要游泳。在游泳課時，老師會丟一塊磚到水底，叫我們去撿。我緊閉雙眼，捏著鼻子在水面掙扎，其他同學的嘲笑聲迴盪在我塞住的耳中。

在燈塔頂端，時間在無形中悄悄流逝。雖然我知道人家給我薪水要我保持清醒，而我實際上也是醒著的，但是我想必處在某種半睡眠狀態。我腦中出現各種古怪的想法，只能把它們當作是我夢境的一部分：陸地上的珍妮和哭鬧的嬰兒在一起，兩姊妹在打架，玩具散落在地毯上，一個沒穿衣服的辛蒂娃娃頭被轉了一圈，使得胸部跑到後方。這都是因為珍妮不幫她們買男生版的洋娃娃，理由是擔心她們很快就會搞些有的沒的。另外還有晚餐時為了爭奪煎魚餅而尖叫的聲音。要是我永遠不回去會怎麼樣？

我太太數著距離我結束值班還有多少天。當那一天來臨，天氣晴朗、船也順利出發，她會很高興地為我準備跟以前一樣的東西，亦即我以前喜歡、但現在已經不喜歡的食物和飲料。然而我不會回去。我不知道我要去哪裡，也不知道我為什麼這麼決定，不過「不知道」是好事。事情就是會發生。

午夜之前，我去臥室叫文森。我抓著他的身體搖醒他，然後跟平常一樣打招呼：「來吧，懶鬼，該上去了。」接著我下樓到廚房去準備我們的茶點。在我泡好茶之後，通常必須再推文森幾次，他才會爬起來上樓到燈室。

在家的時候，我根本不會特地把餅乾放到盤子裡，天知道為什麼在這裡時我就會這麼做。兩塊油膩的戴維斯托起司（註20），邊緣已經變得斑白，意味著我

註20　戴維斯托起司——Davidstow是位於康沃爾的地名，亦為當地起司品牌名稱。

們得趕快把它吃完。

令我驚訝的是，文森已經到樓上了。他在睡衣上披了皮夾克。他跟亞瑟是截然不同的兩個極端：亞瑟總是穿著正式工作服裝，鬍子刮得很乾淨，頭髮梳理整齊，鞋子也擦得發亮，彷彿他以為特利登協會的視察人員隨時會過來；而文森則穿著ＢＨＳ（註21）睡衣，以及一雙看起來像狗毛的拖鞋到處遊蕩。

跟其他燈塔管理員一起工作，可以很快地就了解他們做事情的模式。文森到這裡不到一年，再加上一起值班的人員不斷輪替，因此我實際跟他相處的時間很短；不過在燈塔上相處一個月，對於對方的認識相當於在陸地上相處十年。我知道文森在喝完他的紅茶之前不會說太多話。當他喝完茶開口時，也不會跟你聊天氣或燈塔照明狀況，或是這天發生的其他事情。在這個夜晚轉變為黎明的時刻，關於什麼可以做、什麼不能做，或是什麼可以說、什麼不能說的所有規則都消失了。文森就是在這樣的時候，告訴我他被關的理由。不是那些舊的小事，而是真的很嚴重的情況。

他說：「你從來就沒說過你為什麼討厭它。」

「討厭什麼？」

註21 ＢＨＳ——British Home Store，英國連鎖百貨公司，主要販售家居用品及服飾。

他邊剔牙邊說：「討厭海。」

「就是不喜歡，沒什麼理由。」

「為什麼？」

「誰在意為什麼？你不會對一個飛行員說，『既然你喜歡開飛機，應該也喜歡天空』，然後叫他跳出駕駛艙。」

「總是有理由的，不是嗎？」

「我不知道。」

文森說：「像我討厭狗，就是有理由的。我待過一個寄養家庭，養了一隻凶猛的羅威納犬。有一天牠突然攻擊我。我沒對牠做什麼，可是牠卻咬住我的手臂猛搖，就好像那是一塊肉。對牠來說，我的手臂的確只是一塊肉。你猜那隻野獸叫什麼名字？小花！去他的，那麼凶的狗還叫小花！在那之後，我就沒辦法忍受狗。每次看到狗，就會覺得好像會來攻擊我。」

「我討厭大海，大海也討厭我。」

「我不認為大海會對任何人抱持任何感情。」

但這就是問題所在。大海是冷漠的。當我們造訪我老爸的堂姊時，他會在那間多塞特的公寓裡瞪著我，眼睛眨也不眨。當所有人都睡著之後，他會進我的房間，解下皮帶坐在我的床尾，手腕在月光下看起來很蒼白。他不知道接下來該拿它怎麼樣，或是拿我怎麼樣。大海從牆上注視著我，但它當時沒辦法幫助我，現在也一樣。

我告訴文森：「我受夠了海，看到就想吐。」

「你是指暈船？」

「不是。」

話說回來，我的確會暈船。我非常討厭渡海來到這裡的過程。即使天氣很好，我也沒辦法忍受像驚嚇盒跳出來的小丑一樣不斷起伏。如果我再也不需要坐船渡海，我會感到很高興。我一上岸就擔心要再度坐船回去，而在陸地的時候我會很擔心要離開它。這意味著當我在家裡或在燈塔上的時候，日子應該會最好過，但事情不是這樣。不論我在哪裡，日子都不好過——除了跟她在一起的時候。

文森問：「你為什麼不去做其他工作？」我聽到他嚼著油脂開始分離的起司，喝了一口茶。

「天哪，你幹麼像蓋世太保一樣一直審問我？」

「你不用對我發脾氣。你就跟那隻瘋狗一樣。」

「我們有房子，協會的體制也不壞。我不知道我還能幹什麼。」

「你可以重新接受訓練。」

「你說得當然輕鬆。你沒有老婆小孩，不用賺錢養家。每天反覆做一樣的事，一個禮拜賺二十三英鎊，然後又能怎麼樣？」

「你會成為主任管理員。」

「我不是亞瑟。」

「你可以成為他。」

餅乾在我嘴裡形同嚼蠟。「我又不像他。」

我常常想要說這句話，只為了聽到這句話聽起來是什麼樣子。我可以告訴文森，我對亞瑟做了什麼，而且仍舊在進行，不過時機已經逝去。

文森說：「我很高興回到這裡。燈塔是我看過最美的東西。這就是我待在這裡的理由。我要得到升遷，很快地就會成為跟你一樣的副管理員，得到自己的小屋，然後有一天會成為主任管理員。我會一輩子在燈塔工作。」

「那你不需要花多少工夫。」

「在我看來，燈塔管理員是特別的技能。」

「需要什麼技能？我們只需要把燈點亮，看守著它，然後把它再度熄滅。雖然還有清潔工作，但是就連受過訓練的猴子都能做這些事。另外還有無線電通訊、下廚，還有什麼？」

「當然還有別的。我跟你說過，我曾經坐過牢。有些人能夠適應牢裡的生活，有些人不能。能夠適應監獄，其實會被認為是不妥當的，重點應該是不論如何都要出去才行。可是如果在被關的時候，你能夠感到滿足，到其他地方也能熬過去。其實不論在旺茲沃斯（註22）或是海上的燈塔，就算不是在牢裡，就某種角度來看也是被關在某個地方。以前我們牢裡有些男生就跟獅子一樣，他們會打架、破壞東西，甚至自殺，只因為想著要得到自由。比爾，老實說，我在牢裡的時候一直都感到自由。我從來不覺得自己不自由過。重要的不只是表象，不是嗎？這就是我要說的。如果你不喜歡在燈塔上，不是因為燈塔的問題。」

✦

我第一次到處女岩的渡海過程是最痛苦的。我聽過關於處女岩的故事：它會粗暴地折磨你；你要是不小心，就會沉入海底。我要去接班的對象已經被延遲兩個星期，而且他的太太生病了。在其他情況，協會不會在這麼惡劣的天氣送接班人員過去。海浪打得很高，並且下著傾盆大雨，不過特利登還是做了決

註22 旺茲沃斯——Wandsworth，位於倫敦西南部的地區。當地設有旺茲沃斯監獄。

定，我們只好出發了。

在渡海的過程中，我一直靠著船舷。船夫抽的雪茄氣味、鹹鹹的水花和膽汁刺激性的味道混合在一起。我想到游泳池底的瓷磚，以及我在溺水的時候如何努力拍打水面，什麼都聽不見也看不到。

在驚濤駭浪中，船載沉載浮、上下顛簸，船首在逆風中幾乎無法前進。燈塔矗立在海面上的景象，就如其他巨大的人造結構物——譬如高聳的高壓電塔、冷卻塔，或是靠岸的鋼鐵貨櫃船——讓我感受到病態而熱烈的魅力。靠岸時並沒有太多準備工作。船到達之後，我就讓船上和燈塔的人做其餘的工作。

我懂得被輸送的要領：他們告訴過我，就假想自己跟補給品的箱子一樣被抬起來，吊在空中，相信自己會被安全送到另一邊。你得相信繩索兩端的人才行。不過這天的問題不在於那些人或是絞盤，而在於大海。

海面的狀況令人捉摸不定。我把安全帶綁得很糟糕，脆弱的繩索繞過我的腋下，而我握著的部分則磨破我的手掌。

我被拉到空中，噁心到想吐，緩緩地被往上拉，直到接近燈塔。我努力不去看底下濺起水花的海浪，也不去想和海面的距離拉開多少。

這時我的身體突然往下降。海面掀起三十英尺高的浪花，把船推到距離燈塔太遠的地方。

周遭傳來急促而慌亂的叫聲。我緊緊閉上眼睛。在那一刻，我不在乎自己會怎麼樣。

有一陣子，我被繫帶吊著，無助地在空中晃動，海浪掠過我的鞋子，然後又盪回去。我聽到船上的人在喊：

「把他送到燈塔！把他送到燈塔！」

接著又有人喊：「把他送回船上！你們想害死他嗎？」

雨水打在我的臉上，風拍打著我的衣服。我張開眼睛，看到平臺上有人探出身體。那就是亞瑟．布拉克，我的主任管理員。他的手就在伸手可及的地方。我撲向前，但卻被海浪打在水泥上，力道大到我有好一陣子沒辦法呼吸。主任管理員說：「做得好，小夥子。你不會有事的。」我抓住又冷又滑的階梯往上爬，進入炎熱而昏暗的入口。

亞瑟替我泡茶，並給我抽菸，讓我的身體總算變得暖和。

我看得出他內心的想法：可憐的比爾，可悲的比爾，總是沒辦法輕鬆抵達，一定會吐得前襟都沾到嘔吐物，而且全身發抖；不會為弱者伸出援手，只會伸手要東西；他絕對不是當主任管理員的料。他會在海上淹死，永遠無法潛到水底拿到磚塊。

有時在我雕刻完貝殼之後，即使覺得滿意，我也會從臥室窗戶把它丟到海中。我看著風把它帶走，喜歡貝殼回到海中這個想法。

它從史前時代就被海流不斷沖刷，經過幾百萬年的漂流，最後被拋到遙遠的海岸，被一個像我這樣的男人撿起來，在它身上雕刻自己想像的畫面，為了滿足自己而破壞它的形狀，然後在雕完之後又把它丟回原處。

13

文森
怕寂寞的傢伙

在塔上過了兩天

星期二早上。距離聖誕節還有三個星期。燈塔不會放假，也不會給你假日；它希望你一直待在它身邊。其他人很快就會開始想像自己的家人在做什麼，並且為了自己必須待在這裡、不能在家裡裝飾聖誕樹、吃肉餡餅而生氣。據說那是聖誕節的習俗。我大概從來沒有好好慶祝過聖誕節。在監獄裡，我們會吃一頓馬馬虎虎的晚餐，戴上紙做的帽子，不過我從來沒有感受過節日的魅力。

每年的這個時候，直到八點之前都不能把燈熄滅。不過當太陽升起，我就會把燃燒器拆下來，換上乾淨的供晚上使用。接著我會在透鏡周圍掛上簾幕。

雖然說到了十二月，陽光不太可能強烈到可以在聚光之後燃燒起來，不過這已經成了我的習性，而且這一來也可以讓透鏡保持乾淨。這樣感覺就像在白天替燈穿上衣服，然後到了晚上再把它的衣服脫下來，不過我沒有把這個想法告訴過其他人。

身為值早班的人，我得準備早餐。我來這裡的時候，帶了一包很棒的培根，因此我便煎了培根，然後放在烤箱裡保溫，等其他人起床。通常他們聞到香氣就會醒來，而且不管誰怎麼說，煎培根是這世界上最棒的味道。在處女岩燈塔掌廚並不壞。因為主任管理員的廚藝幾乎跟我一樣爛，所以我不用在意別人怎麼看我做的菜。在我工作過的第一座島嶼燈塔，那裡的管理員非常重視料理，每當我把自己做的料理放到他們面前，他們就會挖苦我。這實在是很討厭。他們從來沒有教過我要怎麼做菜，即使我開口問，他們也不肯教我。至少對我來說，料理是必須學習才會的技藝。在我開始做菜之前，我甚至不認識其中一半的材料。

當我們坐下來狼吞虎嚥時，我問：「有人聽到鳥叫聲嗎？」

亞瑟問：「什麼鳥叫聲？」

「昨天晚上，有一大群鳥朝我飛來。」

亞瑟聽了立刻上樓去檢查。畢竟他是這裡的主任管理員，即使當時看守的是其他人，他仍舊必須負起管理的責任。他檢查燈的樣子就好像在照顧小孩子一樣。

比爾照例低著頭，吃他的那盤料理。他吃東西的時候總是低下頭，而且在一旁的菸灰缸裡點了一根菸，以便邊抽菸邊吃飯。他看著亞瑟離去後的椅子，對我說：

「你為什麼讓他那樣對你說話？」

「怎樣？」

「就好像你是個呆子一樣。」

我擦了擦嘴，說：「是你在罵我呆子。」

「你看到他做了什麼嗎？」

「做什麼？」

「他衝上去看你搞砸了什麼。他覺得你不值得信任，而且他也同樣不信任我。」

當某個管理員不在場時，其他幾個管理員常常會抱怨那個人，就好像打開瓶蓋，讓裡面的液體流出來。我們會說：「你有沒有注意到他這樣很煩？他有時候真的是個小氣鬼。」這些壞話並沒有惡意，只是發洩心中的怨氣，而不是讓怨氣滿出來。

不過比爾卻顯得比平常更焦躁，而且也很疲倦。我看著他抽最後一根大使牌香菸，然後在自己的盤子上把菸捻熄。這時亞瑟回來了。

「你沒有想到要清理乾淨嗎？」他有些嚴厲地質問我。

「如果我去清理的話，你們到中午之前都沒東西可以吃。比爾會去清乾淨，對不對，比爾？」

「去你的。」

亞瑟清理桌子，說：「那真是謝謝你了。」

早餐之後，我拿了水桶和鏟子上樓到迴廊。

說實在的，我不知道當時飛來幾隻鳥，畢竟牠們是在天還沒亮的五點左右、像飛蛾一樣成群飛來，誰敢保證在那種時刻看到了什麼，或者有沒有看錯。從牠們揚起的羽毛和拍翅的聲音看來，有可能是十隻，也有可能是一百隻。我在嚴寒中抽了一根菸，看著死灰色的大海和死灰色的天空。當我把牠們湊在一起的時候，我的手看起來也是死灰色的。這些鳥是水薙。比爾說牠們是害鳥，死不足惜，但是看到牠們攤平在地上、脖子變得扭曲，我沒辦法同意他的說法。以前在主教岩燈塔的時候，我聽其他管理員說，他們有一次看到迴廊擠滿了鳥，而且是活著的鳥，不停地聒聒叫，地面上沒有留下一吋空間，簡直就像他媽的諾亞方舟一樣。直到天黑之後，燈塔的燈亮起來，那些鳥才成群飛走。燈塔的燈光要不是吸引牠們、弄暈牠們，就是把牠們嚇跑。

三天

由於我跟蜜雪兒持續交往中，因此我原本以為我這次回到燈塔會很難過；不過事實上，過了幾個晚上，我就感覺很好。在這裡，我可以花所有時間去想她。我在值大夜班時對比爾說的話是真的——我想要成為助理管理員，得到保障，讓特利登協會照顧我一輩子。這一來，我就可以問蜜雪兒：妳覺得怎樣？我總算成為有前途的男人了。

今天是我負責做午餐。飯後亞瑟洗了碗盤，然後照例坐在他的椅子上，邊喝茶邊打開填字遊戲。他給了我一根菸。亞瑟是個很願意分享的人。當我在奧爾德尼（Alderney）的燈塔工作的時候，那裡的主任管理員什麼都不肯分享，也不認為有分享的必要。他會在自己的罐子和盒子上貼貼紙，上面寫著「不准拿」。這代表他可以保有自己的奶油、香菸和ＨＰ棕醬，可是沒人想跟他在一起。亞瑟並不在乎自己的東西，不論是食物或其他物品都一樣。他說，物質都會消失，不會永遠存在，但是跟大家閒坐在一起享受美好時光的感覺卻會留下來。

亞瑟開口說：「完全無法滿足期待。」

「去你的，馬鈴薯沒那麼糟。」

「兩個單字，一個有六個字母，另一個是五個字母。」

「媽的我最受不了這種東西。我完全不會猜謎。」

亞瑟說：「你得從兩個方面來思考。一個是表面上的文字線索，另一個是必須特別去思考的隱藏線索。」

「我不覺得我的腦袋能做什麼特別思考。」

「這是你怎麼去看的問題。」

「換一題吧。」

「泡杯魔法吧。」（註23）

註23「泡杯魔法吧。」——原文為「Brew some magic up, pal」答案應為出現在句尾的「cuppa」（一杯茶）。

「我正在替你泡杯茶。」

「笨蛋，我說的就是線索。五個字母。」

「放屁（Bollocks）。」

「那是八個字母。」他露出微笑。「你剛剛差點說出來了。你看，就在這裡。」

亞瑟拿題目給我看。老實說，我還是完全搞不懂。

「我看不出來。」

「在靠近句尾的地方，你看。」

「喔。」當他寫出來，我才回應。

比爾對主任管理員的看法是錯誤的。亞瑟很想要幫我們得到進步，而不是對比較年輕的人動不動就發脾氣，或是擔心別人取代他，或是抱持那些我猜比爾對我抱持的想法。亞瑟很有耐心。他會示範給我看要怎麼做事。我很敬佩他對大海的感情。燈塔管理員就是應該像他這樣，但很遺憾並不是所有人都像他。

我不知道比爾知不知道亞瑟曾經告訴過我的事：有一次在值大夜班的時候，他告訴我多年前他剛開始在處女岩燈塔工作時發生的事。那是在比爾還沒有進入協會之前，甚至在我開始走路之前。當他敘說的時候，我驚呆到說不出話來。我不知道該如何反應。我沒有想到會有這種事。我怎麼可能想到？正常人都不會想到。

我只能呆呆看著亞瑟，心想我也想要變成像他這樣的人。沒有人會想到他經歷過什麼事情。我一直敬佩主任管理員，以為他什麼都懂，然後又發現他其實不是我原本以為的那樣。

Sony錄音機播放著尼爾・楊的歌。我的床鋪拉上了簾子。比爾在樓下吹哨子。現在時間介於夜晚與白天之間。我很高興音樂能夠帶我到另一個地方。在蜜雪兒位於斯特拉福德路的狹小套房，我們會播放尼爾・楊、約翰・丹佛、深紅之王的歌。房間裡放了好幾個塞了蠟燭的酒瓶，蠟流到瓶身上；另外也有菱形格紋的墊子。一隻貓在門口舔牠的腳掌。約翰・丹佛的〈鄉村路帶我回家〉唱著「藍嶺山脈」、「仙納度河」。仙納度根本不是一個有意義的字，想必是某種咒語，或是遙遠的衛星。所有東西都染上罐頭水蜜桃般的橘色。當我想到蜜雪兒時，通常會伴隨著特定的光線：臥室是紫色的煙霧，當她光著腳到院子裡呼喚貓咪時則是明亮的綠色。那隻貓叫什麼名字？賽科斯？不對。史坦？爛名字。史特普多？不可能。

我配不上蜜雪兒。我至少也知道這一點。

要不是因為特利登協會僱用我，我不會有膽去追求她。這完全是個巧合。目前沒有很多像我這個年紀的管理員——在北海鑽石油有更高的薪水，不過重點是你喜歡什麼樣的工作，還有你過去的資歷。一九七〇年四月，我剛出獄幾個星期時，在酒吧遇到一個傢伙。他請我喝一杯啤酒，告訴我他以前在普拉達島和斯克李沃（註24）當燈塔管理員。當時我照例預期自己會再度被逮捕。我已經習慣這樣的情況，所以我知道當我受夠外面的世界，就會故意搞砸。不過我越聽這傢伙談論燈塔，越覺得這份工作會很適合我。他只說，當燈塔管理員的人不能怕寂寞，必須要喜歡獨處才行。

我並不指望特利登協會在發現我的紀錄之後還僱用我，然而在幾個星期之後，我收到了錄取通知。他們一定覺得：這傢伙雖然腦筋不好，但很有熱誠，一定可以勝任這份工作。事實上，在燈塔上要做的事沒有很多。這份工作的好處就在於它的簡單性。雜務可以花掉你的心思——晚上點亮燈、打掃、做菜、和同組的其他燈塔聯繫。另外也要確保自己跟在一起工作的夥伴之間沒有嫌隙，不過這點是你沒辦法預期的。對我來說，保持友善氣氛是最重要的部分。盡可能和其他人保持良好關係，否則要是氣氛開始變差，就會像病毒一樣開始

註24　普拉達島和斯克李沃——Pladda與Skerryvore皆為蘇格蘭的島嶼。

擴散、繁殖，然後當你發現時，所有人都被感染並開始腐壞，沒有辦法解脫。

當我回想起在酒吧和那個老管理員相逢，就覺得自己好像得到某種訊息。我不是毫無希望的人，這世界還沒有放棄我。

我得快點告訴蜜雪兒。我已經隱瞞夠久了，必須誠實面對自己。要是我繼續讓這個大謊存在於我們之間，那麼持續交往、向她求婚就沒有意義了。我說的不是我以前做過的事。那些她早就知道了。我說的是最後一次入獄的事。

問題是，這種事不是一般人在第一次約會時會說出來的。即使是第三次約會也不行，然後過了一陣子，就變得難以啟齒。由於我常常離開，所以每次我回去，感覺就好像從頭開始交往，重新再來一次牽手、猜想、渴求的過程。我不想要破壞這樣的關係。

我越喜歡她，越難告訴她。我不想要太喜歡她，可是這種事不是自己能夠控制的。

說謊很容易。只要什麼都不說、什麼都不做就行了。讓其他人來決定什麼是真的。如果我是她，我不會想要知道。每一天我都嘗試著要去忘記這段往事。

當我閉上眼睛，仍舊能夠清晰看到那幅景象，就好像昨天才發生一樣——鮮血和毛皮、小孩子的尖叫聲、我朋友躺在我懷裡變得冰冷。

這輩子，我一直活在必須隨時回頭看有沒有人跟蹤我的狀態。即使現在人在海上，除了我們沒有其他人，我仍舊會回頭。

我很清楚我有敵人。那些做壞事的壞人想要對我做壞事。我有時不敢睡覺，只因為害怕做惡夢。我怕他們知道我在這裡，在這座岩礁上。**你以為你有能力從底層逃出去，但是你錯了，小子，你永遠沒辦法重新做人。**

我永遠不會回去。我不要回到監獄，也不要回到過去的生活。

這就是為什麼我要把它帶到這裡，藏在水槽下方的牆壁裂縫裡，避免被其他人找到。那裡很安全。除非事先知道，不可能去搜尋那裡。

我不知何時睡著了。當我醒來時，只知道比爾在一片漆黑中把我搖醒，叫我上樓。他說燈塔不會自己照顧自己的燈，而他如果不趕快睡點覺，他不知道自己會做出什麼。

IV

1992

14

海倫

海倫繼續向前走一英里，經過兩道鎖上掛鎖的柵欄門，終於看到那四棟單層的管理員小屋，座落在半島上，外觀塗成白色與綠色，還有黑色的煙囪及石板屋頂。處女岩小屋蓋得盡可能接近燈塔，但仍舊距離很遠。這一點總是讓海倫感到悲傷與單相思，一顆充滿期待的心面對的只有冷漠。

當時的情景彷彿是昨天。如果沒有那起意外，「司令」小屋也許仍舊是他們的。這棟小屋是最大的一棟，專為主任管理員建造，並且非常實用，介於學校宿舍和P&O渡輪之間。屋裡有像醫院那樣的走廊和小小的房間，即使放入再多個人用品，也無法軟化室內堅硬、冷漠的線條。冬天時，冷風會從窗戶縫隙吹進來。窗上鎖了鐵製門閂，讓她的手聞起來有硬幣的氣味。在烤箱和淋浴間，特利登協會都貼了壓膜告示，提醒房客這些東西不屬於他們，像是：「請使用排氣扇」、「小心：熱水」。入口貼的告示寫著：「緊急情況請撥打999」。屋前的露臺在海風吹拂下顯得寂寥，露臺上設有水泥製的野餐桌，再過去則是車庫的門，門上提醒著：「危險，強風時請勿使用。」當然還有那永恆的單調乏味（這是最折磨她的）。日復一日，過了好幾個星期、好幾個月、好幾年，只有大海陪伴著她。

比爾和珍妮住在「船長」屋。今天那棟屋子前方的柏油碎石地上，停了一臺紅色掀背車，後方貼了「車上有嬰兒」的貼紙。海倫猜測這裡對一般人來說或許是特殊的旅遊景點，可以窺探失去的世界，而處女岩的惡名也保證提供一次性的吸引力。這就是為什麼在燈塔自動化之後，這些小屋很快就被特利登協會拿來當成賺錢工具。海倫此刻能夠看到廣告：

體驗處女岩燈塔失蹤者的生活！

第三棟小屋「事務長」是貝蒂和法蘭克居住的。法蘭克是燈塔的第一助理管理員，做這份工作的時間更久。當亞瑟回到陸地上，他就會被指定為燈塔主任。法蘭克在他們失蹤那天並沒有值班。海倫常常想，他一定覺得自己好像晚五分鐘沒搭上後來撞山的飛機。

最後一棟「槍手」小屋原本應該是要給文森的。他非常渴望得到這項升遷。他沒有得到升遷的理由，大概只有燈塔知道。

海倫望著處女岩燈塔在海平線上冷淡地閃爍，無法不認為這座燈塔或許知道更多。它知道海倫的事。

此刻燈塔也看著她，無言地控訴，彷彿在說：海倫，妳不能否認事實。妳並不是無辜的。

海倫告訴司機地址，他便捻熄香菸，然後轉頭朝著行李箱問：

「要放行李嗎？」

「不用了，我不會在這裡過夜。我想請你在去過那裡之後載我到車站。」

「沒問題。」

太陽已經開始西沉，宛若融化的水蜜桃般沉入地平線。海倫慶幸坐在計程車後座、籠罩在夏天的陰影中，司機沒辦法看清楚她。莫特海芬的計程車司機都是在莫特海芬土生土長的。觀光客會請他們解說失蹤事件，並道出他們自己在故事中的角色（他們聽到消息時人在哪裡、他們曾經載特利登協會的長官從A地到B地、他們朋友的女兒認識沃克家的某個小孩……等等），因此他們一直都清楚地記得這起事件。雖然過了這麼多年，海倫不認為司機會認出她，但是在此同時，她也預期會有陌生人像以前那樣跟她打招呼。當她還是主任管理員太太的時候，當亞瑟預定要回來時，他們會問她亞瑟的情況如何，或是當亞瑟不在時她過得怎麼樣。同樣地，他們也會把自己的私事及個人問題告訴她。她身為主任管理員太太的地位，在大眾心目中大概就像牧師或是酒吧主人，理應關心她不認識的人。

司機從前座問她：「妳要去接朋友嗎？」

她說：「車子不用停留在那裡——正確地說，車子會停下來，不過只有很短暫的時間。我不會下車。」

司機打開廣播。車子經過教堂，細細的尖塔沐浴著夕陽光線。車子也經過「走私者客棧」。當亞瑟和比爾難得都回到陸地的時候，她曾經和兩人及珍妮一起到這家店。喝過一瓶葡萄酒之後，珍妮哭哭啼啼地對她說，她沒有小孩真的很幸運，不像自己獨自一人被困在這裡，還要照顧那些小鬼。珍妮痛罵比爾，接著跑到女廁嘔吐，於是他們便離開餐廳。車子沿著蜿蜒的道路，繼續駛過飯店及公園，穿過一排排連棟房屋。海倫在過去十九年，每次回到這裡，都會造訪同一個地址。即使她從來不會進去，這仍舊是必經的儀式。最近她開始會鼓起勇氣，下車並走向門。

海倫說：「到了，停在哪裡都可以。」

在這麼晚的時間來到這裡的好處，就是可以從窗戶窺見屋子內部：在燈火通明的一扇扇正方形窗戶中，閃耀著他人的生活。司機問：「妳打算怎麼樣？要不要我把車子熄火？」

「不用了，繼續開著引擎吧。」

這棟房屋是唯一處在黑暗中的。也許珍妮出門了，或者已經不住在這裡。想到她有可能再也無法聯絡珍妮，無法寫下她只能對這個女人說的話，談她們心愛的人、她們失去的人、她們之間經過二十年後已經硬化成石頭的裂痕，海倫不禁感到驚恐。

珍妮以為她可以信任主任管理員的太太。她當然會這麼以為。海倫的工作基礎就是信任。她要扮演的角色，就是支持她們，替她們倒飲料、握她們的手，當日子太難過時擦拭她們的眼淚。她了解她們，也關心她們。她知道何時該摸摸對方的手臂說「親愛的，這種情況不會拖太久，他很快就會回來了」，並且想辦法讓對方好過一些。畢竟寂寞是她的朋友，她知道該如何排解它。

然而海倫卻欺騙了珍妮。

「好了，我們可以走了。」她對司機說。

「就這樣？」

「沒錯，我要回家了。」

她搭上誤點的火車。車輪軋軋的聲音讓她昏昏欲睡。她在到達特魯羅（Truro）之前閉上眼睛。她又夢見自己在人群當中跟隨著他，看著他的後腦杓；然而當他回頭，卻不是她以為的那個人。在睡夢中，他的雙眼盯著海倫，從水底或是在明亮的陽光中，隔著餐桌坐在她對面，或是坐在她的床尾，注視著她的一舉一動。

15

海倫

你想知道我為什麼不跟珍妮．沃克說話——或者應該說，她為什麼不跟我說話。你想知道真相嗎？你說你想，可是你也很擅長編故事。我得承認，你的小說不是我喜歡的類型。事實上，我連一本都沒有讀過，不過我知道那本關於兵營船上的兄弟的小說。對了，叫《幽靈船》——我有個朋友在這本書出版的時候就迷上它。

我無意冒犯你，不過這就是我要說的。如果你想要寫你的冒險故事，包含大男人、戰鬥、到處飄揚的雄性激素，那麼老實說，我不認為我和珍妮之間的事會跟你要寫的內容有關。

誰知道是否有關呢？這些年來，我不斷問自己這個問題，幾乎要發狂。我捫心自問，亞瑟和其他人的失蹤，是否跟我們之間的關係有關。

首先我要告訴你，我從來沒想過我會跟燈塔管理員結婚。我知道有人從事這樣的工作，可是我總覺得那是很小眾的職業，只有無法適應一般社會工作的人才會去從事，結果證明我是正確的。從事這項工作需要特殊的性格。我認識的所有燈塔管理員都有同樣的特質，那就是不介意獨處。亞瑟總是很自足。我當時覺得那是很有魅力的特質，現在仍舊這麼認為。他內心擁有只有自己知道的東西，因此你沒辦法完全了解他。我的祖母對這一點有她的看法。她說，不論跟誰在一起，都不要秀出你的底牌，一定要留一手。我猜亞瑟從來不會對任何人秀出他的底牌，甚至對我也一樣。這就是他這個人的特質。

我不知道能不能形容他為寂寞的人。就如我說的，他具有從容的特質，但這並不代表寂寞。獨處不代表寂寞，另一方面，就算有很多人跟你在一起聊天說笑，大家也希望你待在那裡，你仍舊有可能感到很寂寞。在燈塔上，亞瑟當然不是寂寞的。我很確信這一點。大家常常問，他在那裡不會寂寞嗎？但是他從來就不寂寞。要說寂寞的話，我會說他在這裡、在陸地上，反而感到寂寞。

這樣想的話，我會犯下錯誤也是不難理解的。我並不是要為自己的行為辯護，珍妮也不會這麼做，不過沒有任何事情是非黑即白的。

我不確定亞瑟是否想要回家、回到我身邊。當他值班結束回到陸地上，我可以看到他一下船就在想念燈塔。不是想念在那裡的時光，而是想念它。陸地上的生活並不適合亞瑟。

我和亞瑟所經歷的過去當然也有部分關聯。對此我有很複雜的感受，沒辦法完全面對與接受。我怪罪亞瑟，他怪罪我。我們彼此怪罪，不過當那種事發生，怪罪也沒有意義，不是嗎？一點意義都沒有。

在他失蹤之後，我感到憤怒。我覺得他為自己找到逃脫的方式。他沒有權利突然就這樣一言不發地離開。他總是說我很堅強。我的確很堅強，可是有時候我覺得不應該讓他知道這一點。

當亞瑟得到處女岩燈塔的工作時，我以為我們會很幸福。燈塔讓他得到幸福，所以我以為我們也會幸福。對亞瑟來說，它是最棒的燈塔，所以亞瑟感到很高興。他在野狼燈塔、主教燈塔和愛迪斯敦燈塔這些主要的海上燈塔都值過班，不過他最渴望的就是處女岩燈塔：巨大而老式，就像他小時候夢想的燈塔。亞瑟說，海上燈塔才是「真正的燈塔」，在那裡才能體驗到真正的燈塔。小男生不會夢想陸地上的燈塔吧？他們夢想的是驚濤駭浪中的船隻、土匪、海盜、同伴之間的情誼，還有星空。

亞瑟死後，有一陣子我安慰自己，至少這是他想要離開的方式。除了在海上之外，他不會想要其他死法。就某種角度來看，這樣很適合他。這個想法的確讓我感到好過一些。

處女岩燈塔一直都想要得到他。這句話聽起來很蠢吧？別寫進你的書裡。燈塔沒有人格，沒有想法、感情或危險念頭，也不會對人懷有不良意圖。像那樣的說法都是幻想，而那應該是你的專長，不是我的。我只告訴你事實。

不過我從來就不喜歡它的模樣。有些燈塔看起來很友善，可是處女岩燈塔卻總是讓我感到不舒服。我從來就沒有上過那座燈塔，這點也讓我不喜歡。我不喜歡亞瑟待在我沒有去過的地方，可是海上燈塔不是想去就可以隨時去的，沒辦法順道造訪打聲招呼。既然亞瑟是個愛好隱私的人，這樣很適合他。我猜他喜歡有個離開我的地方可以待。也許所有丈夫都一樣。他們需要某個他們的太太不知道的地方。

喔，吵死了！那隻狗想要出來。可以讓我離開一下嗎？

好了，我回來了。真抱歉讓你久等了。我不知道要等多久才能等到牠適應。我是在失去亞瑟之後，養了我第一隻狗。我需要有另一個心跳陪伴在我身旁，不過我想我習慣了安靜的伴侶，或至少是常常不在家的伴侶。很不幸地，這隻狗很愛挖洞，不過這是天性，而且牠跟我一樣有權進入院子裡。我以前對園藝一點興趣都沒有，但是這個興趣卻幫助我度過悲傷的時期。看到自己種下去的東西長出來並且欣欣向榮，是很有意義的一件事。如果你也經歷過像我們這樣的痛苦，就需要看到生命會一再返回，戰勝困難、冰雪和狗掌。我很憧憬像這樣的堅毅。

亞瑟一直都很喜歡大自然。他從小就很敏感，也充滿想像力。就這點來說，跟你一樣——我是指很有想像力。我並不是要說你不夠敏感。我跟你在一起的時間沒有久到可以判斷這一點，而且這種事跟我無關。你既然成為作家，我猜你應該是很敏感的，才能了解你那些角色的想法，然後設法讓他們運作。

他的父親有養鳥，這就是他喜歡大自然的開始。他父親的身體不好，因為戰爭而得到彈震症，而且症狀很嚴重。那些鳥可以安撫他的心情。

亞瑟不喜歡談他的父親。我不知道他是不想還是不能。每次我問他，他就會轉移話題，或是告訴我他不想談這件事。我先生不想談的話題有很多，不過我後來開始覺得，你不想談是一回事，可是如果你的伴侶想要談，那又是另一回事。當太太想要談話，她就有權利談，不是嗎？要不然要怎麼解決問題？

我有時候會想，在什麼樣的情況下，我們可以避免某些事情發生。我是指因為一個決定造成的生命轉折。要是亞瑟沒有看到報紙上的特利登協會廣告，要是我們在那一天沒有買那份報紙，甚至要是我沒有遇見他——那也是一場巧合。我當時獨自一個人要去巴斯溫泉找我爸媽，在派丁頓車站排隊要買票的時候，才發現缺少零錢。即使在當時那樣做算是很正常的，我也沒有預期到會有一個男人為我付錢。在去程中我一直都在想著亞瑟。

我們在一個星期之後再度見面，以便讓我可以還他錢。我們是慢慢受到彼此吸引，並不是那種一見鍾情、痴迷熱戀的情況。其實我有些期待我爸會反對。我爸是一間男子寄宿學校的校長，他希望我跟律師或醫生那種「有名望」的職業的人結婚。他從來沒有對我這麼說過，不過我敢打賭，他覺得燈塔管理員都有女性化氣質。我不認為我爸會讀詩。這樣講夠清楚了吧？

特利登協會給我們不錯的薪水和福利。他們提供我們房屋，也替我們付水電費。這一切聽起來都很棒。亞瑟覺得他能夠適應這份工作，我也覺得這樣的生活型態在派對中可以當作聊天的開場白（我先生在燈塔工作）；但我沒有理解到，一旦離開倫敦太遠，就沒有派對可以參加，更不用說越過塞文河口、到達我們最初幾年大半居住的布里斯托灣周邊了。

一開始，例行性的工作對我們來說都不輕鬆。為了訓練技能與知識，協會派遣新人到全國各地，而且沒辦法預先知道接下來會被派到哪裡。每隔幾個星期，就會到一座新的燈塔。這是因為特利登協會想要盡可能給新人更多經驗，讓他們更快學習到工作內容，不過他們也希望藉此來測試新人，看你是不是能夠和不同個性的人相處，適應能力是否足夠，還有是否順從可靠。我們常開玩笑說，亞瑟要被打包從這裡被送到天國，只不過天國沒有降臨，直到他被派到處女岩燈塔。沒錯，這樣真的很累。我沒有在一個地方待得久到可以安頓下來，亞瑟又長期不在家，這種生活比我想像的更辛苦。即使在當時，我也覺得他離我越來越遠。

並不是所有人都像我們一樣覺得訓練很辛苦。比方說文森，他就很適應被派遣到各地，從不停留在同一個地方。他是在寄宿家庭長大的，我猜他可能從來沒有過永久的家。文森喜歡這份工作的變化性：在某個地方完成任務之後，就打包行李，前往別人需要你的地方。有可能北上南下，或是到某個島上。處女岩燈塔是文森待的第一座海上燈塔。對一個新人來說，算是很特別的安排，不過想到後來發生的事……就會覺得很可怕。一個年輕人就這樣斷送了美好的前程。

你說蜜雪兒・戴維斯不肯接受你的訪談，這一點並不讓我感到驚訝。她身為文森的女朋友，在他們失蹤之後，受到相當大的煎熬。每個人都說是文森害的，說他計畫了好幾個星期，殺死了亞瑟和比爾，然後設法逃亡。就連特利登協會也暗示這個可能性。雖然他們不能說出來，但是他們肯定助長大眾這麼想。

蜜雪兒已經結婚了，現在有兩個女兒。我不認為她會想要重新回憶起那段時期。她和文森當時真的很相愛。文森會在輪到他值班前從倫敦過來，帶著他那臺很貴的錄音帶播放機，留著像美國電視節目裡的人留的那種八字鬍。要是他升上助理管理員，他就可以得到住宿了。

亞瑟對文森的評價很高，說他是個很棒的年輕人，很正派又腳踏實地。如果一個人生長在困苦的環境，因為人們對他們印象不佳而永遠無法從底層翻身，那就太遺憾了。

特利登因為僱用有犯罪紀錄的人而遭到指責，可是他們一直都有僱用想要重返社會的人，而且在平常也不會受到批評或擔憂。對於曾經被關過、住在有限空間的人來說，燈塔管理員是最適合他們的工作，而且那些人通常都很守紀律，畢竟他們習慣了嚴格的生活。在燈塔上共事的人，不乏進過少年感化院，或是曾經被關進監獄的人。問題在於一旦發生任何事件（事實上真的發生了），就很容易遭受批判。

蜜雪兒當時無法反駁，她沒辦法替文森發言，那不是協會想聽的，也違背協會方針。

這就是她不想見你的理由——她不想要再回憶起那一切，再聽見別人說文森的壞話。

當時人們得知他曾經坐過牢都相當憤怒，流傳著各種你想像得到的謠言，說他是個凶手，說他殺過十個人，說他是個連環殺人犯，說他是個強姦犯或戀童癖。我可以告訴你，他根本沒做過那些事。

一個人不需要坐牢才知道自己犯了錯。我們就某種程度而言，不是都應該負起責任嗎？包括我做的事、亞瑟做的事、比爾做的事，只因為沒有人把我們關進來，並不代表我們不應該被關起來。

蜜雪兒對我說過，文森這輩子做過很多他想要忘記的事。要是你知道我跟亞瑟的事，我可以告訴你，我也做過那樣的事。

16

兩份報紙

《每日郵報》，一九七三年四月

調查發現處女岩燈塔事件當事人曾入獄

去年十二月，三名管理員在處女岩燈塔失蹤，找到他們的希望越來越渺茫，在此同時也出現新的證據：根據可靠來源顯示，三人當中最年輕的文森・伯恩有可能是事件的起因。二十二歲的伯恩是兼職助理管理員，在聖誕節與新年之間，與他的同事亞瑟・布拉克及比爾・沃克於西南海域的燈塔失蹤。根據昨天得到的情報，伯恩在進入特利登協會之前，曾經因為縱火、普通襲擊、襲擊造成實際身體傷害、擅自侵入、偷竊、煽動、逃離合法羈押未遂等罪名而被拘留。

《星期日鏡報》，一九七三年四月

前科累累的燈塔管理員驚人的祕密生活

單身的燈塔管理員文森・伯恩被他的前獄友揭發為慣犯。消息來源說：「你能說得出來的罪行他都幹過。他什麼都做得出來。」未婚的文森和另外兩名管理員四個月前在處女岩燈塔失蹤，三人目前仍舊行蹤不明。根據消息來源的說法：「他根本就不應該接近那座燈塔。不論發生什麼事，一定是他下手的。」

17

蜜雪兒

蜜雪兒今天第五十六次彎下腰綁鞋帶時，心想：自己已經不是他的女朋友很久了。「別動。」她對女兒說。後者抓住一撮頭髮做為回應。蜜雪兒往往無法分辨那是誰的頭髮，只知道有一撮頭髮被憤怒地抓住，直到她感到疼痛，才想到那或許是她的頭髮。

「拜託，不要再脫下來了。」她說。

兩姊妹去玩蛇梯棋，或者應該說是玩「把遊戲倒在地毯上然後拿骰子去餵狗」。蜜雪兒待在玄關盯著電話。

那個人今天早上已經打來一次電話，昨天也打了一次，上個星期也打來過。蜜雪兒告訴他：「我已經不是文森的女朋友了。」這句話是在陳述明顯的事實。文森再也不會交女朋友——除非他還活著，但是他已經死了，不是嗎？難道說他還活著？長時間面對不確定性、讓這個問題一直懸在心中，是最糟糕的停滯狀態。

丹．夏普也許覺得他能夠找到謎底，但蜜雪兒卻不確定是否真的有那樣的東西。她覺得這起事件就像大海一般深不見底。為什麼文森不見了？他是怎麼不見的？這些問題蜜雪兒永遠無法得到答案。如果夏普想要叫她說出關於文森的不實傳言，說出大眾討厭文森的那些理由，那麼她絕對說不出來。她現在有自己的家庭。她先生回家看到她跟陌生人聊天，重新回憶起她在十九歲時愛過的男人、也是她唯一愛過的男人，一定不會感到高興。

那個作家應該去別人家的門口打聽。他不知道自己正在挖掘他人想要遺忘的回憶。他應該專心寫他的驚悚小說。去年他們去圖書館找《Esio Trot》（註25）的時候，蜜雪兒曾經借過一本他的書。羅傑說那本書是垃圾，不過他本來就不喜歡蜜雪兒讀書，認為那些書會在她腦中灌輸怪異的想法。

「媽咪！」

平均每兩分鐘，兩個女兒之一就會發出抱怨。這次又是什麼？告狀說對方搶了東西、對方說謊、費歐娜脫掉內褲光屁股坐在桌遊上。蜜雪兒進入房間，

註25　Esio Trot——英國作家羅爾德．達爾（Roald Dahl）生前最後出版的兒童文學書籍。

安撫哭泣的小女兒，並試圖忘記文森的事。那是另一個世界，她已經不住在那裡了。即使她想要回去，也無法找到回去的路。

現在已經很少人跟她談起這件事。婚姻在這方面很有幫助。換了一個姓之後，別人就認不出她了。他們不能說：「喔，原來妳就是那個人，妳一定知道事情真相。」對這樣的問題，她的回答總是千篇一律：她跟其他人一樣，什麼都不知道。不過他們還是會露出若有所指的眼神，用手肘推撞並眨眼，彷彿她真的知道那些管理員為什麼失蹤，只是她當然不能說出來——畢竟當事人是她的男友，她必須保守祕密。

「媽咪，我想吃餅乾。」

「妳要說什麼？」

「請給我餅乾。」

小孩子為她築起一道牆，但也只有這樣。這道牆抑制了她的情感與痛苦，除非她自己想要翻越。通常在清晨，當她剛張開眼睛面對仍是空白一頁的這一天，她腦中會清晰浮現文森的模樣，真實到簡直就像照片。她不敢相信他們已經二十年沒有接觸彼此，不敢相信她的腦袋怎麼會記住這麼多細節。她從來沒有和羅傑談起這件事。羅傑個性好妒，不會對她過去的戀情感興趣，特別是她與文森的戀情。

她從廚房回來的時候，電話響了。蜜雪兒停下腳步，手中拿著麥芽牛奶，上衣沾了汙漬。

有些事她可以告訴那位作家，有時候她甚至很想說出來，只為了擺脫那些念頭。不過那是在深夜的時候。當鬧鐘響起，女兒們必須起床、她該去準備早餐和羅傑要帶出門的三明治、然後送女兒去上學時，她就會恢復理智。

蜜雪兒拿起電話。

作家開始說話，但她打斷對方。

「我跟你說過，別來煩我了。」她握著聽筒說。「關於文森，我沒有任何事可以跟你說。如果你再打來，我就要報警。」

18

珍妮

到處都是沙子。珍妮討厭沙子在腳趾之間、讓那裡的肌膚發出摩擦聲，她也討厭沙子跑進野餐籃裡，沾到她今天早上準備的起司和醃小黃瓜捲。她特地為了孫子的喜好，把它們切成四分之一。待會她回家的時候，連牙齒上也會有沙子，然後在接下來的一個星期，她吃東西都會吃到沙子。

海灘讓她聯想到《大白鯊》的那一幕：戴著遮陽帽、拿著水桶的小孩子在淺灘尖叫，裹著毛巾發抖。珍妮是在比爾失蹤的三年前，在奧菲斯戲院看《大白鯊》。天知道她為什麼要自討苦吃去看那種片——長了利牙、渴望鮮血的邪惡生物從海中出現。

珍妮並不喜歡恐怖的東西。她感覺彷彿回到小時候，害怕黑暗與樓梯發出的嘎吱聲；在她母親位於康福利路的院子裡，陰影逐日逼近。當她還小的時候，她的姊姊卡蘿會告訴她吸血鬼和狼人的故事，另外還有自己編的故事，內容是住在床底下的皺巴巴的生物。珍妮以為屋子裡已經有夠多恐怖的東西了。

怪不得卡蘿盡快離開了家，並且和家裡切斷關係。身為妹妹的珍妮則待得比較久。

漢娜拿著冰淇淋回來，說：「抱歉，冰淇淋融化了。」

捲筒部分變得溼淥淥的。孫子們盡可能吃掉最好吃的部分之後，把它們丟到沙地上。珍妮感覺肩膀很燙。

漢娜問：「妳該不會還在想那件事吧？」

「沒有。」

「妳太偏執了。」

「偏執又怎麼樣？」

珍妮望著海上的燈塔。此刻的燈塔籠罩在海上暴風雨平息之後的薄霧中。她越是盯著霧氣，那座燈塔越是清晰地浮現。她總是為這兩種場景並存感到在意：小孩子在沙灘上無憂無慮地舔冰淇淋，而背景卻是那個地方。

「妳覺得那個男人在刺探妳的事。」

「我沒有。」

珍妮躲到陽傘下方。一對情侶經過，男人把手放在女友腰部後方。比爾以前跟她走在一起時，也會把手放在她的腰部後方——至少在一開始，比爾還會想要待在她身旁的時候。

「媽，妳別再從窗戶窺探外面，這樣很不健康。還有，在家的時候開燈吧！我受夠了回到家發現好像進入墳墓一樣。」

「那就不要回來。」

漢娜生了片刻的悶氣，接著又問：「妳到底在擔心什麼？他只會把妳告訴他的事寫出來而已。」

「這是什麼意思？」

「我不知道。我是在問妳。」

珍妮用手指在沙地上戳了一個洞。底下感覺比表面冰涼。

漢娜說：「妳別再跟他談了。」

「不行。」

「為什麼？」

「如果那個女人要跟他談，我也得跟他談。」珍妮無論如何都想要避免提起海倫的名字。她甚至痛恨自己必須要想到那個女人的存在。

「老天爺！」漢娜跳起來衝過海灘，跑向跌到別的小孩挖的洞的尼可拉斯。

有時珍妮會希望自己沒有告訴漢娜比爾出軌的事。當時漢娜才十幾歲出頭。她應該把這個祕密放在心裡，讓她的女兒對父親保留慈愛的印象；然而過了一陣子，珍妮就無法壓抑自己。由於她感到很羞恥，因此無法告訴其他人。表面上，她和比爾是完美的夫妻，受到他們的朋友羨慕；在比爾失蹤之後，珍妮覺得更不應該破壞這個形象。那會是雪上加霜的悲劇。

漢娜帶著嚎啕大哭的小孩回來。

珍妮感到嘴裡湧出酸酸的味道。她想到比爾當時吃那些巧克力時會嘗到什麼滋味。

「誰管那頭母牛做什麼！」漢娜在她旁邊坐下，在陽光下用手遮住眼睛。「媽，真正懂爸爸的是妳。」

漢娜把一隻手放在珍妮手上。珍妮擔心自己會哭出來。如果漢娜發現事實，就沒有人會留在她身邊了。她只想要給比爾一個教訓，提醒他應該忠誠的對象。她只加了很微量的家用漂白劑（上面寫著：「如果吞下少量，會出現輕微嘔吐症狀」），並且用紫羅蘭的香氣掩飾。

那是她自己的錯。

這些年來，她沒有去努力認識其他人，只是躲在家裡邊看益智節目邊吃微波晚餐。

茱莉亞和馬克對她都很好，不過漢娜是最特別的：當漢娜長得越大，兩人之間就越像朋友之間的關係。漢娜相信自己的母親是無辜的受害者。珍妮無法讓她知道，她的父母親都犯了錯。

現在這個叫夏普的傢伙一定會不斷進逼，直到她投降為止；或者他也可能早就知道事實。也許海倫也知道。也許亞瑟在從燈塔寄回的信上寫了這件事。最糟糕的是要對漢娜解釋。珍妮絕對無法辦到。

漢娜對她說：「你們結婚十四年，有三個小孩。海倫才認識他多久？只有他媽的五分鐘！隨她想說什麼吧。如果挖出過去的事會讓妳感到痛苦，就別說吧。難道妳擔心屋外有人躲在車子裡等妳出來？拜託！」

漢娜說得沒錯，只不過珍妮前天晚上真的感覺到有人在路上徘徊，而且當她從紗窗往外看，她很確定有一輛引擎沒有熄火的車停在那裡，待了很長的時間觀察著她。

沒有人出來走向車子，也沒有人下車，過了好一陣子，那輛車才開走。

珍妮站起來，把毛巾上的沙子甩掉。沙子被風吹回她身上，讓她感到刺痛。她想要回家，不過她的孫子們也要回去，所以她必須打開烤箱準備烤肉，並且開始削馬鈴薯皮，而且她現在也開始想念《家有芳鄰》（註26）了。

註26　家有芳鄰——Neighbours，澳洲電視肥皂劇。

她幫忙收拾行李，呼喚孩子們，替他們拍掉腳上的沙子——在這段期間，處女岩燈塔不祥的身影仍舊矗立在她背後，做為她恐怖的伴侶。

那名侵入者會打開她必須關緊的門。這麼多年來，她一直堵住這扇門。門的後方是她無法再踏入的地方。

她已經失去自己的丈夫，她不能再失去自己的女兒。

19

珍妮

我不認為不知道真相有什麼問題。很多事情不知道比較好。

我媽以前常說：「珍妮，妳什麼都不知道。」

她是個刻薄的人，所以她這句話帶有惡意，不過事實上，在我的人生當中，什麼都不知道對我有很大的幫助。

比爾的遺體一直沒有被找到。

在找到遺體之前，仍舊有生還的機會，而有機會就代表有希望。

隨著歲月流逝，機會越來越小，不過還是沒有完全消失。

在特利登協會讓我看到我先生的遺體之前，我不會接受他已經死亡。

為什麼我要接受？

既然他像變魔術一樣消失了，那麼他也有可能像電視上的保羅・丹尼爾斯失蹤更困難（註27）一樣，有一天突然又變回來。要解釋他怎麼回來，不會比解釋他當時怎麼失蹤更困難。

作家應該保持開放的態度，不是嗎？希望你也不例外。

你應該記得我跟你說過，比爾會產生不好的感覺。他是那種有獨特第六感的人，跟我一樣，可以了解這種東西。想到他母親過世的狀況，他會變成這樣也是可以理解的。他相信（或者應該說，他想要相信）生命並不局限於我們這副血肉之軀。

我們剛開始交往的時候，他會留紙條給我。他會把紙條放在我在學校的書桌上，告訴我幾點見。我們必須瞞著我媽交往。當時卡蘿已經離開，家裡只剩下我和媽媽。當我回到家，她就會鎖上家門，不讓我再出去。比爾會把送我的禮物放在公園裡某棵樹的樹幹凹洞裡。有時是一包檸檬雪酪，有時是他在市集買的塑膠指環。我仍舊覺得也許有一天我又會看到比爾留的字條，也許放在我的枕頭下面，也許靠著水壺。星期一四點半，他會在我們以前住的小屋等我。

我不是要說比爾在某處海灘上晒太陽，只是想說，如果有某種超自然力量

註27 保羅・丹尼爾斯——Paul Daniels（一九三八～二〇一六），英國魔術師，曾在電視上主持魔術秀節目。

帶走他（或者應該說「借走」），那麼應該也會有另一種超自然力量把他還給我。

有些人自稱從來沒有遇過無法說明的事件，不過我不信任那種人。他們一定是很封閉的人。而且人活在這世上，如果只能想到眼前的東西，而不去想這世上還有其他東西，那真是太浪費人生了。

我們必須看得更遠。如果需要的話，也要發揮一下想像力。

你聽過「銀人」的故事嗎？他算是莫特海芬當地的傳奇人物。我從來沒有親眼看過他，不過有很多我認識的人看過。他們都是很可靠的人，我敢打賭他們說的都是真的。他們說他們看到銀人走在街上，模樣很清楚，就好像他是當地人一樣。

天哪，你的出版社真的替你選了個很閃亮的主題，畢竟銀人很顯然是銀色的，包括頭髮和衣服都是銀色，就連他的皮膚也帶有一點銀光，就像魚類那樣。他奇怪的地方不只是長相，還有他會出現在不可能到達的地方。我的意思是，他會在不可能到達的時間之內出現在另一個地方，就好像他有不只一個分身一樣。有人說他提著銀色公事箱，看起來像是要去上班。有人在大街盡頭看到他之後，開了幾分鐘的車，又看到他出現在他們前方，在幾英里外的山坡頂或懸崖上。「七姊妹」的派翠西亞說，她有一次看到銀人在海灘上對她揮手。如果你見過派翠西亞，就會知道她絕對不會說謊。她說銀人在很遠的地方，拿著銀色小包包，當她接近，銀人彷彿在邀她一樣走進海裡，一直走到水淹過頭部，然後就這樣消失了。

沒錯，我是基督徒，不過我認為越了解宗教，越會覺得這些其實也是相通的。天堂和地獄，不也是超自然嗎？還有天使和惡魔、燃燒的灌木、海水一分為二的故事。如果你相信上帝，就應該對祂創造的宇宙含有的可能性抱持更開放的態度。

這世界不只是教科書教你的那些。不管科學再怎麼發達，都沒辦法得到所有的答案。比方說上帝創造宇宙，科學上的解釋方式是大爆炸理論，可是科學沒辦法說明在那之前的情況。科學家沒辦法說明，大爆炸需要的物質為什麼一開始就在那裡。不管是原子還是分子引發大爆炸，那些東西不會無端就存在，不是嗎？比爾說，這就是為什麼很多科學家還是信仰宗教。他們最明白，萬物不可能無中生有。

我媽兩者都相信。從小到大，我們家裡到處都有十字架和讚美詩，不管往哪邊看，都會看到聖子耶穌，沒辦法逃離祂。我媽會拉上窗簾點燃蠟燭，所以屋子裡感覺就像小禮拜堂一樣，不過我們家裡也有掛風鈴和捕夢網，而且她有時候也會去找巫師。其中一個巫師叫凱斯特羅。他會來我們家，把手放在媽媽頭上，說些繁複艱澀的話，然後他們就會上樓。我記得他背上有很大的羽毛交叉的刺青。那是在某天早上，我穿著睡衣進入廚房的時候看到的。他在那裡烤吐司，就好像他跟我們住在一起一樣。

在我九歲的時候，聖母瑪利亞出現在我們的院子。她在某一天正面朝下倒在小屋旁邊，剛好在冰箱和一堆垃圾袋之間。我媽說她是從教堂貨車後方掉出來的，所以我媽就把她帶回家來保護我們——我跟卡蘿都需要保護。現在回想起來，「從貨車後方掉出來」應該只是委婉的說法，不是真正的事實，不過當時我的確在腦中想像送貨車後方的門打開，然後真人尺寸的聖母像就掉出來，臉撞到人行道上。她的臉頰有一邊的表面剝落，所以看得出她撞到哪裡。我媽打算要把她搬進家裡洗乾淨，可是她一直沒有執行，所以我就到外面把她扶起來站直。在那之後，每天晚上我都會打開臥室的窗簾，看著她像真人一樣站在那裡。我會恐懼地想像她從院子的一端移動到另一端，然後轉向我，每天都越來越近。

我媽雖然說她信仰上帝，不過她信的上帝大概跟我不一樣。簡單地說，那座瑪利亞石膏像不是唯一被撞壞的。

和她住在一起，讓我了解善與惡的差別。它們之間的差別不是用眼睛來區別的，而是要用這裡來感覺。在我看來，世界上有光明和黑暗，而世界就是圍繞著這兩者運行。要有光明，才會有黑暗，反過來也是一樣。就好像一組天平，這邊上升，另一邊就會降下。重點是哪一種比較多——光明越多，黑暗就越難進入。上帝的光最棒的地方就是很容易找到。在一個人的人生當中，有時可能因為得到好消息、發生好事而增加一些光明，不過在我看來，那就好像打開手電筒，開著的時候很亮，但是沒辦法永遠持續；上帝的光則是永恆的。

我只跟比爾說過這件事，還有很多其他的祕密。當我們訂婚的時候，我媽對比爾說，她很高興可以把我交給比爾，因為她已經受夠我了。除此之外，她大概沒有對比爾說過任何話。在我的婚宴上，她拿了一瓶 Jameson's 愛爾蘭威士忌，把自己關在樓上的酒吧，哭訴我要離開她。

最後我的確離開了她。她在洗手間睡著，我就讓她待在那裡，頭枕在捲筒衛生紙架上。在那之後，我就沒有跟她說過話了。我不知道她活著還是死了。我不想浪費時間去想那種事。比爾走了之後，她並沒有試圖聯絡我。當時每一家報紙都在報導這則新聞，所以如果她想聯絡，應該不難才對，不過反正我也不希望她找到我。沒有她在，我過得比較好。說出沒有母親在比較好這種話，要經過很大的煎熬，不過對我來說，事實就是這樣。

我絕對不會讓我的女兒像我恨自己母親那樣恨我。我絕對不要成為那樣的母親。她不配被稱為母親——母親是很神聖的字眼，而她並不是神聖的女人，只是個把我送到這個世界、然後就對我撒手不管的人。

我跟比爾的相逢是命運的安排。要不是因為比爾和燈塔的工作，我大概會進入庇護中心，或者成為街友。現在你可以理解，他為什麼不可能會自己離開那座燈塔了吧？我們從已知的事實得到這樣的結論。這就是我為什麼認定，一定有別的理由。

當他產生不好的感覺時，我可以看得出來。他會停止吃飯睡覺，早上五點就起床。我可以在黑暗中聽見他在吞口水。他會靜靜地躺在床上。如果我問他：「比爾，你醒來了嗎？」他不會回答。這時我就知道他又陷入那種不好的感覺了。

當他難得跟我說話，我總是傾聽。他從來沒有遇見過願意傾聽的人。他爸爸和哥哥總是取笑他，而比爾最討厭的就是被取笑。如果他有媽媽，他大概會成為不一樣的人。話說回來，我不會喜歡上另一個男人，所以我最好不要深入去想這個問題。

你相信巧合嗎？你一定相信。在你的《海神的弓》那本書結尾，你創造了很大的巧合，讓書中的兩個角色走進同一家飯店。那樣的機率有多少？你應該可以找到另一種結局，可是你沒有。也許你跟我終究沒有太大的不同。

我可以再跟你說一件事。你應該知道，在比爾失蹤的前一天晚上，燈塔是亮的。這代表不論發生什麼事，應該都是在第二天早上、朱利的船到達之前發生的，因此當時的新聞大幅報導這一點。當晚有人（至少是他們當中的一個人，或是其他人）點亮燈，並且整晚守著燈塔。結果他們在接班的人到達之前消失了？

我不認為那樣的巧合會發生。一定還有別的因素。我們不免會去想，要是接班的人更早到，要是船夫不顧天氣出發，或許事情就不會發生了。這樣的想法很殘酷，但歸根究柢就是相不相信巧合的問題。事情是自然發生，或者有其他理由？對我來說，答案很明顯。

只要是稍微懂一點燈塔接班情況的人都知道，在接班的那一天，每個人都會等著接收無線電訊號，討論船是否會靠岸，可是那一天他們卻沒有聯繫上燈塔。陸地上的人不斷嘗試聯絡，卻沒有人接聽。工程師認為是暴風雨造成通訊損害，但是我完全不接受這個說法。發信器傳遞訊號的時候，三個人正從地表消失？白痴才會相信這種鬼話。

到頭來，要是沒有奇怪的地方、沒有超自然的地方，人們不會一直討論處女岩燈塔的事件。如果只是像海倫說的，是大海吞噬了他們，或者是兼職人員做出蠢事，大家不會一直討論。

有人說，在比爾失蹤的前一天晚上，天上曾經出現光線。他們看到燈塔上空有紅光盤旋，然後不知飛到哪裡。另外也有船長說，他們看到有個燈塔管理員從陽臺扶手的地方揮手，但事實上那裡已經好幾年都沒有住人了。還有那些鳥——你會聽到關於牠們的事。有些漁夫堅稱他們看到白色的鳥，在退潮的時候停在礁石上，然後在天氣惡劣的時候繞著燈塔飛翔。去那裡的維修人員也這麼說。現在燈塔頂端設置了直升機停機坪，不再讓工作人員用傳統方式靠岸。那些鳥會停在那裡等他們，不會被直升機的葉輪或噪音嚇跑，只是停在那裡直視他們。

這就是為什麼關於那個機械師的事會讓我感到在意。大家都說，燈塔上只有他們，沒有別人，特利登協會也完全排除這個可能性，和其他傳言一樣置之不理。協會說當時不可能會多出一名機械師，就跟那些船長宣稱看到鬼一樣不可置信。但這要看你相信什麼。我之前也跟你說過，我相信萬一的可能性。

我相信比爾的不祥預感、天上的光、飛到燈塔的鳥、當晚的發信器，還有巧合。也許還有其他我沒有想到的東西，畢竟就如我媽說的，我什麼都不知道。我只知道我完全不懂任何東西。

20

北安普敦郡
托斯特
教堂路八號

巴斯
西丘
桃金孃崗16號
海倫布拉克

一九九二年七月十八日

海倫：

我們可以見面嗎？有件事很重要，我必須當面跟妳談。是關於文森和那起事件。我的新電話號碼如下。如果可以的話，請妳打電話給我。

蜜雪兒

V

1972

21

亞瑟
悲傷的歌

在燈塔上二十三天

當我在陸地上的時候，我和海倫會輪流洗盤子。輪到我的時候，我會想要盡快完成這項差事。洗完之後我也許會看電視上的《保羅．坦普爾》（註28），或者如果天氣很好，我會從小屋走一小段路到懸崖邊緣，望著燈塔想念著它。

在燈塔上，因為我不需要到別的地方，因此我會花時間慢慢洗盤子。我也許會邊抽飯後的菸邊洗盤子。有時其他管理員會拿菸灰缸過來放在下面，以便

註28 保羅．坦普爾——Paul Temple，一九六九～七一年英德合作的電視劇，以偵探保羅．坦普爾為主角，其助手則為他太太。

讓我把菸灰撢下去。要不然菸灰掉在水槽裡，我就得把它撈出來，然後重洗一遍。

我們雖然會抽菸，不過也很重視清潔。如果有人問起，每個人都會回答說，我們在家並不那麼在乎清潔，有部分理由是因為這方面通常都是由太太來打理（海倫不會這麼做，不過這是我喜歡她的地方），另外也有部分理由，是因為在家時清潔並不那麼重要。住在燈塔上，沒有太多的空間，因此必須保持空間乾淨整潔。你甚至可以在這裡的任何樓層、任何空間吃午餐。所以當我把菸灰落在洗滌中的碗盤，就得把它沖掉並重洗一遍。這裡有窗戶可以看到大海，因此待上半小時也不錯。海面就如鋁箔紙般閃耀著銀光。因為這裡太舒服了，所以我到現在已經洗了兩次盤子。

「你讀詩嗎？」文森在桌前抽菸玩紙牌時問我。他的播放機正播放著〈Supersonic Rocket Ship〉（註29）。

「有時候會。」

「據說生命中發生的每一件事，都有一首詩來描述它。」

「我相信這是真的。」

註29 Supersonic Rocket Ship——The Kinks 樂團於一九七二年推出的歌曲。

「不過當你沒有太多事可做——」

「的確沒有什麼事。」

文森在等我嘲笑他。在這裡即使想要討論自己做的夢，也會被嘲笑為多愁善感的呆子，不過文森跟別人對他的印象不一樣。搖滾樂團、筆和香菸是他的一切。他聽的樂團包括 The Kinks、Deep Purple、Led Zeppelin、T. Rex。比爾和我並不熱中音樂，櫥櫃上的收音機就足以滿足我們。天氣好的時候，可以收聽到 Radio 4 在播放《很抱歉我不清楚》（註30）。收訊雖然不佳，不過光是聽到貝瑞・克爾的聲音，就能提醒我們這世上還有其他人在過他們的生活。也因此，我有時並不想聽收音機，不過這種時候我也不會叫比爾關掉收音機，而會自己離開到別的地方。

「你喜歡誰的詩？」

我回答：「應該是湯瑪斯（註31）吧。我喜歡他的〈不要溫和地走進那美好的夜晚〉。」

註30　很抱歉我不清楚——I'm Sorry I Haven't A Clue，一九七二年開始播放的喜劇性質分組競賽廣播節目。下文提到的喜劇演員貝瑞・克爾（Barry Cryer）也是早期的參加者之一。

註31　湯瑪斯——Dylan Thomas（一九一四～一九五三），威爾斯詩人及作家。〈不要溫和地走進那美好的夜晚〉（Do not go gentle into that good night）是他最著名的作品之一。

「沒聽過。」

「你應該讀讀看的。」

文森說：「很多搖滾歌手都是詩人。像是雷・戴維斯，還有大衛・鮑伊。他們寫的東西除了音樂之外，光看歌詞也很棒。」

「像巴布・狄倫。」

「沒錯。」

「你有沒有讀過惠特曼的詩？**從不停搖晃的搖籃裡……從九月的深夜中。**」

「這是什麼意思？」

「要看整首詩才會懂得其中的意思。不過重要的是你自己讀了之後的感覺。」

文森說：「我有時會寫幾行詩給我的女朋友。」

「她有什麼感想？」

他露出微笑說：「女人都喜歡詩，所以就結果來看對我有利——如果你懂得我在說什麼。我一開始是在腦中編出來。監獄裡的夜晚過得很緩慢。我腦中會產生種種念頭，然後有些點子可以搭配在一起，有時會形成很巧妙的結果。我認為把腦袋裡的東西寫下來是很棒的一件事。這一來可以看到自己的想法，然後就會感覺沒有那麼嚴重。」

「你寫的內容主題是什麼？」

「我只有在喝醉的時候才能說出來。」

「你不讓我看你寫的詩？」

「如果是你的話，應該可以吧。」

「很好。」

「那些詩大概寫得很爛。內容滿怪異的，不過我想你一定會懂。就因為這樣，我才想給你看。我不喜歡有所隱瞞。隱瞞事情沒有好處。」

「沒錯。」

「應該要說出來才行。」

「文森，你隨時都可以對我說。」

「謝謝主任。不過別告訴比爾，好嗎？」

「關於你寫詩的事？」

「嗯。」

「我不會告訴他。」

「他對這種東西不會有興趣。」

「你怎麼知道？」

「我就是知道。他會批評得一無是處。他也許沒有惡意，可是卻沒辦法克制自己。」

二十四天、二十五天、二十六天

太陽升起，接著月亮升起。燈被點亮，接著燈又被熄滅。星星在夜空中運行，古老的圖形重新排序；北斗七星傾斜，巨蟹座上下顛倒，另外還有天蠍座等十二星座，以及春秋分點。風浪掀起，宛若萬馬奔騰，海面上揚起白色泡沫，接著又變得平靜；一望無際的大海不斷轉變心情，低聲吟唱著悲傷的歌、靈魂之歌、被遺忘之歌，停歇之後又迅速揚起，直至波浪翻滾。我們的處女就在大海中心，宛若活了好幾世紀的橡樹，佇立在礁石上。

浪很高，陽光普照，我替霧砲支架上油，擦亮鏡片。罐裝肉吃起來比聞起來好些。我用 Nikon 相機拍了天空和海的照片，反正沒有任何東西區隔這兩者。一架皇家空軍的戰鬥機在一英里外飛過，高度大概和燈塔齊平。我朝戰鬥機揮手，但他大概沒看到我。

我躺在床上試圖睡覺時，在悶熱的黑暗中，飛機再度飛過，但比爾告訴我飛機不會飛過這裡，只有那一架。我得睡覺。因為不睡覺，在不知不覺當中，幾個小時變成幾天，白晝變成黑夜，必須在月曆上做記號才能避免忘記日子。

現在是今天，現在是明天，現在是惠特曼的九月深夜。

星期五，一艘船駛過。一日遊的旅客繞行燈塔，呼喊：「哈囉，有人在上面嗎？」他們在這種季節戴著帽子裹著圍巾來到海上，想必是腦筋不正常，不過如果有漁夫願意載他們，那就祝他好運吧。對旅客來說，我們的存在很新奇。他們呼喊：「聖誕節要回家？」由於浪花打在岩石上的聲音，我無法判斷這句話是問句還是肯定句，不過我們當中只有一個人要回去。比爾已經準備好了。他在聖誕節前就會準備好。

每個人在過了一陣子之後，就會開始呈現出跡象。比爾在這裡待了四十多天，需要伸展四肢，擁抱他的太太和小孩。當你看到你的夥伴開始忘記這一切，忘記外頭還有正常的生活，忘記這一道牆並不是地表的盡頭，就代表他們開始出現跡象。比爾變得冷漠並失去幽默感——這時你就知道他已經待了四十天。跡象總是在四十天後出現。

二十八天

油庫的地板有一條白漆需要重塗，因此我很仔細地花了一個小時畫出完美的線條，比之前還要棒。完成之後，我在平臺清洗刷子，直到刷子看起來就像新的一樣。我常常想到陸地上的小屋也該油漆，但是我對此不太感興趣，而且特利登協會每隔一陣子會派人來塗油漆。在燈塔上，我則會主動去找該做的事情，即使還可以維持一段時間而不顯得破舊，我仍舊會立刻修理或改善任何地方。

在燈塔工作之前，我和海倫住在特夫內爾公園（Tufnell Park）附近的雅房。星期天早上，我會去買報紙，順道替她在街角的麵包店買捲餅。她會坐在床上吃捲餅，床單纏繞在她的腿上。吃完之後，我們會撢掉麵包屑，喝帶有沙沙口感的黑咖啡，然後到漢普斯特德荒野（Hampstead Heath）散步。我有時會想到，如果我們一直住在那裡，兩人的生活不知會變得如何。海倫應該會比現在更開心，不會覺得她為了我而犧牲了自己的生活。她的確這麼覺得，並且曾經說過一兩次，她還不如跟軍人結婚。

在值大夜班的時候，我心中會產生種種渴望與後悔。我聽過有個燈塔管理員愛上家鄉某個女孩的故事。他們整個夏天的交往過程忽冷忽熱，那個管理員也不知道兩人之間的關係究竟如何，直到有一天一艘小船來到燈塔，而那個女孩就站在船頭，身上穿著救生衣、綁著安全帶，對他高喊「我愛你」。我跟其他夥伴談到這個故事都笑到不行，畢竟當我們談及感情或浪漫故事的時候都習慣如此，不過我內心卻有不同的感受。

有些人很難說出內心的感受。我也一樣。

我曾想過要對海倫做同樣的事情，但是在駛向陸地時告白的效果沒有那麼好，而且我也找不到可以信任的船夫。我想得太多，到後來覺得這個點子很蠢。這種事適合二十多歲的人去做，不是五十多歲的人。到某個年紀，經歷的事情太多，覆水難收而無法改變。

我回到燈塔裡去洗澡。文森在客廳聽他的音樂。我告訴他起風了，但他沒有聽見，而這件事也沒有重要到必須再說一次。洗澡的地方在廚房，設備是一個錫桶和一塊絨布。我穿著內褲站在那裡，迅速把肥皂抹到身上。洗澡的過程並不舒適，只講求機能性而已。我擦乾身體穿上衣服之後，因為頭髮溼溼的又很冷，因此立刻去泡一杯茶。

我最早的記憶跟溼頭髮有關。我媽拿著毛巾，不苟言笑地替我擦乾頭髮。那種粗暴的務實態度，就像母親把口水吐在手指上擦拭髒嘴巴那樣，帶有不耐與關切。後來她也會替我爸擦頭髮。他當時像個孩子，因此我不再當小孩子了。我成長並超越了他。

要把水桶舉到窗戶的高度倒水太重了，於是我爬到樓上的迴廊去倒水，但是當我越過扶手倒水時，突然颳來一陣西北風，把我往旁邊吹，害我差點沒抓穩水桶。要是我真的沒抓穩，那麼聖誕節期間我就得不斷道歉（「抱歉，小夥子，我們的洗澡設備沒了」），不過我設法抓住，只不過在這段過程中弄溼了褲子和套頭毛衣的腹部。風很冷，我抓著水桶邊緣的指關節變得粉紅而龜裂。我迅速走進裡面，到樓下的臥室，先把水桶放回去，然後換衣服。

比爾在臥室裡睡覺。他的簾子是打開的。他採取側睡的姿勢，因此我可以看到他的耳朵輪廓和肩膀厚實的肌肉。我一直以為比爾很瘦小，身材矮小而輕浮，就如地鐵上的小偷一樣，但最近他的體格變得魁梧——或者他一直都如此？有時當你看著一個人，會有意外的發現。距離太近有時會讓你無法看清對方真正的模樣。

他正輕聲地打鼾。有時我會想到，我花多麼長的時間和我在其他情況下不會來往的人在一起。在家時，我並不容易交朋友。我沒有這方面的技巧。人們來來往往，而我找不到時間與方法去和他們結識；然而在這裡，我別無選擇。我們必須同居在一座柱狀建築的狹小空間裡。人們成為朋友，朋友成為兄弟。對於獨生子女來說，這是很理想的情況。我小時候把獨生子女聽成「獨身子女」，一直到十四歲時才在醫療宣傳手冊上看到正確的寫法。

我悄悄地從自己的衣櫃拿出毛衣，但我身上的褲子是我最後一條，因此我假設比爾不會介意我拿走他一條褲子。如果我不繫腰帶，我們兩個的尺寸大致相同。我的褲子要等好久才會乾，而我們能夠拿來烘乾的只有烤箱而已。

我穿上褲子之後，習慣性地把手伸進口袋裡。這時我摸到一樣熟悉的東西。我一開始不知道我為什麼會感到熟悉——我不確定我摸到了什麼，只知道這是我熟悉的東西。

當我向海倫求婚的時候，我買不起戒指，或者至少買不起配得上她的戒指——在哈頓花園（註32）的珠寶店買的藍寶石戒指，寶石夾在兩顆鑽石之間。我又花了五年時間、並借了一大筆銀行貸款，才終於買給她。不過在結婚的幾個星期之前，我們到市區外逛街時，她在一處飾品攤看到喜歡的項鍊。那不是很特別的項鍊，只是一條銀色鍊子和錨狀的墜子。我花了十英鎊買給她。雖然她現在戴的戒指是那條項鍊的好幾倍價錢，但這條項鍊對我們來說具有最重要的意義。

海倫以為我沒有注意到她不再戴這條項鍊，但我回到岸上時，會注意到她的一切，注意到她的所有改變。

我應該搭船去找她的。在我失去我認識的妻子那一刻，當我的手指穿過這條錨狀墜子的項鍊時，我心裡這麼想。我應該搭船去找她，在船頭對她喊出心

註32 哈頓花園——Hatton Garden，倫敦珠寶商聚集的區域。

裡的話，好讓她知道。

在階梯上陰暗溼冷的日光下，我從比爾的褲子口袋拿出項鍊仔細端詳，然後又望著比爾，試圖去理解對其他男人來說再明顯不過、對我卻是難以置信的隱瞞與毀滅性謊言。我想必完全忽略了呈現在眼前的一連串事件。

星座出現變化，天空塌下來。我以為這個男人是我的朋友。

22

比爾
銀人

鯊魚沒有表情，也因此才令人畏懼。牠們是由脂肪組成的冷酷魚雷，在鰓部有裂縫，並配備利牙。油脂和利牙的組合正是牠們的可怕之處，就如許多根針插在一碗凝乳中。

我曾經看過一隻鯊魚。當時我坐著釣魚，突然看到水中有巨大的灰色菱形狀物體朝我游來，形狀像我睡不著時珍妮給我的安眠藥。我立刻收起釣線，不過牠只是繞著燈塔游了幾圈，然後又游走了。我以為那是一隻鯨鯊，可是亞瑟說是大白鯊。亞瑟應該比較懂，而且我們附近的燈塔也有人目擊過。

我回到陸地之後告訴珍妮，她便抓著我，吐出帶有酒味的氣息，對我說：「比爾，你得向我保證，再也不要到燈塔底下的平臺釣魚。」然後到了晚上，她以充滿歉意的眼睛窺探我。那當然了。

我並沒有告訴她，我對那隻鯊魚產生的情感不是恐懼，而是憧憬。如果牠有家人，一定會拋棄牠們。如果牠有老婆，一定早就把對方吃掉了。

在燈塔上四十五天

暴風雨在星期三襲來。有時我可以看到狂風暴雨來臨的過程，蜂擁而至的烏雲密布在燈塔上方，大海也準備掀起巨浪；不過也有些時候，暴風雨在我們沒有察覺的時候便突然襲來。當我在廚房吃早餐的時候，浪花便開始拍打窗戶。

「媽的！」文森平常表現得漠不關心，但我注意到他抽了一根接著一根的菸。百葉窗雖然關閉，但外面的風雨聲卻大得驚人。雨點沖刷著窗玻璃，大海變得蒼白，彷彿有人倒了大量牛奶在裡面。燈塔在搖晃，從下到上抖動，詭異的感覺就好像我們被通了電流，從底層穿過腳底，然後從頭部往上竄升。巨大的岩石以每小時五十英里的速度劇烈滾動。我無法相信我們還能夠繼續站著。

亞瑟在讀一本舊的《國家地理雜誌》。他過去的經歷讓他不太可能會害怕任何東西。這就是我不會感到愧疚的理由。海倫也不應該感到愧疚。亞瑟經歷過更糟的事。

通常在這種天氣的時候，亞瑟會說些安撫人心的話，像是工程師從史密頓（註33）的燈塔學到什麼，還有在幾百年來燈塔一再建起又倒下的過程中，人們終於學會該如何正確建造它，使用榫頭、金屬接頭、在岩床上挖洞打造花崗岩建築。

他那些話只會讓我感到高高在上，讓我覺得自己好像仍舊是那天被他拉上岸的新人。亞瑟懂得最多，我懂什麼？

不過他今天並沒有說話。他繼續讀《國家地理雜誌》，只有在文森問他要不要喝茶時抬起頭說「好的，謝謝」。那本雜誌至少是一九六五年之前出的。時鐘繼續滴答響，指著十一點四分。在香菸的煙霧中，時間繼續流逝。

中午，我上樓去找下午值班的亞瑟。霧砲的聲音震耳欲聾。操作霧砲是很

註33　史密頓——John Smeaton（一七二四～一七九二）英國土木工程師，其燈塔設計對後世影響很大。

無聊的工作。也許有人會覺得它能為單調的工作帶來變化，但其實只是坐在門口壓下活塞，有什麼會比這樣的工作更單調？在視線不佳的時候，值班的人必須每五分鐘壓下那個鬼活塞，持續好幾個小時，而其他人也無可避免會聽見砲聲，不論是吃飯或試圖睡覺，每小時都會聽到十二次砲聲。特利登協會為此提供我們耳塞，就像他們提供給住在礁石燈塔或沿岸燈塔的家庭那樣，但那聲音還是令人難以忍受。當砲聲響起時，根本沒辦法做任何事，也沒辦法思考。

此刻我必須再度回到外面走廊拉下支架，重新裝填火藥。我不喜歡在浪很大、呼嘯的風刺痛我耳朵的時候到外面。當我回到陸地，我仍舊能夠聽見彷彿穿過腦袋的風聲，在晴朗的日子裡發出嘆息與嘎吱嘎吱聲，在暴風雨時則像是在哀號。亞瑟喜歡到外面的迴廊上看狂風吹拂。他此刻在燈室裡，坐在一張餐椅上，大拇指放在扳機上。

「比爾，還好嗎？」

號角響起，發出「叭～～」的聲音。

我說：「我替你端茶過來。」我把茶杯放在他的腳邊。他沒有穿鞋子，只穿著兩邊不一樣的襪子。他沒有說謝謝，仍舊繼續望著海面。

過了片刻，他才問：「晚餐吃什麼？」

我停在階梯上，雙手插在口袋裡。

「牛肉腎臟派。」

「今天的菜色真不錯。」

「陸地上的更棒。」

亞瑟點燃香菸說：「你很快就可以回去了。」

「還有十三天。」

還有十三天，我就要與她重逢。我想到她頭髮的氣味像丁香，想到兩人第一次接吻時，一片雪花飄過光束。

亞瑟問：「你回去之後要做什麼？」

「喝杯啤酒，睡在正常的床上。」

叭～～

「可以替我向海倫問好嗎？」

「當然了。」

亞瑟的大拇指摸著活塞。「包裹裡放了什麼？」

「什麼？」

「珍妮給你的包裹。文森替你帶來的那個。」

「跟平常一樣，有信，還有巧克力。」

我想抽菸，但我身上沒帶香菸，亞瑟此刻的心情似乎也不願分享。他在天氣不佳的時候會變得這樣，恍恍惚惚而心不在焉，顯得跟他的年紀一樣老。

我說：「她想要讓我產生罪惡感，所以才這麼做。」

「珍妮是個好太太。海倫才不會這麼做。」

叭～～

「做什麼？」

我知道海倫會做的任何事，或者應該說是我希望她做、而她即將為我做的事——當她了解她完全不欠亞瑟任何東西之後。

亞瑟說：「為我做個好太太。」

如果他此刻看我，就會看出來，但他並沒有看我。

海倫說亞瑟從來就不看她。如果她是我太太，我絕對不會把視線從她身上移開。我現在已經悄悄地在珍妮不注意的時候這麼做了。我盯著主任管理員家的正門，等待它打開，然後海倫走出來，拍著皮包確認家裡的鑰匙在裡面。她會隔著窗戶看到我並打招呼。她沒有忘記。就如我想著她，她也想著我。她希望我們可以盡快在一起。接著珍妮從廚房對我吼叫，說我沒有注意看嬰兒，讓他亂跑還把炒蛋掉在地上。

在亞瑟擔任我的上司的期間，我們兩人的關係就在他面前發展。海倫說他們彼此沒有碰觸，沒有交談，不過他仍舊絲毫沒有起疑。

有些感情是無法控制的。我第一次告訴海倫時，她站在洗衣機前，準備跟我道別。我說我無法控制。這和亞瑟無關。如果他沒有跟海倫結婚，就不會有任何問題，可是他們兩人結婚了。他們在我還穿著短褲、我爸拿著他的皮帶坐在我的床尾時就結婚了。

我說：「珍妮應該更獨立一點，像海倫一樣。」

我鼓起勇氣在他面前說出海倫的名字。我想要一直說這個名字。

「比爾，你喜歡獨立的女人嗎？」

「總比不獨立的女人好。」

「是嗎？」

「有次我們一起到莫特海芬的街上。」我更進一步，只為了試探反應。「那天是海倫的生日。她穿著在倫敦買的藍色洋裝。我們僱了保母，前往七姊妹餐廳，點了一大盤海鮮。」

「那件洋裝是我買給她的。」

「當時那件洋裝很適合她。」

「現在也很適合。」

「海倫抱怨葡萄酒的味道，但是卻不能阻止珍妮喝酒。我們回家之後，珍妮對我哭著說，她覺得自己在海倫身旁顯得又醜又笨。我告訴她，如果她沒喝那麼多，就不會感覺那麼糟了。」

「她太關心你了。」

「她醉了。」

「她為什麼會喝醉？」

「天知道！不論如何，她就像顆不定時炸彈。當我回到陸地上，我都不知道會面對什麼樣的狀況。」

「她也不知道。」亞瑟說。

「什麼？」

「有一次海倫對我說，她覺得好像迎接陌生人回來一樣。」

「她在說我？」

亞瑟終於注視我的眼睛。他把菸抽到濾嘴，抽下那沙沙的、酸酸的一段。

「不是。」他說，「是在說我。」

叭～～

「茶要涼了。」我退出這個話題。

「比爾，去睡覺吧。」亞瑟捻熄菸，然後再度裝填彈藥。

四十六天。

距離我值班的時間還有兩小時。我感到肚子裡湧起某種感覺，或者只是加深了原本就有的感覺——處在模糊地帶的噁心感？我既不在陸地上也不在海上，既不在家也不在外面，彷彿飄盪在曖昧不明的交界處。海倫要我別去想不好的地方，但有時我無法控制。

我告訴她絕對不會告訴太太的事。

我告訴她，我在十二歲的時候看到那個男人。我當時坐在鄰居艾太太的車子副駕駛座。他的兒子跟我同班，是個小混蛋。我因為剛游泳，頭髮還是溼的。我腦中想著我哥哥藏在銅罐裡、放在我爸槍櫃中的香菸。我會在他們回來之前偷一根出來抽。

山丘下方有一個急轉彎，通往莫特海芬。艾太太放慢車速，幾乎停下來。這時有個男人從我們面前穿越馬路。他看起來很詭異，因此我記住了他所有的細節：他有一頭銀色頭髮，拿著手提箱，即使當時是寒冷的二月，仍舊戴著太陽眼鏡。我注意到他的服裝完全不符合時代。當時是五〇年代初，但他那身和頭髮一樣是銀色的西裝，即使在被我爸稱為「笨腦筋」的我看來，仍屬於更早的年代，也許是二〇年代。他看起來從容而篤定，似乎跟人約在某個地方，不過有充足的時間可以到達。

那個男人進入巷子裡，車子繼續往前開。艾太太像九十歲的老人般開著她的 Sunbeam 汽車，眼睛不停地眨，臉部不時抽動，鼻子湊近擋風玻璃。過了五分鐘，車子已經開了頗長一段距離，當我們經過郵局時，我不敢相信自己的眼睛：剛剛那個男人在我們面前過馬路，而且再次從左到右。他依舊戴著太陽眼鏡並提著行李箱，頭髮與西裝也同樣怪異。由於他突如其來地從籬笆走出來，因此艾太太必須轉向旁邊，並毫無意義地按喇叭。那個男人並沒有看我們，也沒有看車子，似乎沒有發覺到自己差點被撞，甚至根本沒注意到我們。

他不可能比車子更快到達那裡。即使他開車、騎腳踏車或搭公車，他也不可能超越我們（一路上沒有車子超越我們），而且從剛剛那裡也沒有其他的路可以到莫特海芬。他不可能用走的，否則他大概還沒有離開山丘。除非他有個雙胞胎，穿著同樣的服裝，以同樣的動作出現在我們面前——不過我知道這不是重點。重點是我們不只看到同一個人，還看到同樣的時刻：他從左邊跨越馬路到右邊時，頭部的角度、公事包晃動的幅度、冬日陽光照在太陽眼鏡上的反光，甚至他走過的步數都完全一樣，彷彿他不是走在路上，而是走在某個看不見的表面，宛若洗失敗的照片般錯置在大街上。

艾太太轉向我問：「那到底是什麼鬼東西？」

東西，不是人。

直到今天，我都無法回答她的問題。

我從來沒有告訴我爸這件事，也沒有告訴我哥哥。在接下來的幾個星期中，那個拿著公事包的陌生人慢慢地從我的腦海中消失，即使在艾太太突然過世時，我也沒有說出來。她那天早上出門幫她先生買《Valley Echo》報。報攤的人說，她來的時候顯得很好奇，隔著窗戶看到某個她認識的人，報紙掉在地上。

直到二十三年後的現在，當我坐在海上燈塔，電視播放著《加冕街》（註34），文森在兩層樓下方煮著氣味難聞的燉花椰菜，我才再度想到那個男人。在這裡有太多的時間想事情——這是我爸沒有預期的情況。這要看你是哪種人。如果你讓腦中的念頭迷惑自己，有時就會成為揮之不去的鬼魂。

軟弱的男孩，懦弱的男孩，你最好早點上燈塔。

蒼白的月光從窗戶射進來。詭異的月亮，詭異的念頭。這裡的月光亮到刺

註34 加冕街——Coronation Street，英國經典肥皂劇，自一九六〇年播放至今。

眼。想像月亮是太陽，而整個世界完全顛倒。

這回我成了穿銀色西裝的男人，踏入馬路當中。我可以感覺到公事包的曲線、裡面的東西神祕的重量。我望向車子，看到有個男孩坐在Sunbeam-Talbot汽車的副駕駛座。我對他說：

快跑。

「比爾？」

亞瑟站在門口，手中拿著廚房的菜刀。

「抱歉，我睡著了。幹，現在幾點？」

「七點。」他用刀刃指著我，刀刃閃閃發光。「可以的話，來幫我吧。」

23

文森
黑魔法符號

在塔上十五天

哈特角海岸警衛隊呼叫群組，訊號是否清晰？請回答。

哈特角呼叫探戈。哈特角呼叫狐步。哈特角呼叫利馬。哈特角呼叫威士忌。哈特角呼叫洋基。

探戈，探戈，這裡是哈特角。訊號如何，請回答。

哈特角，這裡是探戈，訊號很清楚，下午天氣很好。是否收到訊號，請回答。

探戈，訊號沒問題，謝謝。今天天氣真的很好。哈特角呼叫狐步，哈特角呼叫狐步。午安，訊號是否收到，請回答。

狐步呼叫哈特角，狐步呼叫哈特角。我們全體向你道午安。訊號很清楚，完畢。

狐步，收到了。哈特角呼叫利馬，訊號是否清晰，請回答。

利馬呼叫哈特角，訊號很清楚，跟大家道個午安。沒有其他報告事項，謝謝。通話完畢。

謝謝利馬。威士忌，哈特角呼叫威士忌，是否收到訊號，請回答。

威士忌，威士忌呼叫哈特角。史帝夫，訊號沒問題，完畢。

謝謝你，羅恩。哈特角呼叫洋基，哈特角呼叫洋基，是否收到訊號，請回答。

洋基，洋基呼叫哈特角。我是文森。很高興聽到你的聲音，兩段波長的訊號都很好，聽得很清楚，謝謝。完畢。

謝謝你，文森。代我向小組問好。哈特角通話完畢。

✦

十六天

我拿了幾顆比爾的太太送他的巧克力。昨晚在他看電視的時候，我有機會拿他的巧克力。我得承認，我三不五十會去檢查其他人的囤貨，看看有什麼我想要的東西。如果數量夠多，誰看到就是誰的。不過即使比爾注意到了，我猜他也不會在意。他談到自己太太的時候，通常不帶太多的感情。

「等你結婚半輩子，你就知道了。」每當我提起蜜雪兒，他就會這麼說。「當你替她戴上戒指之後，事情就不一樣了。」

我拿著釣線到燈塔底下的平臺。雖然大概釣不到什麼魚，不過也很難說。如果能釣到綠青鱈或鯖魚，那就很棒了。我可以像比爾示範給我看過的那樣，在魚身上抹些大蒜，再加些乾燥洋香菜。我們應該還有檸檬才對。從手套伸出來的手指凍僵了，所以拿出巧克力時感到很痛苦，不過這是值得的。

深色的巧克力外殼裡包了紫羅蘭奶油，吞進去之後舌頭上感覺鹹鹹的。不知道我能不能找到一個願意並且能夠為我做這種東西的女人。在我離開之前，蜜雪兒和我談到我們要找個沒有其他人的地方待在一起。我比她更常想這件事，要不然我跟另外兩個傢伙待在這個鳥不生蛋的岩石上要幹麼？當我播放〈滑鐵盧日落〉（Waterloo Sunset）時，我想像著我們走在滑鐵盧大橋上，她轉向我說：「我從來沒有跟一個男人這麼熟，卻對他一無所知。」她不需要在意這種事。沒人會真正認識我，就連每天跟我在一起的主任管理員和比爾也一樣。這沒什麼。我表現給別人看的樣子和實際的我截然不同。大家不都是這樣嗎？

釣魚不只是讓魚上鉤，還包含了坐在那裡的時間。在刺骨的寒風中，我必須把大衣拉到眉毛的高度，蛋蛋也凍僵了。當我被這麼遼闊的大海包圍，我感覺自己是最渺小的人類。我在監獄裡的時候，曾經幻想大片的水——不是洗澡水或毛毛雨，而是奧運尺寸的游泳池水，或是綿延好幾英里的大海。人在不能擁有的時候，總是會特別渴望。

我最好不要讓主任管理員看到我沒有繫安全索。老實說，那東西真的很麻煩，坐下時也會感覺到有繩結在肛門底下，比雞姦還要痛。每個主任管理員都會依據自己對燈塔安全的想法，而有不同的管理方式。亞瑟說他在愛迪斯敦燈塔的時候，曾經差點被捲進海裡，要不是幸運女神眷顧他，他就沒辦法在這裡說這段往事了，所以他堅持要我們綁緊安全索。

在燈塔上不論發生任何事，都是主任管理員的責任。亞瑟對我說過，以前有個年輕的燈塔管理員就這樣在蘇格蘭外海失蹤了。這種故事會流傳下來當作警惕，不過如果同樣的事會在愛迪斯敦燈塔發生，就沒有理由不會在這裡發生。那座燈塔的主任管理員一直沒有從那次事件中走出來。據說這名年輕管理員有一天想要去釣魚。那天天氣很好，萬里無雲，海面也波平浪靜。他告訴助理管理員他要到外面釣魚，而助理管理員也說：「好啊，替我釣一條魚當晚餐吧。」當時主任管理員在床鋪睡覺，因此不知道這件事。年輕管理員下樓到我現在所在的地方，像我現在這樣坐在這裡，雙腳從平臺往下垂。後來就再也沒有人看到他了。當助理管理員晚點去找他時，平臺上沒有任何人。他們當然都感到迷惑。助理管理員沒有聽到任何聲音，也沒聽到有人大聲求救。如果那個年輕人掉進水裡，應該會在附近的水面呼叫其他人才對，但是他並不在那裡，包括釣魚竿和其他東西也都不見了。只有主任管理員和助理管理員的證言主張這不是兩人的錯。

那名主任管理員承擔起責任。在他看來，那是他的責任。但後來調查委員會在那名管理員的床鋪發現關於惡魔和神祕學的書，裡面都是些令人敬而遠之的恐怖內容。臥室的牆上畫了黑魔法的符號，像是五芒星、長角的手等符號。我光是想到就覺得毛骨悚然。

我拿起釣竿，準備回到燈塔裡面。

這時我看到水裡有東西載浮載沉，從我腳下漂走。我瞇起眼睛，看到那不是漂流木、浮標或鳥，比較像是接近水面的一群鮪魚或一個塑膠袋（或是幾個塑膠袋）鼓起來。或者那東西也可能更大、更結實，就像一個男人的尺寸和形狀——也許他張開雙臂，臉部不知朝上或朝下。水面在顫動。我不確定自己是否真的看到東西。即使我很努力地去找，也沒有再看到那東西了。

✦

比爾問：「午餐要吃什麼？」他正在擦廚房和臥室之間的銅管扶手。這裡是唯一需要擦拭的地方。我們在抽菸或下跳棋之後手會變髒，而我們要上樓睡覺時又太累了，因此就會不小心弄髒扶手。

「如果你想要的話，有一些海草和一包洋芋片。」

「媽的！」

他凶狠地擦拭扶手，但其實扶手早就跟新硬幣一樣乾淨了。我昨天跟亞瑟說，比爾似乎已經準備要走了，亞瑟側面對著我，用悶在喉嚨裡的聲音回我：「你說得沒錯。」

我告訴比爾：「我好像看到一具屍體了。」

比爾停止擦拭。「你說什麼？」

「剛剛看到的。」

「在哪裡？」

「你以為在哪裡？當然是在海裡。」

比爾緩緩擦拭雙手。「是誰的屍體？」

「我不知道，大概是某個游泳的人。」

「你確定？」

「不確定。」

我們一起到外面時，當然沒看到任何東西。在我告訴比爾之前，那東西就已經不見了，而且我也不知道自己看到的是什麼，只知道那東西讓我感到不安。我想要去問主任管理員該怎麼處理，但比爾說他在樓上睡覺，別去打擾他。比爾還說，亞瑟一直沒休息，已經開始產生不良影響。我當然知道亞瑟出現壓力的症狀，他不需要費神來管這件事。

我說：「他戴著泳鏡。」

「誰？」

「那個游泳的人，戴著紅色泳鏡。」

比爾說：「去打無線電吧。如果他們想要的話，可以來處理這件事。反正那傢伙應該早就死了。那是個死人，對不對？」

「我不知道。我不想要小題大作。也可能是隻海豹。」

「戴泳鏡的海豹？」

「我不確定那東西是不是真的戴了泳鏡。」

「你什麼都不知道。」

我想到藏在廚房水槽下的那把槍。我很慶幸我們有那把槍，免得遇到外人侵入。

我們上樓到廚房。比爾泡了茶，味道很濃，加了兩匙砂糖。他用的是湯匙，所以幾乎等於是六匙。

主任管理員對我說過，待在海上會讓人產生幻覺，以為看到不存在的東西，就好像如果一直盯著一幅畫，腦中就會出現干擾畫面的東西，測試你是否專心。在海上也會看到類似沙漠上的海市蜃樓，包括難以置信的色彩、浪花與漩渦、在海面上閃過並消失的影像。

即使在平靜的海面，仍舊會產生碎浪，出現黑色抖動的塊狀，就好像昨晚丟棄的一包垃圾。你會覺得彷彿能夠在天上挖一個洞，把手指插進去，摸摸天幕後面的東西。那東西感覺柔軟而充滿渴望，不願讓你離開。

當你每天在海上，大海就會映出你心中的所有東西。**鮮血和毛皮，小孩在尖叫，我的朋友躺在我的懷裡，逐漸變得冰冷。**

比爾說：「喝下去吧。」

甜膩的熱茶讓我感到噁心。或者也可能是因為那具屍體。

「亞瑟有沒有跟你提過那個來自北方的水手？」比爾點了打火機，點燃香菸。我說沒有，要他繼續說下去。「那個笨傢伙的船撞到燈塔周圍的岩石沉下去，船上的人都掉入海裡，船上的貨也弄丟了。船長怪罪亞瑟，說都是燈塔害的。他的船員在海上太久，一直看著空無一物的海平線，結果當他們看到光線，沒辦法判斷到底有多遠。距離是會改變的。」他用香菸尾巴敲敲自己的太陽穴。「原本以為某個東西距離更遠，結果突然就撞上它。」

「你認為我在亂說？」

「不是，我只是要說，你沒辦法總是確定什麼是真的。」

「主任管理員見識過各種情況。」

比爾抽了很長的一口菸，然後說：「亞瑟已經變了。」

「什麼意思？」

「他跟以前不一樣了。」

「我不認為你以前了解他。」

「我不了解，是海倫告訴我的。」

我說：「他沒辦法總是精力充沛。你要是經歷過同樣的情況，也沒辦法……」

比爾說：「我不是在說這個。我是指他變得很奇怪，周圍的人再也認不出以前的他。這是海倫說的。就像那場海難當中突然出現的燈塔，有一天你突然不認識自己的配偶。」

✦

下午開始下雪。在海上燈塔遇到下雪時，因為沒有任何東西可以做為基準，所以感覺很奇妙。

雪不會堆積在屋頂或車上，也不會覆蓋農田，因此無法猜想到底下了多少雪，只知道雪花不停地從骨頭顏色的天空飄落下來。大海靜靜地接納雪。底下的水面是無光澤的金屬顏色，毫無動靜。我在燈塔工作之前，以為海水一直都是同樣的顏色，沒有想過除了藍色或綠色還有什麼顏色，不過事實上海水的顏色很少是藍色或綠色，而是各種顏色摻雜在一起，通常是黑色或棕色、黃色、金色，在波濤洶湧時也可能是粉紅色。

我在燈室記錄天氣，並簽下自己的姓名起首字母，然後放在桌上給下一個值班人員。主任管理員教我辨識大海的各種狀況，以及天氣如何在不同的日子對它造成不同影響。

S代表雪（snow），P代表陣雨（passing showers）。前面的每一頁都是一堆字母，天氣突如其來的轉變總是讓我覺得好像變魔術一樣。就好像有個人在大叫之後睡著，然後夢中在下雪。

代表天氣狀況的文字。毛毛雨、陰天、閃電、暴雨、打雷、結露、薄霧。我喜歡這些詞的感覺和外型。其中幾個詞的發音可以激發聯想：打雷聽起來就像石頭滾過來，薄霧緩慢而慵懶，暴雨聽起來就好像陷入焦慮狀態。海中生物的名字也一樣，聽起來就好像小石頭在沙灘上發出撞擊聲。玉黍螺、蛤貝、海鞘、蛾螺。每個星期我們都會和同一群組的其他燈塔分享一大疊書，有點類似行動圖書館。我會去讀這些書。

我有個養母很喜歡看書。她大概是我待過的寄養家庭中唯一喜歡看書的。她一定要念書給我們聽，而那些文字聽起來跟我這輩子聽過的其他單字都不一樣。在我過去的日子中聽到的詞都很短，像是「喂」、「幹」、「混蛋」，就像磚塊丟過來砸我的頭。

每當我聽到喜歡的詞、有特別感覺的詞，就會把它記下來。我覺得自己讀得越多，心靈就越是自由。當你的心靈是自由的，就不在乎外界的一切。在監獄裡，我會翻一本辭典，尋找怪異而美好的單字。

其中有很多鳥類，像是三趾鷗、鸕鷀、杓鷸、鷚，聽起來就好像風吹過鳥群之間。我把這些單字寫下來，發現把它們放在一起然後稍微擾亂，就可以得到嶄新的東西。

然而當我結束值班後窩在床鋪，把筆記本攤開放在被子上、手拿著筆要寫信給蜜雪兒時，仍舊感到很困難，不知該如何把心中的想法寫出來，也不知該如何開始。

A代表歉意（apology），D代表欺騙（deceit）。

該是告訴她實話的時候了。

我腦中浮現她在倫敦的公寓房間，一邊用腳趾搔著小腿一邊打開信封。

VI

1992

24

海倫

這座不知名的大教堂是人們聚集的地方。在長木椅之間，在迴廊上，在少年合唱團唱歌的紅絲絨座位，幾世紀來的耳語已經浸透到石頭當中。此刻她和蜜雪兒的耳語也會加入其中，沒有人會注意。

蜜雪兒說：「羅傑跟女兒們在轉角的咖啡廳，所以我不能待太久。我原本不打算要帶他們來，可是他們想要來。正確地說，是羅傑想要來。」

「妳告訴他妳要去哪裡？」

「我說我要買他的生日禮物，所以我待會要去德本漢姆百貨公司買條領帶之類的。」

海倫猜想，這就是遭逢同樣不幸的人對話的方式：直接進入核心話題，省略掉關於交通的前言與細節。她和蜜雪兒以前並不相識。在那場事件之後，她們曾經在特利登協會舉辦的喪禮見過面。協會稱呼那場喪禮為「道別儀式」，不過主要是為報社而不是為她們辦的。在那之後，多年來她們盡可能保持聯繫。當其中一人經過另一人居住的地區時，會去拜訪對方；當那年冬天的悲傷占據她們心靈、必須找能夠了解的人傾訴時，她們也會彼此寫信。有時會收到回信，有時不會，但光是寫信就能夠使她們得到安慰。

蜜雪兒說：「謝謝妳打電話來約我見面。」

「別客氣。」

「我本來不確定妳會不會回覆我。」

「為什麼？」

蜜雪兒說：「我不知道。珍妮從來就不回我信。」

「她也不會回我信。」

蜜雪兒拉開皮包的拉鍊，拿出一條薄荷糖。整條鋁箔紙包裝中的糖都變得破碎。海倫可以想像到她的女兒在村中雜貨店挑選水果口香糖和可樂時，不小心把這條糖掉落在地上。那些女孩現在幾歲了？大概是八歲和四歲吧。海倫不知道看著自己的小孩成長茁壯的樣子是什麼感覺——小小的四肢逐漸變胖，頭髮變長，然後突然就長得跟自己一樣高了。

雖然糖果變成碎片，蜜雪兒仍舊拿給海倫。

海倫說：「謝謝。」

「請妳不要再去跟丹・夏普談了。」

海倫感到猝不及防。「妳來這裡就是為了說這個？」

一對老夫妻走過來，坐在她們前方的長木椅。男人低下頭。蜜雪兒靠向海倫，近到海倫可以聞到她的洗髮精氣味。

她說：「差不多。妳知道他是誰嗎？」

「不是很清楚。我只知道他寫關於船和炸彈的故事。」

「他用的是假名。」

海倫咬碎薄荷糖說：「這一點不會讓我感到驚訝。」

前方的女人轉頭，瞪了她們一眼。海倫覺得她的短髮很像機車騎士戴的安全帽。

蜜雪兒低聲說：「為什麼會有小說家想要寫我們的故事？」

「我不知道。我也不知道為什麼有任何人會想要寫任何故事。」

「一定有什麼理由。」

「他說他喜歡海。」

「那他應該去海邊度假才對。」

海倫不知道自己為什麼在替一個素不相識的男人辯護。她不知道自己為什麼想要辯護。「他非常關心那起事件，所以想要尋找真相。」

蜜雪兒把糖收回皮包裡，拉上拉鍊。

「噓！」女人凶狠地瞪她們。

蜜雪兒用手勢示意要移動到走道另一邊。當她們重新坐下，她抬頭眺望祭壇。海倫注意到她的耳朵曾經穿過耳洞。

蜜雪兒問：「妳相信上帝嗎？」

基督的雙腳腳板交叉，從傷口湧出鮮血。海倫覺得這尊基督像格外駭人。不論是誰做的，那個人想必用了過大的力量把荊棘刺進去。

「我試過。」

「我也是。」蜜雪兒轉動她的結婚戒指。「看到心中充滿確信地走進教堂的人，我就會感到嫉妒。他們知道一切都不會有問題。」

「他們相信。相信跟知道是不一樣的。」

「是嗎？」

「我是這麼認為的。」

蜜雪兒說：「我知道文森沒有傷害其他人。」

「我也知道亞瑟沒有。」

「可是其實我們不知道，對不對？」

「如果妳在意的話，我想要告訴妳，我從來就不認為文森是壞人。」

蜜雪兒短暫地握住海倫的手，然後又鬆開，說：

「沒錯，妳是唯一這麼說的人。」

海倫看到她在摳自己的指甲。她的指甲塗成紅色，但被咬得很短。她彷彿被帶回二十年前，看到還是個焦慮青少年的蜜雪兒在喪禮中、在受到質問時、在街上被記者攔截時發抖。人們不會改變太多。珍妮大概也覺得海倫仍舊一樣吧。

「妳不擔心特利登協會發現之後會說什麼嗎？」

「我才不管他們說什麼。」

「他們有可能停掉津貼。」

「那又怎麼樣？」

「對我來說很嚴重。我還有家人要顧。」蜜雪兒說到這裡停下來。「我並不是要——」

「沒關係。」

「只是因為我的孩子還小——」

「我了解。」

「妳別跟我說妳從來就不害怕他們。他們說不准跟任何人談起這起事件，或是透露他們的機密。這些話當中總是帶有威脅的意味。雖然沒有直接表示，但是他們的意思很清楚。」

海倫說：「如果這是真的，那麼我認為和夏普談是我們說出實話的最佳機會。妳也知道，對特利登協會來說，把罪過推給文森是很方便的。這樣並不公平。文森進過監獄，被當成壞人，所以要推給他很簡單，大家都會了解。他們只要承認僱用他是個錯誤，他們不該這麼做，並且已經從中得到教訓。可是讓大家了解真正的文森很重要，不是嗎？我以為對妳來說，這是很重要的。」

蜜雪兒閉上眼睛。

海倫問：「妳來找我的真正理由是什麼？」

過了片刻，蜜雪兒說：「在他們失蹤前，文森寫了一封信給我。有艘渡船替我送來這封信。他告訴我他最後一次進監獄的理由。我沒有告訴過任何人這件事。」

「嗯。」

「那封信只會讓他被誤會得更嚴重。對他不利的意見已經很多了，所以我當時覺得不應該火上加油。在事件之後提起那件事，只會讓情況更糟，妳懂嗎？」

「我懂。」

蜜雪兒注視海倫的眼睛，眼神顯得急迫而痛苦。「可是那封信裡面有另一件事是我想要說出來的。海倫，這件事很重要，或許對了解真相有幫助，只是我因為太害怕，不敢說出來。」

海倫等她繼續說下去。

「文森告訴我，有個男人在找他。他以為在燈塔工作可以讓他逃離過去，可是實際上卻相反。這一來那個人就知道要到哪裡找他。文森在海上，成了很容易受到攻擊的目標。」

「妳說的人是誰？」

「就是他最後一次被關的時候攻擊的對象。」

「我不懂。」

蜜雪兒回頭觀望，彷彿她丈夫，或是特利登協會的主管有可能站在那裡。有個嬰兒在前廳開始哭。

蜜雪兒繼續說：「那個人在特利登工作。文森在得到這份工作之後，立刻就得知這個消息。他在家鄉的夥伴告訴他，說他絕對不會相信誰進了特利登。不是當管理員，而是行政管理人員，不過他們可以說是在同一個機構上班。那個男人有個可笑的稱號，叫作『白烏鴉』。這是城裡那些幫派稱呼他的名字，理由是他的頭髮從小就是全白的，就是那個叫什麼的……」

「白子。」

「他真正的名字是艾迪。」

「艾迪找到這份工作，是為了接近文森？」

「他一定是發現文森進入特利登協會工作，認為這是最好的方式，於是就設法潛入協會。」

海倫感到暈眩。每當她對於那起事件想到新的想法，或是得到某個新的觀點，她就會產生這樣的反應。有時她會在凌晨三點想到某個可能性，完整到讓她無法按捺地坐起來，渾身發冷而頭昏眼花，必須打開燈確認自己的狀況。雪花球中的燈塔在搖晃，每次落下的雪花都會形成不同的花樣。

「妳認為他要來復仇？」

「沒錯。」

「艾迪後來怎麼了？」

蜜雪兒說：「他離開了協會，再也沒有人看到他。不過我不認為是艾迪下的手。我認為他僱用了某個人。他到處都有人馬。那些人很危險，有辦法在不被發現的情況下完成目標。」

「特利登協會應該知道他們之間的關係吧？」

「就算他們知道，他們也沒有跟我提起過。不過文森好像知道會發生某件事。他說他在那裡會看到一些東西，想像出不存在的東西。他說以前他也曾經因為太寂寞而產生這樣的現象，可是這次不一樣。在他們失蹤之後，我越想越覺得一定是這樣沒錯。他們不是被海水或間諜帶走，而是那個叫白烏鴉的傢伙、艾迪下的手。他仍舊逍遙法外。要是他知道我在談文森的事，不論我說什麼，他一定會來找我和我的家人算帳。」

海倫想到亞瑟的父親養的鳥。她的丈夫會回憶起每天清晨在上學之前爬上山丘的往事。

牠們逐漸康復，然後就會飛走。

她腦中短暫地浮現亞瑟從正在讀的書抬起頭、對她微笑時產生的酒窩。為什麼大腦會記得這些東西？她從來就無法記住要搭幾號公車到市中心，可是卻記得那幅景象。

海倫謹慎地說：「我們很容易覺得自己必須負起責任。我也有這種感覺，珍妮大概也一樣。我們總是覺得發生在自己身上的事最重大，可是聽我說，除了妳說的那個白烏鴉以外，還有很多的要素。我們總是會擔心自己和他們的失蹤有更大的關聯，擔心自己或多或少必須承擔罪責——」

「那個糾纏我的作家讓我重新想起當時的一切。」蜜雪兒說。「我想到一九七三年的情況。海倫，我沒辦法再承受同樣的經歷。我當時才十九歲，媽的，我根本還只是個孩子，不知道自己遇到了什麼狀況。我失去了自己熱愛的男人。」她縮緊喉嚨，聲音變得破碎。「我每一天都想念文森，就像妳想念亞瑟，珍妮想念比爾。和羅傑結婚是不一樣的。如果我當時是妳的年紀，我一定會跟妳一樣，絕對不會再跟任何人在一起。因為那樣沒有意義。不過我必須繼續生活，沒辦法放棄自己的未來。雖然我不會為這世上任何東西放棄自己的女兒，不過也許一個人真的沒辦法像愛自己的初戀情人那樣愛上其他人。」

海倫說：「這是真的。」

「我最好保持沉默比較安全。」

「特利登協會就是希望妳這麼想。」

「一本爛書能改變什麼？」

「也許不能改變什麼，但是它能改變我。」

坐在旁邊座位上的幾個男生在看她們。蜜雪兒說：「那就去跟珍妮說吧。妳是為了她才這麼做的，不是嗎？」

海倫說：「當然了。而且我可以跟妳保證，我試過了。」

「她住在哪裡？」

海倫告訴她：「特利登給了我她的住址。」

「主任管理員太太果然還是享有特別待遇。」蜜雪兒雖然這麼說，但臉上卻帶著笑容。「二十年真的很漫長，不是嗎？我們都繼續前進，她也不會一直怨恨著妳。事情並不像——」

「她會。」

蜜雪兒握住海倫的手，說：「如果妳希望的話，我可以幫妳。」

「妳要怎麼幫我？」

「如果妳幫我，我就可以幫妳。海倫，妳要小心。我要說的就是這個。妳跟那個作家說話，一定要小心，好嗎？」

「好的。」

蜜雪兒看了看手錶。「天哪！已經過了半小時。我得去百貨公司，然後在羅傑派出搜索隊之前回去才行。」

她拿起包包和外套，然後兩人站起來擁抱彼此。海倫並不習慣擁抱。她從來就無法自然地擁抱別人，而近來也沒人需要她的擁抱。

蜜雪兒說：「很高興跟妳見面。」

「我也是。」

海倫穿上大衣，看著另一個女人離開，通過走道，步入明亮的午後陽光中。

25

海倫

一般來說，見到新鄰居通常是在家門口或關上車門時，不過海倫第一次見到比爾和珍妮・沃克，卻是在莫特海芬村民會館的慈善舞會。當時亞瑟前往燈塔去值班，海倫在那個星期當中有很多時間都躲在洗手間哭泣——正確地說，是星期一到星期四。她覺得在洗手間哭很安全。她通常不會特別在意亞瑟不在家，留下空蕩的小屋，但當時她卻感到悲傷。這點取決於一年當中的時節。

法蘭克的太太貝蒂帶了絞肉派，並問海倫是否能夠到衣帽間幫忙。他們那裡有人離開了，如果她能幫忙，他們會很感謝。一如往常，當海倫受到請託，就無法開口拒絕。雖然在貝蒂離開之後，她不解自己為什麼要答應，但她直覺就會想要幫忙。話說回來，衣帽間的光線很昏暗，把號碼牌掛在大衣的衣架上也是一件單調無害而有意義的工作。貝蒂問她：「妳見過隔壁鄰居了嗎？」海倫還沒見過。沃克家的車子昨天抵達。他們是新的助理管理員和他的家人，帶了一大堆行李和小孩。海倫應該要早點去拜訪他們，否則感覺不夠友善。她是主任管理員太太，這是她的義務。她必須要主動打招呼並提供幫助，就像貝蒂搬來的時候。

由於亞瑟必須值班，因此沒辦法幫忙，但昨天就如重要而可怕的紀念碑，這一天花了一年當中的其餘三百六十四天，從不祥的地平線朝她逼近。她有一瞬間注視到它活生生的眼睛，連忙把自己的眼睛閉上。

舞會很成功。海倫待在衣帽間，處在柔軟而帶有香水氣味的大衣之間。她聞到溫暖、辛香的男用古龍水香味，以及女用香水花朵般性感的麝香氣味。她在寂靜中抽菸，以便停止哭泣，並伸出手指觸摸成排掛起來的大衣絲絨材質的袖子。這些大衣掛得密密麻麻，就好像菇類菌傘上的皺折。比爾在舞會快結束時進來，要拿他太太放進來的外套。

「妳就是海倫吧。」他說完自我介紹。

海倫很慶幸室內光線很暗。她期待的並不是比爾，不過她其實也沒有特別期待任何人。他更整潔、更年輕，修長的鼻子和勻稱的五官讓海倫聯想到拉斐爾畫的樞機主教。他注視著海倫。海倫已經好久沒有像這樣被人注視了。她覺得自己好像變成另一個人，而發生在她身上的一切都沒有發生過。

比爾說：「我要拿那兩件，有釦子的，沒錯。不對，是下一件。」

最後他走過來，親自指出他要找的外套。在近距離之下，海倫看到他的肌膚平滑而沒有皺紋，內心感到無法解釋的撫慰。她至少比對方大了二十歲。

衣帽間裡的大衣就像觀眾圍繞他們。雖然只有短短幾秒鐘，不可能更長，但事後每次回想起來，她都覺得好像更長。

比爾看出不對勁，問她：「妳不要緊吧？」

「沒事。」海倫不知該從何說起，只能這樣回答。而且她也不應該和剛剛見面的人談起這種話題。

比爾的太太還在吧檯。她不會自己回來，因此比爾必須去找她。兩人在大衣間隨著〈A Whiter Shade of Pale〉（註35）的曲子跳舞，感覺就好像世界上只剩下他們。在漆黑中，他把海倫拉近自己，或者也可能是海倫自己接近他。兩人彼此擁抱，臉頰貼在一起。房間裡嗡嗡作響的聲音變得更大，屋頂好像也被吹走了。

註35　A Whiter Shade of Pale——Procol Harum 樂團於一九六七年出的暢銷曲。

26

海倫

我不知道我為什麼會接近比爾。如果不是遇見他，我也可能接近另一個人。在我生命中的那段期間，對象有可能是任何人。

這樣聽起來很自私，不過我希望你能繼續聽我說。如果你要把這件事寫到書裡，就必須寫得正確。我不希望其中有任何錯誤。

珍妮會相信我嗎？我猜不會。不過我知道我告訴你的內容是真的。我寧願你把它寫下來，而不是一字不提。

我和比爾相逢的經過就是這樣。那種誘惑主要在於誘惑本身給我的感覺，而不是對比爾的情感。我很高興受到追求。這不是藉口。我出自自己的決定，做了那樣的行為。不過在我們第一次產生聯繫之後……我不確定說「聯繫」會不會太誇張。聯繫究竟是什麼意思？用比較誇大的方式來說「吸引力」？但我不認為我受到比爾吸引。他只是看到我哭泣，看到我隱密的一部分，因此我覺得讓他看到其餘部分也是很自然的。我當時既寂寞又悲傷，已經好久沒有男人抱過我，或是摸我身上任何部位。然後比爾出現了。他讓我感受到外遇當中所有該有的東西：年輕、情欲、忘記過去所有錯誤——即使此刻進行中的錯誤是最嚴重的。

我對他是否也有同樣的感情？沒有。我只是想要有個對我很好的人，在我先生疏遠我之後，願意傾聽我說話。

當我們在小屋生活，無可避免地會彼此親近。我們在生活中隨時會見到彼此，即使在男人不在的時候，留下的女人也會經常待在一起。妳沒辦法哪一天突然覺得不想交際，畢竟隨時會有人在門前除草，或是隔著窗戶問妳要不要去喝茶。如果沒有每天至少出現一次，她們就會來敲門問妳還好吧。也許有些人喜歡這樣的氣氛，但是我並不是那種人。我喜歡我的大門，而且把門關起來也是有理由的。

亞瑟不在的時候，有時意味著比爾會在家，或者也可能相反。輪班就是這樣。每個管理員都要在燈塔值班八個星期，然後在家待四個星期。把法蘭克也算在內的話，一共有四個人在輪班，所以就某種角度來說，那裡可以說是發生這種事的最佳環境。當我先生不在，我就有機會和比爾在一起，兩人可以很順利地幽會——不過那種事並沒有發生。

當珍妮發現我們之間的關係，她當然想到最嚴重的情況。我不知道她是怎麼發現的。她一直沒有說，我也沒有問，不過我猜她懷疑好一陣子了。比爾並沒有試圖隱藏他對我的感情，而且老實說，我不確定他是不是真的愛我——至少不是發自內心深處。我相信比爾只是想要尋求某種方式來逃離他不適應的生活。我們之間的「外遇」是他能夠為自己做的選擇。

珍妮在紀念日告訴我，她知道我們之間的關係。她當時對我說了很奇怪的話。她說：「他得到了他的報應。」就某種角度來看，我也一樣。

特利登協會認定我先生已經過世之後，舉辦了那場儀式。他們並沒有來詢問我，或是請求我的祝福或理解之類的。

對了，你在他們那邊有沒有什麼進展？沒有，那很正常。就算你再打六次電話，還是不會得到回應。特利登想要和你的工作保持距離，所以我不認為他們會發表太多意見。我無意冒犯，不過他們對你過去出版的小說大概也會感到不屑。他們會說，「像他那樣的人，怎麼會了解這起事件？」我想他們是對的。不過你是這二十年來，第一個向我問起那起事件的人。追這條新聞的記者，沒有一個人敲過我的門，要我說出自己的看法。

特利登協會很快就會把這起事件從他們的歷史刪除。就我所知，針對事件發生後的發展，他們沒有進行任何處理：沒有訪談、沒有公開紀錄、沒有任何透明資訊。這年頭不可能接受他們那種做法。現在大家對這些事情有更高的要求，可是在當時，他們只想著要掩蓋真相。對協會來說不幸的是，人們不接受這一套。情感和記憶也一樣，你沒辦法把它藏在檔案櫃裡。不論如何努力嘗試，也不可能讓人永遠保持沉默。

紀念日那天各種不相關的細節一直留在我心中。當時已經接近春天，但天氣很冷，沒有颳風。莫特海芬的海灘是一片光滑的棕色，遍布著小石子。我仍舊可以清晰回憶起海水湧向沙灘的景象。水面上有破碎的泡沫，就好像發酵的啤酒一樣。穿著制服的男人站在花朵覆蓋的板子旁邊，板子上掛著亞瑟和其他人的照片，盯著我們和陸地。那是一場虛擬的葬禮，但沒有可以下葬的遺體。

當天一直下著雨。我穿了高跟鞋（理由很蠢，只因為我覺得不穿有失禮節），結果我的鞋子一再陷入沙子裡。照片中亞瑟的臉並不屬於他。在報紙上看到被殺害的女孩照片時，讀者會在她的眼中尋找事件的線索，想要知道她是否知道任何事情；那天當我注視亞瑟的照片時，內心也產生這種感覺。我理解到這是他的祕密，永遠不會被外界知道。親友要我們「爭取」答案和解決，但爭取必須要有對象，而且對我來說太耗費精力了。我要抗爭的對象不是特利登協會，而是亞瑟。他不希望我捲入其中。大家認定當深愛的人死了，遺屬應該要尋找答案，但如果他們寧願保持沉默呢？

後來珍妮攻擊了我。我不能怪她。當時她的女兒在海灘上像脫韁野馬般奔跑，因此我試圖去幫她照顧小嬰兒，而且我也看得出來她跟我一樣，沒有睡覺一直在哭，結果她突如其來地打了我一巴掌。最糟糕的就是看到板子上亞瑟和比爾的照片。亞瑟的眼神好像在說，感謝上帝，我已經脫離這一切了。

當時不管他在哪裡，我都很想立刻跟他交換位置。不管他是被鐵鍊綁在船上，或是在洞穴裡被鳥啄死，任何情況都比當時的我還要好。我羨慕他擁有隱私。要失蹤並不容易。不論我如何努力，都無法了解他是怎麼辦到的。問題在於珍妮不肯聽我的說法。你或許會認為問題在我，而且我相信你的讀者一定也會這麼認為。他們相信沒有人會比搶別人丈夫的女人更可惡。他們絕對不會在意丈夫扮演什麼樣的角色，只會認定他一定是被欺騙或是被勾引。可笑的是男人平常總是堅持要在生活中掌握各方面的權力，但是在對自己不利的時候，卻願意變得脆弱，讓女人承擔責任。珍妮繼續愛著比爾，那是她的事，也是她的特權。比爾是個丈夫和父親，這些角色代表的意義不是我有權去了解的。

真相是，我的確在亞瑟不在的時候，在慈善舞會和比爾跳舞，然後在接下來的幾個星期也和他很親近。有一次，當我在他們家感到難過的時候，他親了我。

那是很迅速、沒有特別意義的親吻，但感覺卻像是很大的錯誤。那成了我的轉捩點。我自問自己在做什麼（這不是我，絕對不是），還有我到底想要從中得到什麼。我承認其中包含恭維。我無法想像一個年輕人在我身上看到什麼魅力。我是個傻瓜，也為自己的錯誤感到後悔。我希望比爾也會感到後悔。

我告訴他我們只能到此為止，以為他會同意，但他的反應卻很驚人。他變得具有攻擊性，並發誓他要離婚。他說他愛上了我。他幾乎是憤恨地吐出這句話，就好像他痛恨自己的處境，但卻無從改變。

在那之後，我盡可能躲他。我會找藉口拒絕珍妮的邀請，然後在比爾回到燈塔時感到高興，心想這一來我就不用再見到他了。當他在陸地上而亞瑟不在時，他的行為會變得很可怕。這是我唯一能用的形容詞。他會突然出現在我的小屋，說他來修理珍妮告訴他壞掉的燈泡，在他離去之後我會發現自己的東西不見了，包括內衣、肥皂、鞋子和首飾。直到今日，我都相信是他偷走了我心愛的一條項鍊。那是亞瑟在向我求婚的時候給我的。我想不出那條項鍊還有可能跑到哪裡，而且我當然也不敢告訴亞瑟，所以他大概以為我弄丟了，或是不願意再戴它。

比爾似乎太想要跟我在一起，結果至少在他腦中變成了事實。他會跟我討論假日要去哪裡，提議在他下次回到陸地時要帶我去當地的美容院，或是在他最喜歡的餐廳請我吃晚餐。

他的表現就好像那天我跟他提的不是要結束兩人的關係（不論這個「關係」是什麼——一次的親密接觸、認識彼此、見面時的迷惑，這些或許算得上最輕微的不忠，但在我看來絕對不是毀滅性的），而是對他說我決定要和亞瑟離婚，然後跟他重新開始。比爾非常明目張膽地表達他對我的愛慕。他會在珍妮也在的室內牽我的手，或是當我在廚房切珍妮帶來的水果蛋糕時伸手攬我的腰。不論我拒絕他多少次，他都不肯停止糾纏我。還有那些貝殼！他會帶回一堆莫名其妙的貝殼給我，其中一個還是他在燈塔上雕刻的。這些貝殼塞滿了屋子、抽屜，還有任何我想得到可以把它們藏起來的地方。我很怕別人會看到它們。我不敢把它們丟掉，以免被珍妮在垃圾桶裡發現。她常常會在收垃圾的時間之前臨時放入她的玻璃瓶，所以我不能冒險。

我感到進退維谷。除非我供出兩人之間短暫的情感，否則我無法逃脫——但是比爾一定會說出不利於我的證詞。

也許有人會說，一次親吻就夠多了，但是我希望珍妮了解，我們之間就只有這樣而已。比爾跟我並沒有相愛。愛情是純潔、乾淨、寬容的，來自於高貴與溫柔的心，而不是出自挫折、勒索、仇恨或不滿。我想要告訴珍妮，比爾並不愛我。這些年來我一直嘗試聯繫她，包括寫信、親自去見她、打電話給她，但是都沒用。

現在你來找我，以為我想要找出亞瑟失蹤的真相，或是希望你能夠發現我們不曾想到的答案，但其實我並不想。二十年已經足以讓我習慣無法改變的現實。我寧願專注於自己能做的事。

我先生已經死了，但是我還活著，珍妮也一樣。我和她的共通點不是關於死亡，而是活著。當我們還活著，就可以做出改變、成長，並且找到出路。我已經厭倦了死亡與喪失，也受夠了這兩者。

我跟你提過花園的事。生命會一再反覆地從寒冷中復甦。這就是我希望的，也是我想要的。

27

珍妮

羅恩離開時想必沒有把汽車移回空檔，所以當珍妮剛剛發動車子時，車子立刻像驚嚇的兔子一樣往後跳。她有一陣子沒有開車，因此握著方向盤時感覺很不穩，腦中被各式各樣的訊息迷惑：指示器、後照鏡、檢查盲點。她以前可以毫不思索地做這些事情，但現在這一切卻讓她完全無法招架。

今天是珍妮孫子的六歲生日派對，但是她並不期待這一天。她從來就不喜歡社交場合，不過當比爾還在她身邊時，她勉強可以忍受。

現在只剩下她，她必須自己參與家庭活動，和不認識的人在一起，並懷疑在場的人都沉默地在評斷她。他們是否記得她多年前遇到的事件？他們的父親應該知道。她是遺屬當中最歇斯底里的，破壞記者的照相機，並且在新聞中罵髒話。但是漢娜說她必須出門，說她關在屋子裡太久，開始變得「很奇怪」。

她打開風扇，覺得吹出來的風聞起來有魚腥味。她應該更常開車才行。可是除了去她兒女的家，或是上超市以外，她還能開到哪裡？漢娜建議她加入婦女會，但是一想到要和一群喋喋不休的老太太在一起編織毛毯，就讓她提不起勁。她可以想像到，當她們發現她是誰，就會在編織時不停地說她的八卦。

她下定決心駛離停車位時，從側面的後照鏡看到有個女人走在街上。

珍妮在駕駛座低下頭。她常常這樣。當她在公園或店裡看到認識的人，她不會像其他人那樣，上前給對方驚喜或打招呼，而是躲在路燈後方，或是躲到一旁堆起的捲筒衛生紙後方，直到對方離開。

不過這次她看到的不是認識的人——至少她不認為是。那個女人穿著藍色牛仔褲和大件的外套，黃色的頭髮在腦後紮成髮髻。珍妮看不清她的臉。

也許她認出了這個女人的高度和身材。沒錯，也許她認得對方。魚腥味變得更重，珍妮關掉風扇。

那個女人經過車子，在珍妮家門口停下來，從口袋掏出一張紙確認地址，接著敲了敲前門，等了大概有足足兩分鐘，然後又走到一旁，從客廳窗戶窺探室內。珍妮很慶幸自己拉上了窗簾。

女人又敲了一次門並再度等候。不論她來訪的目的是什麼，想必應該很重要。

珍妮依舊在車上低著頭，把車打到一檔並開走，忘記檢查自己的盲點。

在珍妮小的時候，生日派對會有馬麥醬餅乾，大家一起玩大風吹；現在則是在村民會館由氣球藝術家搭起氣球城堡，全班三十個同學都受到邀請，然後在回到漢娜的半獨棟房屋之後，還準備了像壁幔那麼大的蛋糕。

珍妮遊走在人群外圍。當漢娜忙著跟在小孩後面、在紙盤裡放入油膩的瑪格麗塔披薩和在外面放太久而失去鮮度的紅蘿蔔棒，珍妮則努力避免和他人攀談。其他父母親看起來疲憊而惱怒，待在放起司泡芙的碗附近，盯著忍者龜蛋糕，直到蛋糕的蓋子打開，點燃足以送火箭上外太空的蠟燭。

「媽，妳可以幫忙收拾嗎？」

珍妮得到任務鬆了一口氣。她到廚房，把沾滿番茄醬的盤子裡的東西清到黑色垃圾袋中。隔壁房間有小孩在吵架。她聽到哭聲、安撫聲，然後是輕輕關上門的聲音。她開始煮開水。

她首先看到外面停了一臺沒有熄火的車，然後看到蜜雪兒．戴維斯。過了二十年，雖然增添了歲月痕跡與疲憊的表情，但那絕對是她。

妳為什麼要這麼做？

這個問題是在問她自己，或是在問比爾都不重要，不過她最好小心一點：漢娜上週末發現她在自言自語，責罵她說：「媽，別瘋瘋顛顛的。我那裡沒有足夠的空間，所以妳得進老人院，再也出不來。」但是如果珍妮不把這些話說出口，比爾就不會聽到。珍妮相信不論他在哪裡都可以聽到。

如果她集中精神，就可以清楚看到自己的先生站在廚房餐具櫃旁邊，取出咖啡杯，一縷香菸的煙跟隨著他遮住的臉，就像在樹林裡冒煙的煙囪。

她看到的比爾總是維持失蹤時的模樣。她無法更新比爾的長相，或是想像他變老的樣子。人的面貌會以神祕而隨興的方式改變，不只受到基因影響，也受到生活環境影響。除非掌握一個人遭遇什麼樣的情況，否則無法想像對方年老的模樣，因此珍妮仍保留比爾失蹤前、在他們剛結婚時的形象。當時他們還沒有遇到海倫，也還沒有看到那座恐怖的處女岩燈塔。

她把熱水倒入馬克杯。漢娜剩下的雀巢咖啡不夠多，因此味道很淡，必須加三匙砂糖才能改善。

漢娜探頭進來說：「我們馬上就要切蛋糕了。」

「親愛的，我不太舒服。」

「怎麼了？」

「只是頭痛而已，沒關係。」

漢娜露出關切的表情說：「我浴室裡有止痛藥。」

「不用了。妳去忙妳的，我會坐下來休息。」

珍妮靠在料理臺，忍住眼中的淚水。有時觸發沮喪的導火線很安靜，缺乏咖啡就是其中一種。在這些小小的困境當中，珍妮會覺得全世界好像都在跟她作對，不願補償她。

比爾的出軌比他的失蹤更糟糕。至少在後者當中，他是受害者。話說回來，珍妮也一再告訴自己，比爾也是海倫的受害者。

事情的開始是那些紅茶。當珍妮攪動著自己的馬克杯，聽到從牆壁傳來反覆的「生日快樂」歌詞，腳邊放了一包垃圾讓她感覺好像店門口的街友，她回憶起某天下午回到「船長屋」時，看到海倫光鮮亮麗地坐在他們的客廳。當時比爾在陸地上。他坐在沙發上，一手攬著海倫的腰。他們面前的紅茶已經涼了。珍妮事後一直想到紅茶的事：他們想必談了很久，因此忘了喝那些茶。茶已經涼了這件事一直困擾著她。

後來她問比爾，海倫為什麼會到他們家，但他只是顯出輕蔑的表情。她又問了一次，比爾忽然對她咆哮，說她如果少喝得醉醺醺的，就會知道為什麼。比爾的辱罵銳利地刺傷她，感覺彷彿是幾分鐘前發生的事。珍妮有好幾天都無法正視比爾或跟他說話。在那之後的離別讓她格外難受。當比爾回到燈塔，她不知道該如何思考。每當她看到海倫，就會把頭轉開，害怕自己會正面挑戰她，但另一方面又渴望著要挑戰她。

然而她只是借酒消愁，想要忘記擔憂，但她喝得越多就越感到煩躁，而當她越感到煩躁也喝得越多。她曾經發誓絕對不要變得跟她母親一樣，不過這種事總是悄悄地開始發生。一開始她只是在比爾不在的時候喝酒來排解寂寞，或是當女兒們讓她感到焦慮，或是在馬克出生後她完全無法睡眠時喝酒。很快地，一杯酒就變成一瓶酒。

珍妮走到門口。派對場地已經轉移到院子裡。隔著通往露臺的窗玻璃，她可以看到一群小孩拿棍子擊打掛在樹上、綴有流蘇的不知名物體。過了一陣子，就從那裡掉下一堆點心。

比爾曾指控她沒有同情心，說在海倫遭遇那樣的經歷之後，難道不能依賴她的朋友嗎？珍妮無法理解這個朋友為什麼不能是自己，而是比爾。他們以前不論做什麼事都會在一起，她也認識比爾所有的交友對象。

在那之後，每當比爾回到陸地上，她的日子就不好過。每次她要出門時，就會懷疑比爾會偷偷跑去找海倫，或是海倫會偷偷到他們家。珍妮會在回到家之後檢查玻璃杯是不是乾的，或是她原本放斜的浴室水龍頭是不是保持原狀。

她也會嗅空氣中是否殘留香水氣味。海倫總是噴同樣的香水：Eau Passionée。這是珍妮僅知的法文。她之所以會知道這些單字，是因為她有一次到「司令小屋」時，看到這瓶香水放在化妝臺上，便拿起來噴在自己身上。她從來沒有噴過香水，因此她感覺自己好像變成截然不同的女人。丟臉的是，幾個星期後，她特地開車到艾克希特（Exeter）為自己買了一瓶香水。她想要像海倫那樣，看看那是什麼感覺。然而當她去迎接比爾回到陸地上時，比爾下船第一句話就是：「這是什麼味道？一點都不適合妳。」於是她再也不噴香水。

一輛車停在漢娜家的門外。珍妮聽到門關上的聲音，不禁嚇了一跳。她抓住扶手跑上樓梯。

過了片刻，她從漢娜臥室的窗戶偷偷往下看，發現只是提早來接孩子（就是那個一直在哭的小孩）的父母親。

她沮喪地想到，漢娜說得沒錯，她的確變得有點奇怪。

她女兒的臥室像垃圾場一樣，床單和棉被亂成一團，她女婿的盥洗用品灑在床邊。比爾從來不會弄得這麼髒亂。當燈塔管理員讓他學會生活基礎，像是把襪子捲起來收進抽屜裡，而不是把它們乾枯的屍體丟在地上，宛若被壓扁在馬路上的老鼠。

珍妮多麼希望能夠說出逼她做出那種邪惡行徑的痛苦。

她只是想要嚇嚇比爾。她為比爾生了可愛的小孩，提供一個美好的家，但他卻仍舊望著籬笆的另一邊，以為像那樣的一對夫妻、經歷過那種事的夫妻比他們更好？

卡蘿煽動她的怒火，讓她想起自己是如何獨自撫養小孩。在比爾開始燈塔工作之後，她必須獨自照顧兩個女兒，然後在馬克出生之後也必須獨自照顧他，清洗尿布、加熱牛奶，在凌晨三點俯身檢視嬰兒床，而處女岩燈塔則在夜空下對她眨眼。

在那些夜晚，珍妮會憤怒地啜泣。她不知道哪一種情況比較糟：比爾跟她一樣醒著，在守護燈火（醒著但卻不來幫忙，渾然不知她多想要把嬰兒連床單一起丟出窗外，讓他像彗星一樣飛到空中），或者是他在睡覺。當她想到比爾在睡覺，或是想到海倫，就會想要殺了他。當珍妮睡得越少，就會想得越多，而且都是很糟糕的念頭。生了馬克之後，她完全無法入睡，並因此失去思考能力。

海倫沒有為他撫養小孩，不是嗎？她沒有為他生下小孩，也沒有為他燙衣服，或是從原料製作冰淇淋蛋糕捲。當比爾抱怨「感應」讓他的肚子感覺好像在燒炭的時候，海倫也沒有在他身邊為他揉眉毛。

但海倫仍舊覺得自己可以寫信給珍妮，只為了讓自己好過一些，而不是為了珍妮。珍妮一開始讀那些信，看到上面寫著比爾的名字，就把它們揉成一團丟掉。

當時珍妮對海倫的想法是：我相信有很多男人愛過妳，可是比爾是我的，我只有他，妳沒有權利想要得到他。

漢娜的睡衣堆在床下。珍妮坐下來，伸手摸那件衣服，想起自己在漢娜小時候替她折睡衣放在枕頭下，親吻她黏呼呼的額頭道晚安。**「妳會來檢查我安不安全嗎？妳要來檢查兩次喔。」「會呀，我會來檢查。」「檢查兩次，媽，妳可以保證嗎？」**

我保證。比爾怎麼能夠拋棄她們？

很快地，漢娜就會知道她母親是個騙子——這麼多年來假裝自己是受害者，但其實根本不是。漢娜會冷酷地永久和她切斷關係，就如她過去和自己的母親切斷關係。

「媽？」漢娜出現在門口。

珍妮跳起來。「喔，妳嚇到我了。」

「我一直在找妳。妳的頭怎麼樣了？」

「什麼怎麼樣？」

「妳不是頭痛嗎？」

「喔，好多了。」

「大家要走了，感謝上帝。」漢娜說。她肩膀上掛了一條沾了汙漬的茶巾。

「葛列格在準備禮品袋。妳要下樓嗎？」

珍妮把頭轉開。她想要避免讓眼淚掉下來，但卻徒勞無功。

她只是想要嚇嚇自己的丈夫，並不想要讓他永遠離開。

「怎麼了？」漢娜走進來。「媽，發生什麼事了？」

珍妮把睡衣拉到自己的膝上。

「有件事我必須告訴妳。」她對漢娜說。

28

倫敦
諾斯菲爾德八十八號
特利登協會

北安普敦郡
托斯特
教堂路八號
蜜雪兒・戴維斯女士

一九九二年八月十二日

戴維斯女士：

回覆：年度津貼

隨函附上本期遺屬津貼的支票，敬請查收。希望能夠符合您的需求。我在此要警告您：協會發現最近有第三方在調查處女岩燈塔的往事。我應該不需要提醒您，本協會的立場很明確：不論是我們或任何與失蹤事件相關的人士，都不能提供關於該事件更深入的細節。這起事件已經結案，不需修正。

敬祝

安康

〔簽名〕

特利登協會

29

蜜雪兒

蜜雪兒在一星期前去找珍妮回來之後，首度注意到那隻鳥。那場旅行可說是徒勞無功。她在開車回來的路上，一直思索著這次她要向羅傑編什麼樣的謊言。他對於必須請假照顧女兒們感到不快。蜜雪兒已經決定要編出一個病得很嚴重、已經不久於人世的朋友。

某天下午，當蜜雪兒收起院子裡的折疊椅時，看到那隻鳥停在草地上。在那之後，那隻鳥就一再出現在各處：當她在做早餐時出現在窗臺，停在橡樹下或天竺鼠的籠子上，小小圓圓的眼睛盯著她。每次牠總是獨自飛來。

「你是誰？」蜜雪兒有一天對牠說。「走開。」

蜜雪兒開始害怕看到那隻鳥。雖然有時會隔一段時間才看到，但這樣反而更糟。她原本以為那隻鳥已經離開了，卻在意想不到的時候突如其來地再度看到，就好像在睡夢中被戳中胸口一樣。

星期天下午，羅傑帶女兒們出門。蜜雪兒坐在沙發上閱讀《女性週末》，正興致盎然地讀著一對情侶被貸款公司的人痛毆的故事，突然有一道白光閃過她的視野角落。那隻鳥再度出現在草坪上，身上的羽毛服貼。牠在原地繞行，認識周遭環境，不過當牠看到蜜雪兒便停下來，用窺探的眼神看她。

「噓！」蜜雪兒打開玻璃門喊，但那隻鳥一動也不動，直到她踏到外面走向那隻鳥，距離近到只有一公尺。這時那隻鳥才飛起來，停在蜜雪兒頭上的樹枝。蜜雪兒朝著鳥喊：「不要來煩我！」她回到屋內，拉上窗簾，想要重新閱讀《女性週末》，但她知道那隻鳥在那裡。即使看不到，她仍舊知道那隻鳥坐在樹上，注視著她。

當羅傑回到家時，窗簾仍舊緊閉。羅傑問：「到底是怎麼搞的？」蜜雪兒回答：「沒事，我只是有點頭痛。」

第二天早上，那隻鳥出現在她臥室的窗外。羅傑已經去上班了。蜜雪兒很慶幸羅傑不在，因此不會看到她打開窗戶、把一杯水丟向那隻鳥，同時發出悶在喉嚨的叫聲。那隻鳥猛拍翅膀，蜜雪兒的大女兒也衝進來，嘴裡滿是牙膏泡沫，問她：「媽咪，妳怎麼了？妳好像小丑。」蜜雪兒看到鏡中的自己，被自己的模樣嚇到了：她的頭髮沒梳，昨天的妝容變得像黑色沙礫。

她對女兒說：「快去刷完牙，該準備出門了。」

在開車到學校的途中，收音機播放著詹姆士・泰勒的〈Fire and Rain〉。蜜雪兒想到她見到文森的那天晚上，想到他抽菸時的嘴脣。

她送走兩個女兒之後，雖然沒有特別需要買什麼，還是開車到森寶利超市。她把頭貼在方向盤上。

這首歌讓她感到痛苦。

一九七二年二月。她之所以參加那場派對，完全是因為艾瑞卡要她去。她找不到衣服可穿，只好從洗衣籃翻出一條喇叭褲，噴上她母親的左岸香水。她在一星期前才被甩，沒有心情參加派對。艾瑞卡對她說：「來吧！一定很好玩。」當她們抵達派對場地，蜜雪兒心想，她看過太多次這種場面：一個女孩對著室外的花盆嘔吐，辮子尾端不斷跑到嘴巴裡。

「他是文森。」

蜜雪兒聽艾瑞卡提起過，她有個坐過牢的表弟。蜜雪兒懷疑自己之前怎麼沒有聽得更仔細。文森比其他人都高出一個頭，有一頭深色頭髮和有些不整齊的牙齒。蜜雪兒只敢在他沒有看自己的時候看他。和他四目相交，會讓蜜雪兒產生羞辱的驚嚇。

艾瑞卡離開之後，文森對她說：「妳叫蜜雪兒……讓我想到披頭四的〈蜜雪兒〉這首歌。」

「你喜歡披頭四嗎？」

「我比較喜歡滾石樂團。」

蜜雪兒說：「我不喜歡我的名字。這個名字讓我想到海。『雪兒』的部分聽起來就像『貝殼（shell）』。我有點怕海，大概因為太深了吧。」她不小心就說了太多。

文森露出燦爛的笑容，感覺溫暖而誠摯，連眼中都充滿笑意。

他問：「妳想要跟我一起慶祝嗎？」

「慶祝什麼？」

他拿起一瓶梨子氣泡酒說：「來吧。」

他們來到外面的階梯。先前那個綁辮子的女生進入裡面之後，空氣新鮮多了。

文森說：「我今天找到了工作。我要去當燈塔管理員。」

蜜雪兒即使在黑暗中，也能看到他的睫毛。「我從來沒有看過燈塔管理員。」

「妳現在看到了。」

「我剛剛還談到海。」

「所以我知道妳一定會為我慶祝。」

蜜雪兒笑了。這瓶飲料的味道很甜。她問：「你有香菸嗎？」

文森摸索自己的夾克。「這是大麻。」當他擦火柴時，蜜雪兒看到他的手掌，感覺好像看到他很私密的地方。

蜜雪兒說：「燈塔管理員聽起來不太像是真正的工作。」她想要繼續跟文森待在外面。

「什麼是真正的工作？」

「我不知道。」蜜雪兒把菸遞給他。「大概是不會讓你感到寂寞的工作吧。」

「我不會比現在更寂寞。」

「你現在覺得寂寞嗎？」

文森朝她微笑，說：「其實也不會。」

蜜雪兒心想，我總是喜歡上錯誤的對象。也許每個女人都或多或少會這樣吧。

在超市的停車場，後方一臺福斯汽車對她按喇叭。那輛車的駕駛搖下窗戶，不耐地喊：「妳要開走嗎？我的後座載了兩個小孩。」

蜜雪兒想起她開進了婦幼停車位。

「抱歉，我馬上開走。」她倒車開出停車場，卻開錯方向，進入逆向單行道，結果一名自行車騎士朝她怒喊，罵她是瞎了眼的母牛。她在圓環打左邊的方向燈時，再度看到那隻鳥，坐在中央的安全島上盯著她。

蜜雪兒在半夜醒來。她的腳趾很冰冷。時間是兩點三十三分。

睡在她身旁的羅傑讓她感到安慰。羅傑健壯的背部隨著鼾聲起伏。蜜雪兒起身，穿上因為掛在晾衣繩上晒太久而變得僵硬的睡袍。

她到樓下羅傑的書房，拿出藏在書桌底下的檔案。羅傑催促她把檔案丟掉，說「妳留那些垃圾幹什麼？」他稱呼這份檔案為垃圾，認為它占據太多寶貴的空間，但是他對散置在桌面上的金屬按摩球卻沒有同樣的抗拒。

蜜雪兒坐在羅傑的椅子上，打開資料夾。裡面是來自特利登協會的信，圍繞著同一主題做變化：**我們要表達最深的悲傷……我們感到錯愕與不解……如果有任何我們能夠幫上忙的地方……**然後是應該解釋為封口費的遺屬津貼：只要她保持緘默，他們就會保證她生活無虞。

最後是他們的結論：**我們已經盡可能進行調查……監獄會改變一個人……孤獨……對文森的心智狀態來說，並不是很理想的環境**。

文森的心智狀態？他的心智狀態比蜜雪兒這輩子遇過的任何人都來得正常。

訪談：一九七三

蜜雪兒在天花板上令人不安的燈光下，俯身用指甲撫摸檔案夾的邊緣。在進行調查的時候，海倫堅持要取得所有紀錄的備份。特利登協會沒有正當理由可以拒絕。他們最不希望看到的就是受害親屬去投訴媒體。

蜜雪兒重讀這些紀錄。雖然是二十年前說的話，但是在紙上仍顯得活生生的。她熟知裡面的內容，但每一句話仍舊讓她感到頭痛、心更痛。

她希望當時是由她來談文森，而不是由養育文森的波兒阿姨來談。蜜雪兒可以告訴他們真正的文森不像這些謊言，把他形容為窮困潦倒的流氓。如果能夠記錄下文森所有美好的一面，會是很有意義的一件事。

蜜雪兒可以忽略波兒大部分的證詞，但有一個地方卻很難不去注意。她此刻讀到那裡，停留在那段文字，一再反覆閱讀，直到字句的意義崩解。麥克·森納的證詞一直困擾著她。

這位漁夫堅稱他在三人失蹤前一個星期到過燈塔，替他們注滿貯水槽，並且跟比爾和文森說過話。他們告訴他，有一個不速之客。

調查人員為什麼沒有深入追究這份證詞？這份證詞明明很符合當時的狀況，也可以證明發生了什麼事。

羅傑桌上的時鐘顯示三點五十五分。蜜雪兒的眼皮感到沉重。清晨很快就會來臨。

她上樓回到床上，小心避免吵醒自己的丈夫。

樹枝的影子透過窗簾，在牆壁上移動。

她可以感覺到她曾經愛過、現在仍舊愛著的男人的重量——他的鬼魂坐在她旁邊，像隻狗般令人寬慰。接著重量減輕，在她陷入夢鄉時離去。

VII

1972

30

亞瑟
船

海倫，我從來沒有寫信給妳過。我不知道該怎麼寫。

來自燈塔的信——妳不是看過這樣的書嗎？

那是妳在列車等候室撿到的一本愛情小說。當時我們還沒有開始過這樣的生活。那本書的內容是燈塔管理員寫給他們女朋友的信。離別讓他們的愛情更強烈，但現實並非如此。妳讀完之後曾經說：「我懷疑現實是不是真的這樣。」妳說得沒錯，對我們來說的確不是。妳會比較希望我寫信給妳嗎？如果我寫了，是不是能夠阻止妳？我通常沒有辦法正確地表達腦中的想法。親愛的，我想要告訴妳。我有好多事情想要告訴妳。

沒有寫完的明信片，沒有寄出的明信片——我把它們撕毀，丟到海裡，看著它們漂走。在另一個比較幸運的人生當中，我會看到它們漂到岸邊。她會發現這些碎片，收集它們並且拼湊起來，了解這些文字的意義。

在燈塔上三十六天

「你到底有什麼問題？」比爾面對星期三的午餐——雞肉湯及放了好幾天、已經變硬並開始發霉的麵包——問文森。湯是罐裝的，上面凝結成果凍狀，不過只要加熱並且變得濃稠之後，喝起來就還好。「你看起來簡直就像一隻病狗。」

「應該是吃壞肚子。我感覺好像快要死掉了。」

比爾邊抽菸邊對我咧嘴笑，彷彿這一切只是開玩笑。

「怎麼了？」我問。

「沒事，天哪，總有人得保持開心。」

文森攪動著自己的湯，一副沒有胃口的樣子。我沒辦法指責他。我現在亟欲吃到新鮮的肉、新鮮的任何食物。在北邊的礁石燈塔，我們會養雞——好的雞會在我們待在那裡的期間替我們生蛋，至於不生蛋的雞，就會被煮來吃。當我們抵達燈塔時，就會檢查那些雞，希望其中至少有一隻被啄傷，可以進我們的肚子。

文森抱怨：「我的腸胃在絞痛。」

比爾說：「我們要在天氣變化之前讓你離開嗎？亞瑟，你怎麼說？」

我抓抓下巴，大拇指的指甲滑過長在那裡的鬍碴。我看到海倫溫柔地注視著我，或者我以為是溫柔但其實比較像是輕蔑。

亞瑟，你為什麼要留鬍子？我認識你這麼多年，你都沒有留過鬍子。這樣一點都不像你。

在更久以前，她並不認識我。或許這樣也可以是我。

「不過這一來就只剩你跟我了，比爾。」

比爾把香菸的菸灰撢到湯碗裡，說：

「不會太久。他們會派另一個人過來。」

此刻我注視著這位助理管理員，內心很想把桌上的杯盤都摔到地上，然後撲過去讓他那張背叛者的臉再也笑不出來。

我說：「的確，不會太久。」

文森看著我們。

我問他：「你想要怎麼樣？」

文森把食物推開說：「我會好起來。還是別在聖誕節之前害某個不幸的傢伙過來吧。」

比爾說：「我可不打算替你值班，你別指望我。」

「真感謝你的同情心，老兄。」

「你到了陸地上，會得到醫生充分的同情。」

「每個人都會覺得你希望我消失，混蛋。」

比爾聳聳肩說：「我只是不想被你傳染而已。尿桶已經不夠用了。」

文森雙手抱頭，發出呻吟：「也許是我做的菜出問題。」

比爾說：「如果是任何人做的菜——」

「我以為如果我們都吃了——」

「我們很快就會他媽的——」

文森說：「我還是再等一天，看看會不會好起來。」

我對他說：「我替你值班吧。你先去睡。」

他離開之後，比爾說：「亞瑟，派艘船吧。他看起來好像快死了。」

「我會自己做決定。過了明天就會好起來了。」

「如果沒好起來怎麼辦？」

「那我們再聯絡他們。」

「如果海況不佳就沒辦法了。」

「不會有問題。」

「天氣預報可不這麼認為。」比爾說。

我點燃香菸。「天氣預報不一定準確。」

「那你就一定準確囉？」

在北方的礁石燈塔，當那些雞要被宰的時候，我的主任管理員教我怎麼做。他會把那隻雞頭下腳上抓著，然後叫我砍牠的脖子——從左到右，俐落的一刀。

「比爾，你想說什麼？」

他注視我片刻。

「媽的！」他最後說，「你是主任管理員，不是我。隨你高興怎麼做吧。」

我在夫蘭巴洛岬工作的時候開始收集白雲岩。我當時的主任管理員有一天把我拉到一邊說：「小弟，這裡有一便士硬幣跟一些醋。看看你能拿它們來做什麼。」含有鈣質的岩石碰到酸性會發出嘶嘶聲起泡，我也學會用硬幣刮石頭，替石頭的硬度分出一到十級。那位主任管理員給了我他的便條紙和寫了許多筆記的指南書。他當時已經開始投入畫畫，並且對我說：這些現在是你的了。你保管一陣子之後，再傳給下一個人吧。

海倫覺得喜歡石頭很病態，不過我並不這麼認為。摸到存在於世上幾千幾萬年的石頭，就會覺得自己與歷史手牽著手。

海倫說我在燈塔上感覺比在陸地上更自在。也許她說得沒錯。陸地上的生活對我來說感覺很不對勁。陸地生活的不確定性讓我無所適從：電話會無預期地響起，當地商店販售兩種牛奶讓我無法選擇，不論在店裡或公車站都有人對我詳細述說他們的消息：「早安，亞瑟，這麼快就回來啦？我上次看到你彷彿是昨天的事。海倫有沒有告訴你，史坦終於拿掉他的膀胱結石？」他們會談起下星期或七月某一天的計畫，雖然我知道自己到時候絕對不會在這裡，不過我還是會邊聽邊點頭，內心明白對我來說這些消息沒有任何意義。就這方面來說，陸地生活終究只像是中途之家；我雖然人在那裡，一顆心卻不在那裡，就好像去參加全都是陌生人的派對，不知道服裝規則，並且必須在午夜前離開。

在陸地上，我必須違背本性裝成另一個人，假裝自己屬於實際上不屬於的地方。對正常人說明這樣的情況很困難。他們對於早晨值班時無邊無際的靜止景象不會感興趣，也不會讓如何做燜燒料理的念頭占據腦袋整整兩天。燈塔的世界很小，時間過得很慢，這點是其他人無法承受的；他們無法緩慢而有意義地做某件事。

我的腦袋在燈塔上會有不同的運轉方式。在陸地上，我的腦袋幾乎在睡眠，不像此刻在燈塔時這麼銳利。比方說當我要去接班時，我知道我的行李（裡面裝了拖鞋、內褲、毛巾、梳子、手帕、面巾、工作褲、家居褲、毛衣、盥洗用品包、香菸、刮鬍皂）有多重。這跟我的燈塔生活有關，所以我知道每一件用品個別與合起來的重量。如果有東西不見了，我可以立刻說出是什麼。之前我曾經在碼頭上叫住海倫，告訴她我把指甲刀忘在浴室櫃子裡了。在陸地上，我完全失去這樣的能力；日常生活中有太多事要煩心，再加上變化太快，就算記住也沒用。也因此，雖然說燈塔似乎讓我比較不需要費心，或是在這裡我似乎才處於放鬆狀態，但那是錯誤的看法。

當我回到陸地，海倫會帶給我更多的困惑。在某些晚上，她會想要和我說話，但在某些晚上又不想。她會出門到我不知道的地方。

不過我現在可以猜到她去哪裡。也許不是跟比爾在一起。她可以有很多對象，然後在我背後取笑我是傻瓜，沒辦法留住自己的太太。

想到他們在一起，我就無法得到安寧。海倫怎麼可以這樣？還有比爾，當他剛到這裡的時候，我那麼照顧他，教他如何使用那些繩索，對他展現友情；當他渡海之後感到恐懼噁心，我也會安撫他，結果原來他一直（有多久？）都在背叛我。

想到你，我就無法得到安寧。

睡眠是慰藉，但我卻無法接近它。當我躺在床上，我的身體忽熱忽冷，一下子流汗、一下子發抖，夜晚過去黎明來臨，但我不記得中間的任何時間。

我們有一臺發電機故障了。我用無線電通知本土請求協助，他們便答應派一個人過來，不過老實說，我並不希望那個人過來。我不希望有任何新的人過來。

四點前海上起了濃霧，看來他們沒機會過來了。我上樓到迴廊裝填霧砲。外面非常寒冷，安靜到不自然的地步。

迴廊上有一塊汙漬。是一個腳印。

腳印很小。我眨眨眼，它就消失了。

應該是濃霧造成的幻影。在霧中，每一樣東西都顯得朦朧而靜止。我不是第一個把性情和自然元素連結在一起的管理員，畢竟在這裡，自然元素變得跟我們室內的夥伴一樣親近，不過霧具有格外特別的性質。它會抑制光線和聲音，把世界縮小，直到只剩下自己所在的這一塊地方。

十二月的陽光即使在最好的天氣也很微弱。此刻陽光正從檸檬色轉變為奶油色。陸地上的家庭會布置聖誕樹，並以緞帶與蠟燭裝飾屋內。海倫和我以前會做這些努力，不過現在已經不做了。我們會擺出下午茶的天使燭臺（因為那是陪伴她長大的聖誕節飾品），並且在鏡子周圍繞一圈金屬絲，不過我聖誕節很少在家，因此海倫獨自做這些布置也沒什麼意義。

我在天氣紀錄上填入F與G（G代表陰沉gloomy），然後檢視溫度計，記錄能見度——大概只能看到從燈塔丟一顆石頭的距離。

我花很長的時間做這些紀錄，比其他人都來得長。他們不會寫很多，只會依照規定，每三小時記錄日期和符號，沒什麼真正的個人紀錄。我不知道我為什麼要寫，也不知道自己在寫什麼。也許我是為你而寫。或許是霧、是時間，或是一切永無休止，導致我寫下這些。

我在外面撿到一根文森劊起他那些鳥時掉的羽毛。文森說，「別再說牠們是我的鳥了」，不過在我的腦海中，牠們是他找到的，就是他的鳥。我抓穩那根羽毛，然後放開。羽毛在凝滯的空氣中飄了一陣子，然後就消失了。它沒有降低高度或掉下來，也沒有像在風中那樣被吹走，只是消失不見。

這時我看到遠處海面上有一個形體從霧中浮現，便站起來想要看清楚。看來特利登還是派人過來了。不過這艘船來的方向不太對，是從海上過來的。那不可能是維修人員。我瞇起眼睛，不確定那是不是天氣變化造成的景象，但我用雙筒望遠鏡看到那是一艘快速駛來的船。我毫不猶豫地拉起支架，按下活塞發射霧砲。聲音震耳欲聾，劈開煙霧。雖然應該隔五分鐘，不過我立刻再度發射，然後又拉下支架重新裝填彈藥。

那艘船似乎沒聽見。它加速駛近燈塔，不理會砲聲和我此刻揮舞的雙臂。我朝著它大喊，要它轉向。

透過望遠鏡看到的目標很模糊。那艘船的桅杆很高，但船身卻很小。我看到船上駕駛者的頭部，心想既然我看得到他，他應該也可以看到我，於是再度喊：「右滿舵！右滿舵！」

霧砲都發射了，為什麼還要前進？難道他看不到我的燈？

這時我看到這艘船的船帆破了，船的動力不會比無風的日子掛在洗衣繩上的襪子還多。他不是要到別的地方，而是來求救的。我大喊我會準備絞盤，但他沒有回應，因此我便使用旗語。最後他終於舉起一隻手。

我喊：「哈囉！我看到你了！」

船上的人把五指併攏舉起手，看起來比較像船槳而不是一隻手。不只是那艘船很小，這個人的個子也很嬌小。

「哈囉！」這次我不是用喊的。

船往右轉，不過船上的人此刻在揮手。那揮手的樣子不是在求救，而是在致意。船經過燈塔。我看著他離開，不到幾秒鐘就被濃霧吞沒。他消失了。

31

比爾
不速之客

在燈塔上五十三天

席德在星期四到達。我們還沒吃完早餐，亞瑟就告訴我們，有艘小艇抵達，載著來修發電機的機械師。他看起來很驚訝，彷彿他沒想到會有人來。霧仍舊很濃，因此我也沒料想到特利登會派任何人過來。亞瑟為什麼不去問清楚？這星期他的鬍子變得黯淡，眼神更是陰沉。有些管理員在燈塔上待太久了，會開始聽見人魚的聲音。

在朝著黑暗呼喊幾分鐘之後，船總算靠岸，新來的人也綁上安全帶。船夫不是我認識的人。他戴著防水帽，因此看不清他的臉，不過他很確實地把繩子拉緊，小艇也保持穩定的距離——由於燈塔周圍的海域此刻就如拔掉塞子的浴缸水，因此這不是簡單的技術。耗費我心力的是岩石：它們是與人類無關的冰冷炭塊，就如大海和天空，沒有任何感情，也沒有任何關聯。如果說生命歸根究柢就是如此，那麼我可以理解這世上沒有天堂地獄，也沒有好與壞的區別；宇宙根本不在乎人類。

「很高興見到你們。」這位機械師說。「我叫席德。」

他伸出手。他比亞瑟和我都要高，身材像拳擊手般健壯。我敢打賭，特利登協會的高層如果在海上燈塔待一晚以上，他們應該不會再僱用會占據兩人份空間的人。席德比一般機械師年長，手臂上有刺青，畫的是一隻狼叼著人類的骷髏頭。他有一頭濃密的淺色頭髮。

當我們三人總算坐在廚房抽菸，雙手握著茶杯，亞瑟問：「你是從哪來的？」

「各地。」席德揮揮他的空香菸包，然後拿了亞瑟一根菸。「我從來沒有待在同一個地方，所以有人跟我說，我很適合去管燈塔，就像你們一樣被派到各地，不過我不可能待在這種地方，太小了。」

席德環顧四周，彷彿他是第一次到燈塔內部，看到小小的桌椅和在這裡生活的人而感到有趣。

一般來說，當人們來到燈塔，會知道自己並不屬於這裡。他們闖入了我們的世界，因此他們必須遵守規矩，就像在陸地上到別人家裡修水管的工人，但是席德感覺卻不太一樣。我不知道是哪裡不對勁。他的聲音以他的塊頭來說顯得過尖，雖然不完全像女人的聲音，但也相去不遠。他的聲音聽起來不適合他，就好像不屬於他，再加上他濃重的北方口音讓我聯想到我祖父（他有一雙像火腿的手，鼻子長得像變形根菜），更讓他的聲音顯得突兀。

他讓我想到某個很像的人。他讓我想到我做過的一個夢。

席德說：「我需要空間。偶爾造訪這裡不錯，可是我沒辦法住這種地方。有火嗎？謝啦。天哪，你們一定抽很多菸。我只有在無聊的時候才會抽菸。你們怎麼沒有洗潔精？我以為你們管理員很沉迷於那種東西，可是你們竟然都沒有。」

亞瑟皺起眉頭說：「我們在等特利登同意。」

「你們應該早點說的，這樣的話我就可以從超市買一些帶給你們，當作是提前送的聖誕禮物，一點都不麻煩。」

「我們有肥皂就夠了。」

「你們一整天都待在這裡無所事事，不會厭倦嗎？」

亞瑟說：「要做的事其實比你想像的還多。」

「好吧，不過還是很無聊。」

「習慣就不會了。」

「我才不想要習慣這種生活。唉，還有那東西也很煩。」席德朝著重錘管的方向吐出一口煙。「想像如果現在還得一整天把那東西捲上來又放下去，實在很難忍受。而且它還占了一半的空間，不是嗎？」

亞瑟表示同意，然後談起鍊子上的重錘原本在裡面，過去不管是誰在值班，都得把重錘一直往上捲到燈室，然後在緩緩降下的過程中轉動鏡片；每四十分鐘轉一次發條，就像老爺鐘那樣。我猜亞瑟在電氣化之前會喜歡做這種事。他就像我爸跟我祖父那樣，是埋頭苦幹的人。這也是為什麼他會受到特利登喜愛。他是特利登信任的老將，從來不會逾矩。亞瑟證明燈塔生活是行得通的，人們可以在裡面過得很好。每個跟我一起工作過的管理員都說他們向他學習，彷彿他是他們期盼有一天可以摸到的聖杯。

不過一旦認識亞瑟，就會知道他不是那種人。這也是為什麼每次海倫跟我說她犯了錯，我都不相信。

「沒錯，是癌症。」席德捻熄香菸說。「真的很誇張，你們知道嗎？我得了三次癌症，每一次都躲過危機。我猜我體內大概住了一隻貓，才有這麼多條命。還要茶？謝謝，兩顆砂糖。不要少放糖。嗯，沒錯，兩顆。我也不知道自己幹麼做這些卑微的工作，不過我還是做了，只為了賺點小錢。告訴我有誰得了這麼多次癌症。這真的會讓人耗盡體力。狗也會得癌症。我以前不知道，後來我朋友的狗得了癌症，不過那隻狗沒那麼好運，因為牠是狗，所以還是死了。你們第三個人呢？」

「第三個人？」

「就是另一個管理員。」

「他在睡覺。」

「這個時間在睡覺？媽的，怎麼搞的？他今天放假嗎？」

「他生病了。」

「如果他生病躺在床上，那應該不是什麼優秀的人才。你們應該告訴他，我得了三次他媽的癌症，幾乎想要再得一次。對我來說，癌症變得跟遊戲一樣，我可以再來一次，看看自己會變得怎麼樣，或是看我能戰勝它幾次。那些醫院很惡毒，他們說我是不速之客，老是不請自來。」

「我媽的故鄉是約克夏。」這是我對他說的第一句話。

「是嗎？」他轉向我，一雙眼睛是銀色的。「你的奶奶呢？」

「什麼？」

「老兄，我不想聽你的生平。」

「我是從你的口音猜想，你可能也是那裡的人。」

「那你就大錯特錯了。就像我說的，我待過各地，所以也看過人生當中各種光怪陸離的現象。你們兩個有沒有聽過白烏鴉？我有個朋友說他在處女岩燈塔看過一次。他說那百分之百是在處女岩，而且不是海鷗，是白烏鴉。我朋友對這方面很在行。他當時在頂樓的迴廊，看到那隻怪鳥突然不知道從哪裡飛來，停在他旁邊，用那雙閃亮的小眼睛瞪他。那隻鳥全身羽毛都是白的，徹頭徹尾是一隻巨大的白烏鴉。」

亞瑟說：「我們這裡沒有烏鴉會飛來。」

「可是當時的確飛來了，不過那是很久以前的事。我很討厭鳥，完全沒辦法忍受牠們。你們不覺得，鳥看起來就像史前時代的生物嗎？包括鳥嘴和爪子，還有拍翅膀的模樣。你們有沒有嘗試過去救陷入困境的鳥？牠會對你尖叫，超恐怖的。」

最後我帶席德到樓下的發電機。我們走下樓梯，繞一圈到油槽，又繞一圈到石蠟槽，然後再繞一圈到倉庫。我看到他的後腦杓——他的頭髮顏色很奇怪，幾乎是白色的，可是不是老人那種白髮。我腦中潛意識的某個部分因認知而顫抖，但是當我想要接觸那部分時，它就消散了。

這位機械師的身材相當高大，因此我不知道我們要怎麼一起擠進塞滿機器和電池的房間，不過我們還是進去了。亞瑟吩咐我要一直待在席德身邊，但我並不想。我不喜歡他看我的樣子，彷彿他能看穿我所有想法。

我問他：「你的船夫是誰？」

席德正要開始把油排乾。「我的什麼？」

「你的船夫。我不認識他。」

「我也不認識他。」

「通常是朱利開船到這裡。」

「抱歉讓你失望了。」這裡很暗，到處都是陰影。「聖誕節快到了，我猜你們原本期待會送來額外禮物吧？」

「有時的確會有。」

「是啊，你們燈塔管理員喜歡把自己想成義工。」

「我沒這麼說。」

「我聽說小學生會送你們禮物。」席德的雙手迅速進行工作。他並沒有專注在手上的工作，有些心不在焉，就像一邊攪動茶一邊講電話的人。「還有教堂。拜託，你們又不是在越南當兵，別把自己想得太可憐。」

「我們總是為此心存感謝。」

「在我來看，你們過得太好了。比爾，我可以告訴你另一件事，那就是我還得過肌腱炎。有天當我醒來，整隻手都動彈不得，而且不只是手掌，連手腕到手肘都動不了，就好像手上掛了一包馬鈴薯。醫生跟我說——」

「幫你治療癌症的醫生？」

「不是，是另一個。這位醫生說：席德，你得了肌腱炎。我問：我得了什麼？他跟我說，我通往手部的神經被壓迫到了，必須忍耐到它好起來，不然還能怎麼樣？」他轉動肩膀，發出劈啪的聲音。「當時我當然沒辦法工作，情況很糟糕，不過沒癌症的時候慘。後來證明那醫生說得沒錯，肌腱炎自己就好了。那次我真的完全沒料到，就像飛到你們這裡的白烏鴉一樣。」

「這裡沒有白烏鴉。」

「隨你怎麼說。我朋友是親眼看到的。」

「你朋友是誰？也許我認識他。」

席德拿出化油器。「比爾，你結婚了嗎？」

「嗯。」

「你太太叫珍妮吧？」

「你怎麼知道她的名字？」

他拆下浮筒室的螺絲。「讓我想到驢子（註36）。」

「我會把你的話轉告給她。」

「你跟珍妮的關係怎樣？我聽說她是酒鬼。」

燃油的氣味鑽入我的鼻子。「什麼？」

「這種事都會傳開來。」他注視著我的眼睛。「在陸地上，大家都會聊八卦。」

「這跟你一點狗屁關係都沒有。」

「是啊，我應該少管閒事。不過我很好奇，男人和女人為什麼會決定要一輩子生活在一起。我完全沒辦法了解。我自己沒結婚，也從來不想結婚。我無法想像有更糟糕的事。」

我必須說話，否則就會揍他。如果不動口，就會動手。我爸說過，**比爾，你是個被揍的孩子，不是個揍人的孩子**。

「婚姻感覺很討厭吧？」席德撿起鋼絲刷。「被綁得死死的。人生很漫長，這樣的生活太累了。我喜歡自己一個人。」

「做這個工作，會常常和家人分開。」

「你喜歡這樣吧，比爾？」

註36 驢子——珍妮（Jenny）有母驢的意思。

我的頭在痛。

「抱歉，我只是很感興趣。大家常來找我談他們的問題。」

「我沒有問題。」

席德在這裡看起來比在樓上時更年輕，從浮筒室抹去油汙的雙手看起來很光滑，並不像靠黑手工作生活的人。我無法不去想到他微笑時雪白的牙齒，犬齒相當銳利。我感覺胸口很悶，就好像吞下一袋沙子。

「你繼續這樣安慰自己吧。你絕對猜不到我在做這行之前在做什麼。你猜猜看吧。我敢打賭你一定猜不到。」

「我猜不到。」

「我已經給你線索了。大家都來找我談他們的問題，每個星期一次，在星期天。該死，你都不上教堂的！」

「你以前是牧師？」

「有什麼問題？我看起來不像神職人員嗎？」

「不像。」

「那已經是很久以前了。把那個螺絲給我。」

「為什麼？」

「因為我需要。」

「為什麼當牧師？」

「我告訴過你理由了。我在幫人們卸下心中的任何問題。」

「我心中沒有任何問題。」

他用刺青的手臂擦鼻子。「那你說的那個袋子是什麼？」

「什麼袋子？」

「你不是說你胸口有一袋沙子，心中所有情緒都壓抑在那裡。」

我端詳他，比先前看得更仔細。

「你不愛自己的老婆珍妮驢子，可是卻想追求主任管理員的老婆。」席德轉動著手中的螺絲起子。「沒錯，你想要追求她。自從你來到這裡，看到自己的老婆站在她旁邊顯得很邋遢，你就一直愛著她。你對海倫的感情強烈到你不敢正視她，不敢碰她，不敢替她提購物袋。你擔心會顯得太明顯而被主任發現，可是他早就知道了。他知道你想要什麼，知道你有多愛慕海倫。你很驚訝嗎？他當然知道，笨蛋，你以為他老到昏庸嗎？想想看，像他那樣的傢伙會對你做什麼？我根本就不敢想像。他是個已經沒東西可失去的人了。」

「我不知道你是誰——」

「哈，你當然知道我是誰。」

席德用食指輕拍自己的大拇指，聽起來像老式的電話接通的聲音。

「你錯過跟海倫在一起的機會。在他們發生那種事之後，海倫已經崩潰了，再也不會好起來，可是跟她在一起的不是你，是亞瑟。」

「我不准你再提起海倫。你根本不認識她。」

「你也一樣，瘋小子。不過我認識你。沒錯，我認識你們所有人。我對你們的認識剛好足夠，不多也不少。」

他擦擦手，再度笑了，露出他的下排牙齒。

「晚餐吃什麼？我已經好久沒吃家庭料理了。」

32

文森
咚咚

在燈塔上十八天

有人來到床邊，但不代表現在是夜晚；周圍很暗，但不代表現在是夜晚；或者也可能已經是夜晚。我聽到屬於真實世界的片段與聲音：紅茶冒出的蒸氣、罐裝義大利餃散發的餐飲部晚餐氣味。我沒辦法去任何地方或待在任何地方，只能躲在同一個地方，肚子痛到好像裝滿螃蟹的網子，在憂慮中度過同樣的日子。在監獄時，我只能從縫隙之間看到陽光。他們不會讓犯人享有充足的陽光。他們認為對於內心黑暗的人來說，光明是一種奢侈。不過在晴朗的日子，我會瞥見五到六顆星星。在當時，那些星星對我來說是最美麗的東西，現在仍舊一樣。我會躺在床上，上層的床鋪睡了另一個囚犯，在那邊打鼾或抓他的蛋蛋，而我則盯著那些星星直到睡著。

亞瑟和比爾比我更慘。他們得替我值班，並且清理我弄髒的地方。我已經習慣在水桶裡大小便和嘔吐，比爾和主任管理員則使用陶瓷（或是任何材質的）馬桶。在這裡生病或在監獄裡生病，沒有太大的差別。

主任管理員進來，跪在他的櫃子前方，拿出一個箱子。我聽到岩石和石頭碰撞在一起，持續發出輕柔、冰冷的咚咚聲。時間繼續流逝。

「我有沒有跟你說過我會看手相？」蜜雪兒在工作結束之後問我。我們在查令十字路見面。她從人山人海的車站走出來，手上掛著像是被射殺的獵物般的雨傘，面帶笑容朝我揮手。我思索著該如何回應她。

「妳該不會沉迷那種東西吧？」

「你是什麼意思？」

「就是相信死人會跟自己通話，或是有前世之類的。」

「我不知道我對那些有什麼想法。」我們經過特拉弗加廣場。灰色的鴿子停在灰色的柱子上。「我祖母教過我怎麼看手相。」

「這樣啊？」

「還有塔羅牌。」

「就是有山羊倒立盪鞦韆圖案的牌。」

「你一定沒玩過。」

「我當然沒玩過。」

「如果你願意，我可以幫你用塔羅牌算命。」

她並沒有替我算命。我們回到她在史丹佛路上的套房並做愛。當我次日早上醒來時，她正握著我的一隻手端詳。

我問：「妳在幹麼？」

她說：「你沒有命運線。」

我問：「一定要有命運線嗎？」她說沒錯。我說，我只要有感情線就好了。她說我有。

我在半睡半醒狀態，沉浸於真實與虛幻的交界。我昨晚聽到主任管理員用無線電聯絡，好像是在請協會派醫生來。亞瑟會把我照顧好。

咚咚。

誰在敲門？

一個男人越過海走向我。他有白頭髮和白皮膚，雙腳溼漉漉地踩在燈塔下方的平臺，雙手抓著狗階梯。他爬到燈塔入口，接著又來到房間門口。

我向蜜雪兒保證過，事情已經過去了。當我寫信給她時，我發誓不會再有任何爭鬥、任何危險，要她相信我。

監獄裡有個很會下西洋棋的傢伙教我怎麼下棋。他跟我說過，想像在下棋的時候，有一顆棋子——用馬來舉例好了——把馬放在棋盤上，它就成為棋局的一部分，可以透過某種方式奪取它，可是如果把它從棋盤拿下來，它就只是馬，沒有其他稱呼，沒辦法封住、奪取或移動，甚至不再是棋局的一部分。

人也必須偶爾把自己從棋盤拿下來，回到真正的自己。當你獨處時，就不需要假裝。在燈塔上可以做到這一點，沒人會強迫你往東或往西。

當他們來找我時，我會了解自己的本性、自己的能力，以及自己願意做什麼。

我的祕密藏在廚房水槽的下方，就如主任管理員的祕密樂趣是他的石頭。我想像著槍的重量。槍身和她一樣，擁有光滑的曲線。

我的意識飄盪了好幾個小時，隱約感覺到主任管理員進入臥室，聽到床鋪發出的嘎吱聲、簾子在漆黑中拉開的聲音，接著是低語聲：

「文森，你聽得見我說話嗎？不用等太久了。」

我彷彿在黑暗中飄浮，思緒飄到燈塔上方，不知迷失到天空或海上，或者也可能是某處的陸地，尋找未知而無法到達的光，感覺自己已經死了。

十九天

我記得有一次，在一百萬天當中的某一天，我們的香菸抽完了。我們拍打著像是鬆弛臉頰的口袋，這才發現到：該死，我們的香菸抽完了。三名管理員爬上爬下，搜尋大衣和上衣口袋，以及所有存放過「緊急用」香菸的角落。我搖著每一個箱子和罐子，心中想著也許某個夥伴給過我一根菸，結果我藏到某個地方忘記了。我努力在垃圾桶中找到菸蒂，拆開來取出裡面的菸草，捲成可以抽的菸捲。雖然只能抽一兩口，不過還是值得。

在燈塔抽菸不只是習慣，還意味著享有兩分半屬於自己的時間，得到心靈的平靜。接下來怎麼辦？等待有船隻經過，請人過來替我們補貨，不過有可能要等上好幾天。時間不斷延長，大海則嘲笑著擁有渺小欲望的渺小人類。

後來亞瑟找到一包菸。如果是比爾，一定會自己留著。香菸不像沙丁魚罐頭，不需要分享，不過亞瑟每天都分一根菸給我們，自己也沒有拿得比我們多。這根菸受到期待的程度就如同某種神聖的東西。我們三人在晚餐後靜靜地抽菸，紙張在我們的嘴唇間發出溫暖的綻裂聲。在那之前或之後，我都沒有再抽到那麼棒的菸了。

惡夢把我驚醒。或者也可能是因為床單被汗水浸溼、糾纏在我的雙腿之間

的關係。我在夢中爬行，然後肌肉失去力量，我便跌到地上醒過來。

有人在敲門——有人在遠處說話。我無法分辨是樓上還是樓下，但我知道有其他人在這裡。比爾和亞瑟在用他們對外的方式說話，口吻更禮貌、清晰，不像平常充斥著抱怨或咒罵。

我試著坐起身。我的背部離開皺皺的床單，血液衝到我的腦部。我的頭很痛，只得再度躺下。

我的肚子是空的，但一想到食物我就想吐。想到比爾的太太寄給他的巧克力也會讓我想吐。我全身上下的關節都在痛——就是那些圓形的骨頭插入圓形凹洞的地方。地上有一個水桶，我不知道上次是什麼時候使用它，也不知道它是否清空了。

他們在請醫生過來。這樣就對了，我需要醫生，不過來的不是醫生。我想像自己到樓上的迴廊想要呼吸新鮮空氣，讓風把我體內的病痛都吹走，但我永遠無法到達那裡，無法起床。我感受到真正的饑渴。我需要到外面，需要喝杯飲料，要不然就會死掉。如果我死掉怎麼辦？

當我再度醒來時，感到相當寒冷。牆壁潮溼而冰冷。我拉起同樣冰冷的床單和毯子。

我在夢中涉過及膝的骯髒鹹水，舌頭被苦澀的液體包覆。我又回到那裡，走在街上，前方是公寓大樓。我看到的景象和現實世界不同，經過變形、扭曲。我的夥伴雷格走在我後面，另外還有其他人——我沒有看到他們，可是我可以感覺到他們的存在。我聽到他們走動時夾克發出的聲音……

回去吧，別做這種事。

然而夢境卻繼續發展，突然傳來先前沒聽到的狗叫聲。我看到那隻狗的牙齒、浮現血管的黑色牙齦，以及低聲吼叫時滲出膿的疥瘡。

鮮血和狗毛。小孩子高聲尖叫。我的朋友在我懷裡逐漸變得冰冷。

臥室外的窗戶是不透明的正方形。我想到代表起霧的E。

有三個人的聲音。

我需要水。我想像自己走到廚房，和其他人在一起，主任、比爾和我圍坐著抽菸玩牌。我聽到的是自己的聲音，而站在一旁思考的自己則被排除在外。這個站著的自己是隱形的，已經死了。他在之前自己做的夢中死去。

不過當我來到樓下，我看到的不是自己。

我看到的是高大的銀髮傢伙。

亞瑟說：「時間差不多了。」

巨大的銀髮傢伙沒有說任何話，但他注視著我，露出微笑。

VIII

面談：1973

33

海倫

——不論是什麼結果，我都可以承受。如果他們死了，我也可以承受。我寧願承受事實，也不要一無所知。你們會告訴我們吧？如果你們發現真相，會告訴我們吧？

——海倫，我們知道妳有多難過。

她不想聽他們說這種話。他們不可能會理解。再也見不到亞瑟是一種深不可測而奇怪的感覺，就如每一頁都是空白的書、從火車側面轉軌，或是在黑暗中以為在那裡卻不存在的階梯。

一月二日，星期二早上，十一點四十五分。

他們已經失蹤四天。當海倫從客廳窗戶眺望處女岩燈塔，她產生奇妙的感覺，就好像看到一輛無人駕駛的車經過。

——妳對妳先生的失蹤有什麼看法？

調查人員坐在她對面，帶來壞消息，或是不帶來任何消息。有時她會突然覺得不可思議，就好像有人因為惡毒或無聊，玩了一場精心計畫的遊戲，想要看看陸地上的人會有什麼反應，看看陸地上的一群笨蛋能不能找到他們——就像狡猾地貼在岩石上的蜥蜴。

——我不知道。這件事太奇怪了，人不會無緣無故消失，不是嗎？

——通常不會。

——你認為他們已經死了吧？

——現在下結論還太早了。

——可是你是這麼想的，對不對？我是這麼想的。

——如果可以的話，我們稍微回溯一些時間。亞瑟最後一次跟我們聯絡，是要取消先前請求派遣機械師去修理發電機。

——這樣啊。

——海倫，妳認為亞瑟為什麼要取消請求？

——因為發電機修好了？

——可是特利登協會沒有派任何人過去。

——也許他們當中有人修好了。亞瑟也許能修好，或者是比爾。

問話的男人迅速在筆記本上寫字。他問太多問題，而這些問題只是在浪費時間。問話的人對燈塔一無所知，不知道自己的家人在燈塔上工作具有什麼樣的意義。

——上次妳見到亞瑟的時候，他有沒有什麼不尋常的地方？

——沒有。

——他有沒有特別提到某個人，是妳之前沒聽過或很少聽到的？

——應該沒有。

——我們希望能夠排除他們被第三者開船帶走的可能性。妳認為亞瑟會做這種事嗎？

海倫搖頭。亞瑟是個務實理性的人，他的腦袋就像索引一樣。在他們第一次約會的時候，亞瑟告訴她星星的名字。那甚至不是浪漫的表現，只是在陳述自己知道的事而已。參宿四、仙后座，這些名字就像玻璃碗中的大理石。亞瑟會拆開時鐘，然後再組裝回來，檢視分解後的零件及運作方式，感受機械之美。他會拼一整片海洋與天空的拼圖。由於他是燈塔員，因此能夠在海倫看起來只是灰色的當中，找到足以辨識的細節。海倫總是覺得亞瑟的肩膀是她看過最棒的男人肩膀。迷上這種地方很奇怪，不過事實就是這樣。海倫以前曾經交往過一個沒什麼肩膀的男人，身上的衣服看起來總是像隨時會滑下來，就像掛在太小的衣架上的衣服。相對地，她可以在亞瑟肩上放兩個水桶。當時她就準備好要結婚並成立家庭。

——亞瑟有沒有任何憂鬱的跡象？

——你說「任何」是什麼意思？是就是，不是就不是。

——他有沒有提過他感到心情低落？妳有沒有注意到他失去胃口，或是睡得比平常更多，或是停止跟人交際？

——亞瑟本來就很少跟人交際。

——也就是說，他有可能感到憂鬱。

——應該沒有。我們從來沒有談過這樣的話題。

海倫想到幾個星期前，她先生還站在這間廚房，就站在微波爐的旁邊背對著她。這段記憶鮮明到彷彿可以觸摸。亞瑟會在麵包上塗果醬，而且在坐下來吃以前，一定要先把餐刀洗乾淨、擦乾，然後收起來，讓海倫感到很不耐煩。不過她不會說什麼。她在長年的婚姻中學習到，如果沒有什麼好話可說，最好還是別說話。亞瑟不在的時候，海倫可以依照自己的喜好安排一切，而當亞瑟回來，她會感到不耐煩並保持沉默。畢竟婚姻大多數時候就是這樣。

——我可以問妳在加入特利登協會之前在做什麼嗎？

——我在倫敦當店員。

——那可以說是很不一樣的生活型態。

——的確。我加入協會已經超過半輩子的時間，可是我到現在還是會想到當年和現在有多麼不一樣，還有我過了多久這樣的生活。

——妳喜歡自己一個人住在這裡嗎？這裡很偏僻。

——我沒有想太多。

——這裡距離莫特海芬大概有四英里吧？

——亞瑟說，特利登協會似乎不希望我們離開這裡。

——孤獨有可能會造成傷害。海倫，我們不只要考慮到對那些管理員造成的影響，也要考慮到他們的家人。如果亞瑟感到憂鬱……

——我沒有說過他感到憂鬱。

——可是如果他感到憂鬱，那就很明顯了。

——為什麼？

調查人員同情地看著海倫。

——隔離孤立的狀態有可能對人造成很大的傷害。尤其是當他們已經處在很脆弱的狀態的時候。

——你在暗示什麼？

——現在要暗示什麼還太早了。我們在關注幾種可能性。

海倫已經想過各種可能性。比爾可能已經告訴亞瑟，並且針對海倫的感情說謊，說兩人的關係已經持續很久。這種行為就像一個穿長筒襪的男童在戳蜂窩。海倫想到亞瑟有可能相信比爾的說法，就感到內心崩潰。

——被隔離的影響很巨大。這種狀態對人類而言並不是很正常。妳有沒有察覺到沃克先生或布恩先生對此感到困擾？

——我跟他們兩位沒有很熟。

——不過妳住在沃克先生隔壁，應該跟他很熟吧？

——並沒有。

——妳和他的太太珍妮很要好嗎？他們在這裡住了多久？

——住了幾年。

——他們有沒有在小屋裡吵架，或是大聲爭執？

——沒有。

——妳和珍妮想必常常安慰彼此吧。

海倫把注意力放在桌上鋪的油布。這是珍妮去年送她的生日禮物，上面印著橙紅色調的德文郡鄉村景色，綴以湯和鳥蛤派的食譜。珍妮很熱中廚藝，會做油膩的冷盤、糖蜜海綿蛋糕，也會做美食給比爾帶到燈塔。珍妮以她的廚藝、樸實、母性為傲，而這些都是海倫沒有的特質。

當比爾不在的時候，珍妮有時會準備家庭料理邀請海倫。海倫接受她的邀請時總是感到不自在。在用餐時，海倫會和小孩子聊天，而珍妮則用大湯匙把菜分裝到碗裡，然後倒了葡萄酒又喝光，開啟幾十個話題都有始無終。海倫堅持要幫忙洗碗，於是兩個女人在廚房水槽前方——一人洗碗盤、一人擦碗盤，背景則是收音機的低語聲——這樣的情境引出了內心話。

原諒我，珍妮，我當時很孤單，很寂寞。

——她成為單親媽媽，會得到該有的津貼。海倫，妳也會得到。特利登協會在這方面的立場很明確。不論如何，妳們都會受到照顧。

——也許不會到那個地步。他們還是有可能會回來。

但事情已經到了那個地步。星期六早上，特利登協會的人開了兩臺Vauxhall Victor汽車，沿著蜿蜒的小徑來到小屋區。珍妮和小孩子期待著比爾回來，但海倫從自己屋子的窗戶看到那些長官來到門口，立刻就知道結果。僵硬的肩膀、鞠躬的頭、門打開時立刻恭敬摘下的帽子——珍妮倒在門口。

海倫體驗過失去生命力的感覺，但她沒有在其他人身上看到過。她發現自己無法去看，是因為珍妮的痛苦意味著她必須面對最終結局。這就好像在經過車禍現場時，察覺到對方需要隱私。

她心想，比爾一定是心臟病發作，或是翻船溺死了。她很快就接受這樣的想法，自私地鬆了一口氣。

當那些長官轉向她的小屋時，她感到周遭有一瞬間變得靜止：時鐘的滴答聲、冰箱的嗡嗡聲、廚房熱水壺即將沸騰的咕嚕咕嚕聲都停下來。後來當她聽到消息，內心某個角落不禁質疑自己是否期待這樣的事發生，讓生命產生變化與解脫，結果事情就真的發生了。

——海倫，妳還好嗎？可以繼續談下去嗎？

——可以讓我休息一下嗎？我想要呼吸一點新鮮空氣。

外面颳著風。棕色的海面波濤洶湧，波峰湧現白色的泡沫，波狀雲在空中快速流動。海倫並沒有穿大衣，寒風打在她的衣服上，不過她需要刺骨的寒風。她只能看到矗立在遠方的處女岩燈塔，裡面有緊急小組進駐管理。特利登協會認為讓她們看到一丁點那座醜陋的燈塔，可以讓她們感覺更親近自己的丈夫，但實際上只是增加煎熬。她們的丈夫看不到她們。至少對亞瑟來說，他在陸地上的生活已經不存在，但海倫卻仍舊能看到他，並為此每天感到煩心。她寧願完全不要看到燈塔。

她心想：回到我身邊吧。

燈塔頑固地面對她。所有的燈塔都很驕傲，而處女岩燈塔更是其中之最。它很驕傲能夠帶走亞瑟。那裡是亞瑟遠離海倫的祕密基地，而處女岩為此沾沾自喜。她想到亞瑟從島上燈塔帶回那些石頭，對她解釋它們之間的異同，而她卻想揍他並哭喊：看看我，你這個愚蠢的男人，看看我，難道你看不出我有多需要你嗎？

她不記得自己從什麼時候開始愛上亞瑟。她覺得自己已經愛亞瑟一輩子，沒有特定的開始與結束，不過到頭來，處女岩燈塔卻給了他海倫無法給他的慰藉。在那場悲劇之後，他們曾試圖一起面對，但海倫卻已經沒有剩下什麼可以給他了。

熱淚在她眼中凍住。她告訴自己，她曾遭遇更糟的情況，但是在那陣嗚咽中，她卻無法這麼覺得。

對屋內那些人解釋也沒用。他們不會理解她對自己丈夫最基本、最嚴厲、最苦澀的抱怨，而她也無法用言語表達出來。亞瑟的沉默讓她更加說不出口。海倫不是唯一移情別戀的人。他有另一個女人，而海倫永遠比不上這個情人。這個情人把亞瑟從她身邊帶走，即使當他們在一起的時候，亞瑟也一直想著、渴望著這個對象。

34

珍妮

——家裡已經沒有牛奶了，要不然我就可以幫你們泡茶。只是我現在沒辦法出門。我得留在家裡等比爾回來。除非他從大門走進來，否則我不會離開家門一步。他隨時都有可能會回來，然後我們就知道這一切都是一場誤會。所以說，我得留在這裡等他。

珍妮往後靠向椅背，試圖抑制自己的顫抖。審訊過程跟她在電視上的警探劇看到的不一樣。首先，他們並不是在警察局，而是在她的家裡——「船長」小屋。室內此刻隱約飄散著香腸捲的氣味。她一整個早上都看著陌生人來到她的小屋，平常區隔私人領域與公共空間的界線（家裡的大門、臥室的門）都迅速被跨越了。調查人員雖然抱持憐憫態度，但卻毫不客氣地把沾了麵包和肉塊油漬的皺巴巴紙袋帶進她的家裡。

——珍妮，我們很感謝妳跟我們談。

嬰兒開始哭嚎，她姊姊在走廊上迅速把他帶走。前門打開，讓珍妮嚇了一跳：是比爾。不，不是他。

客廳天花板上的彩色紙條掉下來。它們已經疲於維持從十二日就掛在那裡的微笑。聖誕樹頂的天使閉上一隻眼睛，不願注視他們。珍妮和比爾曾經為了這個天使爭吵。比爾想要放星星，不想要天使，因此海倫便發飆，認為不論她做什麼、付出多少努力，比爾都只會批評。為什麼不能讓她做她想做的？比爾知道聖誕節對她有多麼重要的意義。不論比爾在不在家，珍妮每年都會進行聖誕節布置。在聖誕節早上，她會想像比爾在燈塔上拆開她在十一月包裝的卡片和禮物。小孩子在院子的餐桌用最大的聲音唱聖誕歌曲，希望比爾能聽到。如果風向對了，也許他真的會聽到。

——珍妮，妳認為比爾在哪裡？

男人的聲音很溫柔，彷彿他即將做出會傷害到珍妮的事。

——我想他應該安全溫暖地坐在一艘船上。

——接獲失蹤報告之後的二十四小時很關鍵。現在已經過了九十六……

——他還活著。

——妳相信妳先生和他的夥伴逃離燈塔？

——是的。那裡發生了某件事，所以他們才離開。

——比方說麥克·森納先生的報告提到的人物？

問話的女人有一張圓臉和臃腫的眼皮，兼具敏銳與厭倦的態度，就好像在寵物動物園的貓頭鷹，毫不理會經過的遊客。

——比爾常說，那個地方有不好的氣氛。

妳是指，那三個人之間的氣氛不好？

——不是，我是指那個地方本身，就好像那裡發生過不好的事情。

——比爾做的事？還是其他人之一？

珍妮吞嚥口水。她感到喉嚨在痛。所有人都認定麥克在說謊。或許他真的在說謊，畢竟大家都知道麥克喜歡藉由說謊來吸引注意，而珍妮的理性也告訴她，除非經過特利登協會的許可，沒有任何一艘船能接近燈塔，可是麥克顯得相當堅定。他發誓他是最後一個看到他們的人。他說比爾告訴他，之前有個男人在那裡。這條線索不是很重要嗎？難道跟真相無關嗎？

如果她承認自己相信麥克的說法，他們就會在她的方格打叉，並搜尋她的貯藏品和垃圾桶，甚至檢查她的家庭清潔收據。

——我不是這個意思。燈塔上的空間很小，大家被關在裡面，感覺好像被困住一樣。

——妳是在談鬼魂嗎？

——我不是指那種好像披著床單、眼睛部分挖了洞的鬼魂。就像我說的，那是一種氣氛，很不好的氣氛。有些其他的燈塔也會這樣，就像斯摩爾（Smalls）燈塔。

——斯摩爾燈塔怎麼了？

珍妮從比爾口中聽說過斯摩爾燈塔發生的事。那座燈塔在威爾斯的外海，事件發生在上一世紀。當時燈塔上一次只有兩名管理員，過了幾個星期之後，其中一人死於意外。由於大家都知道這兩人合不來，因此剩下的一人擔心如果處理掉屍體，自己會被當成殺人犯，便決定不去處理，一直等到接班的人到達。結果過了一陣子，他開始無法忍受氣味，只好做了一個棺材裝屍體，掛在燈室外面，但是當強風吹來，棺材打開，腐爛的屍體露出來，雙臂懸在半空中亂晃。每次吹起強風，死人的手臂就會拍打燈塔頂部。

比爾說，當時看起來大概就像那個死人在招手。死人對活人說「來吧」，召喚他加入死者的世界。這個念頭開始控制那個管理員的腦筋，讓他失去理智。船隻從遠處經過，船上的人看到有男人在揮手，但他們沒有想到有什麼問題，因此也不會接近燈塔。最後那個活著的燈塔管理員變得比死人還要悽慘。他必須日日夜夜聽著拍打窗戶的叩叩聲，彷彿死者在乞求進入裡面。當他終於回到陸地，他的精神已經嚴重耗損，被惡夢與風呼嘯而過的聲音折磨。

貓頭鷹女士稍微坐正，但仍舊保持冷漠沉著的表情。

——這個故事很有意思。

——對妳來說，這一切都只是個故事吧？

珍妮此時無疑看起來像是發狂了。她的頭髮從星期六就沒有梳，身上穿著跟昨天一樣的衣服，就連上衣也是比爾的。這件衣服上有他的氣味，帶著樹皮和汗水的味道。

——隔壁的海倫說，他們應該是溺死了。

——她當然會這麼說。你們會知道，她是個騙子。

——騙子？

——她說那種話實在是太惡毒了。她是主任管理員的妻子，應該要更相信自己的丈夫，可是她卻說得好像他們不知道自己在幹麼。等比爾回來，他會很高興我一直信任他，不會把失蹤理由歸咎在他們沒能力做好工作。

——海倫告訴我們，小屋居民的氣氛是彼此支持的。

——以前是。

——以前？

——妳一定要重複我說的每一句話嗎？

——珍妮，燈塔上有兩個停止的時鐘，剛好都停在八點四十五分。這個時間對比爾有任何重要意義嗎？

——沒有。

——對你們任何一個人呢？

——沒有。

——妳是指妳不知道，或者是沒有意義？

——我不知道，或許也沒意義。

——海倫猜測可能是電池不見了。

——有嗎？

這個女人總算還會露出不自在的表情。

——很不幸地，我們無法證明這一點。兩顆電池都還在，不過有可能是上下顛倒了。特利登協會派去的人員把電池拆下來，換裝新的上去，而且他們也不確定原本是什麼樣子。

珍妮腦中閃過比爾在浪花間掙扎的樣子。他不會游泳。

——那座燈塔除了他們以外，一定還有某個東西。我知道妳會說這個想法很瘋狂，可是絕對比不上兩個正常的時鐘在同一天的同一個時間停止更瘋狂。

——也可能是管理員把時鐘弄停的。

——他們為什麼要這麼做？

這時有人敲門。一名助理拿了兩杯褐色液體進來，看起來就像莫特海芬烤肉店提供的稀肉汁。珍妮記得比爾在結婚前，會穿上他最好的西裝，帶她到那裡用餐。

咖啡的氣味讓她想吐。

——我想去一下洗手間。

上完洗手間之後，珍妮在走廊上遇到卡蘿。她想要讓珍妮抱抱嬰兒，但珍妮並不想抱。她不想碰觸到比爾以外的任何人。

當她回到客廳，舞臺仍舊沒有變動。這幅聖誕節景象——包括調查人員、香腸捲、紙鈴鐺和開始變禿的聖誕樹——會永遠留在他們的記憶中。漢娜和茱莉亞到朋友家，但是珍妮不能一直把他們放在那裡。很快地，她就必須對他們解釋。兩個孩子一個七歲、一個兩歲，不過他們能夠大致理解，他們再也見不到他們的父親了。漢娜或許記得他，但是茱莉亞大概不會記得。嬰兒當然完全沒有記憶。

比爾一定會回來。

如果她想這個念頭夠多次，或許就能夠成真。

要是無法成真怎麼辦？她必須背負自己犯下的罪行，撐過每一天。她活該得到這樣的報應。

——我們在考慮那些管理員自己策劃失蹤的可能性。

——太可笑了。比爾不可能對我做那種事。

——亞瑟會對海倫做那種事嗎？

——那要看情況。

——什麼情況？

——我不知道他們的婚姻情況怎樣。

男人喝了咖啡，在他的筆記本上寫字。

——妳丈夫有沒有提起過文森．布恩？

——比爾在陸地上的時候，不會談起燈塔的事。

——文森坐過牢，或許有些人會因此懷疑他。

——這世上有比偷竊更糟糕的罪行。他又沒有真的傷害過任何人。

男人注視珍妮片刻，然後和女人交換眼色。女人用塗成包裝前火腿顏色的指甲劃過杯緣。

——珍妮，妳有沒有見過那位兼職管理員？

珍妮見過他一次。

當時他和法蘭克交換工作地點，來到莫特海芬的岸上。他才二十出頭，身材高高瘦瘦，有些駝背。他嘴裡叼著一根菸，不過在茂密的鬍子底下幾乎看不見。

她聞到文森身上被蟲蛀的毛衣有股霉味和煙燻味。比爾每次從燈塔回來，身上也會帶有這種氣味，因此她總是把這種潮溼而古老的氣味和燈塔聯想在一起。

她必須花好幾天洗衣服，在比爾的上衣抽屜放芳香袋，才能讓他重新染上家的氣味。

——布恩先生的確曾經因為小型偷竊而被判刑，不過他最後一次入獄是因為較嚴重的罪行。

——他做了什麼？

——很抱歉我們無法揭露這件事。這樣的細節有可能引來猜測，導致妨礙調查的進行。

——細節？如果文森被關的罪行會讓比爾陷入危險，我絕對不會稱之為細節。到底是什麼？告訴我。我是比爾的太太，我有權利知道。

——我們不能推論布恩先生的罪行和他們失蹤有任何關聯，或是他讓任何人陷入危險。

——不過有這個可能性吧？

兩名調查人員同情地看著她。她心想，他們的同情不只是為了她目前的狀態。兩人討論片刻之後，決定告訴她。

珍妮花了片刻才能理解他們說的話。這種感覺就好像電視節目接近尾聲時，才發現自己用完全錯誤的方式在看這個節目。

關於文森的事實在她心中產生漣漪，就如在船尾隨風搖曳的鮮紅色旗幟。她並不是唯一隱藏祕密的人。

35

波兒

——我得告訴你們，像我這把年紀，身體又出狀況，還要大老遠跑來這裡，差點要害死我。醫生給我抗凝血藥來治療心臟，可是那些藥只會讓我成天頭昏腦脹，而且全身寒冷。看看我，我在顫抖！這雙手就像鬼魂的手一樣，可以直接看到裡面的血管。這就是華法林（warfarin）的效果。照這樣下去，我還寧願再中風一次。

——莫瑞爾太太，妳想要喝杯飲料嗎？

——除非你們有櫻桃白蘭地我才要喝。還有，不要稱呼我為太太，應該稱呼女士。你大概覺得像我這樣的女人應該要有個丈夫吧？

——我沒有想那麼多。

——好吧，我以前的確有個丈夫，也舉辦了很隆重的婚禮，可是他後來就溜掉了。有天早上他出去買牛奶，然後就沒有再回來。你應該也聽過類似的故事，不過對我來說卻是親身經歷。他離開的時候甚至沒有親吻我的臉頰。你覺得我該繼續戴著我的結婚戒指嗎？不可能。他留下我自己照顧五個月大的嬰兒，嬰兒日日夜夜都對我哭嚎——喔，不用了，謝謝。我想我大概在一九六八年，在加油站遇到過他一次。他當時在替他的汽車加油，前座坐了一個賤女人。我可以抽根菸嗎？

男人遞給她一個菸灰缸。這是那種高級的玻璃菸灰缸，符合這座建築的格調。波兒從來沒有住過像這樣的飯店——房間裡有一張大床和羽毛枕，還有附設洗手間；早餐有雞蛋和培根、醃魚和鬆餅，相較於她平常一邊吃烤麵餅一邊抽菸、並從她的高樓窗戶眺望外面A406道路上糾結的交通，可以說是很大的變化。

——莫瑞爾女士，我們很感謝妳遠道而來。

——在結束詢問之前，你們會替我付這裡的住宿費吧？

——特利登協會希望能夠在艱困的時候照顧員工的親屬。

——你老是這麼說。我可不希望落到他們的處境。老實說，我對這一切並不感到驚訝。那個男孩註定要失敗。他從小就會惹麻煩，直到最後都在惹麻煩。你們雖然耗費很大的工夫來調查，不過在我看來這沒什麼奇怪的地方。每個人都說這是一起神祕事件，但其實並不是。我一接到電話，心裡就想：啊，果然。

——怎麼說？

——我早就預期到會發生這種事。或許不是像這次的事件，我得說這樣做很聰明，不過我預期到會發生某件事。

——發生什麼事？

——你們的工作不就是去找出真相嗎？我對這起事件一無所知，我甚至不知道他去當什麼燈塔管理員。他出獄之後從來沒有打電話給我或拜訪我，真是不知感恩的傢伙。我甚至不知道他出獄了。是因為艾瑞卡認識跟他交往的女生，我們才知道的。

——他有女朋友？

——很神奇吧。

——那個女生叫什麼？

——艾瑞卡會告訴你。艾瑞卡是我女兒，她本來想要過來，可是我叫她不要來。我是負責管事的大人，不論我喜不喜歡，都得為那個惡棍負起責任。

——妳對於文森在燈塔工作有什麼看法？

——我很驚訝在他做了那些事之後，他們竟然還讓他上燈塔。不過我後來想到，他一定是隱瞞了自己的過去。他一直都很會說謊。

——特利登協會認為他的過去可以讓他適任這項工作。

——哈！竟然有這種事。他們難道不在乎他的罪名嗎？那件事沒有阻止他們僱用他嗎？應該要的。他們難道都不在乎把誰送上燈塔、也不在乎那些被迫跟他在一起的可憐蟲嗎？我真的超同情那些人。我外甥就是他們失蹤的理由。我得非常勉強才能承認他是我外甥。要是我能選擇，一定會說他跟我一點關係都沒有，不是我的血親；不過如果你一年前要我預測他會有什麼樣的下場，我大概也會說出跟這個差不多的情況。

——妳相信是文森傷害其他人的？

——當然。他知道要怎麼做。他在街頭學會這項技能，然後又在監獄裡變得爐火純青。

——妳會怎麼用自己的說法形容妳的外甥？

——我不用自己的說法還要用誰的說法？他從出生那一天起就是惡夢。我妹妹沒辦法應付他。我妹妹現在已經在墳墓裡，是他把我妹妹逼死的。

——文森的母親是在他幾歲的時候過世的？

——十三歲。在你同情他之前，我得告訴你，人生並不總是那麼美好。他越早學到這一點越好，尤其是這一切都要歸咎於他。他體內住了一個惡魔。我第一眼看到他，我就告訴潘美拉，這個嬰兒腦袋不是很正常。他的眼睛看起來真的很邪門。後來當他稍微大一點，學會走路之後，他會打他媽媽，用力拍她的臉，造成她身上的瘀青或黑眼圈。潘美拉去接他的時候，他會用頭撞他媽媽，還拳打腳踢。他不肯吃潘美拉放在他面前的食物，晚上也不肯睡覺，整晚大吼大叫，讓潘美拉完全無法睡眠。潘美拉後來失去理智。文森有時被送走，有時又會回來。他被帶走的時候大概是兩歲還是三歲吧？總之已經可以自己站起來了。社工人員來帶走他的時候，潘美拉感到震驚，但是她當時的狀態並不適合照顧小孩，而且她打從一開始就不想要生下他，所以更辛苦。艾瑞卡至少是我想要的孩子，也就是說至少我還能承受生養小孩。潘美拉努力照顧文森一陣子，但是還是沒辦法持續下去。畢竟那孩子是個小惡魔。

——妳說他有時被送走、有時會回來，是指他會回到他媽媽身邊嗎？

——有幾次。不只是潘美拉沒辦法忍受文森，那些寄養家庭也一樣。他會破壞他們的生活，所以不斷被送回來。我當時就想，讓我可憐的妹妹好好休息吧！她說過她不想要撫養文森，那就讓她得到清靜。文森回來只會讓她更糟。

——更糟？

——她會吸毒。最後她吸毒過量死了。很明顯她是故意的，老實說我沒辦法責備她。這不是她的錯，是文森，還有他父親的錯。

——他父親現在在哪裡？

——見鬼了我才會知道或關心。

——他沒有幫忙撫養兒子嗎？

——這真是天大的笑話。我從來沒有見過那個骯髒的臭惡棍。算他幸運，要是我看到他，我就會把他掐死，就像掐死耶誕節火雞那樣扭斷他的脖子，然後把蔬菜從他屁眼塞進去。潘美拉只見過他一次。她並沒有同意要懷孕——妳懂我的意思吧？

——我不確定我明白。

——那傢伙是晚上在小巷子裡把那東西塞進潘美拉的，潘美拉根本不想要。妳懂了吧？

——我很遺憾。

——妳遺憾什麼？根本和妳無關。

問話的女人往後靠在椅背上。他們顯然討論過：妳負責詢問那個老女人，用同樣身為女性的角度來問話，她會對妳比較溫和一點。

這時輪到男性調查人員湊向前，雙手十指交錯放在桌上。

——妳妹妹過世之後，妳為什麼要撫養文森？

——姊妹總是要彼此扶持。我最後一次跟潘美拉談話的時候，她要我向她保證。她對我說：「波兒，妳要對我發誓，妳會照顧他。」所以我才認為她當時打算要自殺。你們大概以為我撫養兩個小孩，他們會給我比較好的地方住吧？老實說，這也是部分理由。我以為只要我答應照顧文森，就能得到更好的屋子，結果事實證明這年頭做善事也沒辦法跟以前一樣。

——他第一次被逮捕是在什麼時候？

——你總算問起了。他當時大概十四還十五歲吧。理由好像是亂改裝車之類的。文森有收到警告，可是我又能怎麼樣？我沒辦法管控他。我不是開玩笑，其實我很高興他被關進去。少年感化院很適合他，畢竟他沒辦法在正常世界中生活，也沒辦法適應寄養家庭。他大概也覺得那裡很適合他，所以又回去好幾次。

——他在感化院待多久？

——每次都待幾個月，只有最後一次例外，那一次他被關了一年多。順帶一提，我覺得他被判得太輕了。麗塔他們家的葛倫只因為沒有完成有錢顧客家裡的浴室，就被判了六年。他們應該有足夠的錢去請別人來完成吧？不用把事情鬧這麼大。

——他對你施加過暴力嗎？

——葛倫？

——文森。

——他哪有那個狗膽。

——也就是說，妳並沒有看過文森有暴力傾向的證據？

——根本不需要。我看過潘美拉身上的瘀青。

——如果文森傷害了跟他一起管理燈塔的那些人——

——你是指，如果他殺了他們？

——如果是他下的手，那麼他會怎麼做？

——我怎麼會知道？我只知道他在監獄有個綽號，叫做胡迪尼（註37）。你聽過這位脫逃術師吧？因為文森留了鬍子，所以他們就稱呼文森為長毛胡迪尼。他以為自己是什麼東西？有些女人喜歡那樣的鬍子，可是在我看來卻噁心得要命。我在加油站遇見我先生的時候，他也留了大鬍子，足以把一碗玉米片塞進去。當我看到前座的賤女人，我心裡想，妳可以留著他沒關係。

男人皺起眉頭。波兒點了另一根 Rothmans 香菸。

——他之所以得到胡迪尼的綽號，是因為他計畫逃亡。以一個沒受過教育的男孩來說，他的腦筋還不錯。這讓我想到他父親有可能是任何人——也許不

註37 胡迪尼——Harry Houdini（一八七四～一九二六），匈牙利裔的美國魔術師及脫逃術師。

是我們想像的那種人，而是來自上流社會，進入上流社會的名校念書，有一棟豪宅，只為了追求一夜的刺激，結果潘美拉剛好就成了不幸的那個人。你知道這一切的理由是什麼嗎？是驕傲。有其父必有其子。文森曾經說過，任何專長都是一半來自天分、一半來自相信自己最棒並且說服他人相信。這是騙術。他是個騙子，能夠憑三寸不爛之舌逃避任何事。他一定能夠逃離那座燈塔。他知道該怎麼做。他可以誘導其他人依照他的意思來解釋這件事，讓我們往錯誤的方向去想。我完全不認為文森已經死了。

——那麼他在哪裡？

——我不知道。只有那三個人才知道，不過文森認識可以幫他逃脫和掩護的人。他可以讓事情看起來不是真實的樣子。

男人露出微笑，或許是波兒說的內容滿足了他想要的。

——比方說那個去燈塔找他們的機械師。

男人臉上的笑容消失了。

——沒有機械師去過燈塔。

——去過燈塔的漁夫說有。

——麥克・森納的供詞有問題，所以不會做為調查方向。

——誰說的？

——特利登協會。我們的每個調查人員都這麼認為。

——去他的，你們根本沒什麼線索吧？

——莫瑞爾女士，我們憑藉的是推理原則。不可能有人未經許可就登陸處女岩燈塔，尤其是在惡劣的天候之下。協會掌握了所有發生在那座燈塔的事。

——可是他們沒有掌握到這起事件，不是嗎？

——我們不能浪費資源在不可靠的證人身上。

——如果他說的是真的怎麼辦？

——沒有機械師被派去燈塔，沒有船隻離開港口，沒有船夫送人過去。不論是在莫特海芬或是其他地方，都沒有人看到這號人物。

——別跟我要答案，你們自己應該要知道答案。不過我不認為這一點很重要，反正也只是證明我的觀點而已。不論是機械師或是誰，一定是文森的夥伴之一。要是我的心臟狀況沒這麼差，或許還可以稍微關心一下那個可惡的外甥。事情很奇怪，不是嗎？我來這裡之前，艾瑞卡對我說過，文森這輩子最大的心願，就是要和過去認識他的所有人切斷關係，重新開始，不會在下一個街角看到有熟悉的臉孔埋伏在那裡。文森說過他有一天要逃掉。誰知道呢？那個小鬼真的跑掉了。

IX

1972

36

亞瑟
機械

海倫，

我今天看到他了。妳覺得我都不告訴妳任何事，不過我想像妳此刻讀這封信的臉，就說不出口了。

有時我會讓我聯想到我那個被炸彈驚嚇的老爸。當我照鏡子時，我看到的是個死人；我聽到夜晚的叫聲，我的頭被炸得粉碎。

✦

在燈塔上三十八天

霧仍舊沒有散去，感覺好像有塊布塞在嘴裡。過了五點之後，文森醒來。

文森問：「他是誰？」席德說：「老兄，你不知道嗎？他們不會沒事發神經派我來這裡。」文森比我之前看到他的時候還要虛弱。我叫他吃東西，但是他說他吃不下，要是吃了就會吐出來。我還是切了麵包。由於我們已經用完奶油，我便拿出三個星期前從牛腿肉取得的牛油塊。

比爾一直在抽菸。他把他的鑽子放在桌上，另外還有他放棄繼續雕刻的貝殼。鑽頭薄而銳利。

今天下午我發現他在房間裡找東西，翻出我借用的那條褲子的口袋。

「你在找什麼？」

「沒什麼。」

他把褲子塞回自己的衣櫥，然後擠過我身旁下樓。

如果我當場逮到他們兩人在一起，他也會紅著臉做出同樣的反應嗎？

文森癱在椅子上問：「今天是星期幾？」

我不知道今天是星期幾，只知道我是在兩天前看到你的船。我記得那艘小船破掉的帆，還有揮動的手。你是來找我的，因此我才取消求助。我不希望他們來打擾，派某個人過來把你嚇跑。

席德吐出一口煙，冷冷地看著文森，眼睛像爬蟲類般眨也不眨。「你長得跟我認識的一個小夥子很像。你在北方沒有親戚吧？」

文森拿起麵包說：「沒有。」

「也許我是在別的地方認識你的。」

文森顫抖著說：「我看不見。我幾乎看不到你們的臉。」

「吃吧。」我對他說，「然後上床去睡覺。」

「我需要一個水桶。」

「我會幫你拿上去。」

「我是要嘔吐用的。」

「我知道。」

晚餐時間，那名陌生人隔著他的盤子注視我。他的雙眼是銀藍色的，就像一月擋風玻璃上結的薄冰。

席德是在我看到你的船之後的日出時來的。兩件事情同時發生，雖然沒有關聯卻彼此相關——有一本書也是這個主題，叫《存在體的衝撞》。我是在晴朗的春日黎明在燈室讀這本書的。當時晨曦從鏡片折射，使光線轉為紫色、綠色、橘色與粉紅色，看起來就像迷幻的萬花筒。也許要花好幾天、好幾年，甚至一百萬年，如吶喊般的星光才會傳至地面。我沒有提起過你。你很害羞，必須相信我。你相信我嗎？我曾經讓你失望。

我想要告訴你，我很抱歉。

席德問：「誰負責做菜？」

我把刀叉放下，把前端對齊。「是我。」

「你應該要在麵糊裡拌入更多空氣。香腸布丁（註38）太扁了。」

「香腸布丁的重點是香腸。」

「不是，香腸布丁的重點是麵糊。」

「做的時候要在麵糊裡挖洞，然後把香腸埋進去。」

「那些香腸看起來就像洞，所以才會取這個名字。」

「這是用他媽的罐裝食品做的，隨便你要怎麼稱呼它。」

比爾拿了盤子前往燈室，準備要繼續發射霧砲。他緊閉著嘴巴。也許他感染了文森的疾病。我想到也許我們都感染了，然後到明天早上我們都會死掉。

註38　香腸布丁——toad in the hole，英國傳統料理，將香腸埋入約克夏布丁麵糊製作。英文名字直譯為「洞裡的蟾蜍」。

席德繼續吃。我聽到他的舌頭在舔黃色麵糊的聲音。比爾離開之後，有人說「他怕我」。是席德說的，還是我？

「你們另一個管理員，應該是食物中毒。」席德邊說邊用一張廚房紙巾擦拭手指。「他吃了不該吃的東西。」

「什麼？」

席德露出微笑。「那些巧克力原本是要給比爾吃的，可是他沒吃。」

一個想法浮現。這個想法就如離開河岸的水獺，滑溜而迅速。

他繼續說：「你可以自己想出結論。不過憑你這位老前輩的聰明才智，應該早就想到了吧？如果哪天他們不再需要像你這樣的管理員，那就太可惜了。到時候你要做什麼？三十年對一個生活目的只有漂亮老婆的男人來說，是很漫長的。你有時候大概會想像，要是沒有她，你該怎麼辦。」

注視著他就好像站在高處邊緣，或是走入我不應該進入的房間；當我看到某樣東西，我就無法回到沒有看到的時候。憂鬱的氣氛籠罩著我們，蔓延到我們心中，感覺布塊塞得更緊了。

「你是誰？」

靜默不時被樓上的轟隆聲劃破。霧砲孤寂的呼喚，就如鯨魚在幽暗的海水中對彼此悲嘆，或是沒有得到任何答案的問題。

「我明天早上就要離開了，你不用去管這個問題。」接著他轉向牆上的時鐘，又說：「八點四十五分，我該上床了。」

「八點四十五分。」我複述一次。

「這是我上床睡覺跟醒來的時間。」他湊過來，露出牙齒。「以前都是如此，以後也都是如此。日復一日，一天的結束和一天的開始都一樣，這一來我就不用花心思去想它了。」

當我半夜醒來前往燈室時，比爾在燈室裡，大拇指放在活塞上。他的頭垂到胸前，沒有聽見我走進來。我可以接近到他背後，看到他耳朵後面粉紅色的肌膚，想像海倫曾經摸過這個部位。我想要問他，他憑什麼認為做這種事可以躲過懲罰。

我感到血脈賁張，血液湧到全身上下的器官、心臟、血管，就好像裝滿血液的袋子。

「比爾。」

他驚醒過來，不自覺地引爆。

叭～～

「該死，幹麼？」

「你睡著了。」

「抱歉。」

「你如果在值班時睡著，對我來說一點狗屁用處都沒有。」

我現在可以抓住他，但是我想到你。

「現在幾點？」

他站起來，但幾乎跌倒。他此刻就如剛從地底爬出來的鼴鼠般沒用。

「有什麼問題嗎？比爾，你的臉色很蒼白。」

他不願直視我。

「我只是有點累。」

「別擔心，你馬上就可以離開了。你會比我們更早回到陸地上。你一定很期待吧？代我告訴海倫，我很快就會回到她身邊，好嗎？」

這時我看到他正在考慮要不要說出來，幾乎張開嘴巴要說出口了。不能說的言語是這麼容易被說出來。

最後他說：「拜託，亞瑟。」我不知道他在拜託我什麼。

「快滾下樓吧。」我說。

他照我說的做了。我拿出一根香菸。

在燈塔上三十九天

凌晨兩點，我去檢查燈，檢視它的燃燒器，補充燃料，記錄能見度與風向。我很肯定風向是東南東，不過我還是拿出羅經盤來確認。在我加入協會之後，我就喜歡回到老方法，學習值得擁有的技術。我們會學習各種有用的工作，像是如何裝門板、縫釦子、烤麵包、修理電路、準備一頓飯及起火。這些都是值得學習的東西，但陸地上的男人卻無法做到其中的一半，至少不會縫紉及料理。另外也有跟點燈有關的指導，像是燈塔如何運作，以及如果哪裡出毛病該如何修理。這些都讓我感到有幫助也很有用——其中沒有任何虛榮，沒有追逐私利、沒有物質主義，或是無關的成分。我覺得如果我必須獨自生活，我應該也能過得很好。海倫從來不認為自己來到這裡的理由是為了照顧我。女人必須承擔這種責任的想法是完全違背她本性的，不過我還是不確定她是否喜歡這種情況——亦即在實務層面，我並不需要她。

我希望她知道，在其他層面我需要她。

那是隱形的層面，重要的層面。

這些年來，我大可親口告訴她，但是我從來沒有說出口。我為什麼不說？如果她在這裡，我可以告訴她在陸地上時我絕對無法對她說的話：對不起，一切都會得到解決，但願我們能夠回到最初的起點。

我擔心有一天，這世界再也不需要燈塔管理員。如果沒有燈塔、沒有這個世界、沒有我的老婆，我的存在還有什麼意義？當自動化的浪潮來臨，我們都會消失。我聽說這種情況已經開始發生，全國上下都在準備好要迎接它（根據他們的說法，這是「進步」）。哥德雷維（Godrevy）燈塔早在大戰時就自動化了。很快地（我不想去猜測是什麼時候），機器就會取代我來做我的工作。機器不像我這麼需要燈塔，也不會像我一樣愛它。科技可以點亮燈塔，讓霧砲發出聲音，但沒辦法照顧燈塔，而燈塔需要得到照顧——不論是物質方面，或是靈魂方面。燈塔會變得空虛，追思昔日的陪伴與兄弟情誼、在廚房抽的菸、圍繞在電視機前的聚會、曾經在燈塔內發展的友情與自信，而管理員也再也無法回到這個地方。

過了許久，在我值完班之後，深夜轉變為黎明。我在臥室錯估門和重錘管

的距離，屁股撞到了它。文森在打鼾。以他的身高來說，床鋪太小了，因此他的雙腳在床尾彎曲，不時會抽搐，就好像一隻受傷的外赫布里底群島燕鷗在海灘上，試圖要飛起來。我把手掌貼在他的額頭上，鼾聲暫時停止了。文森張開一隻眼睛，液狀的亮光就好像海豹的眼睛。

透過窗戶，可以看到在好幾英里外，海水消退並顯露出陸地。

有一個燈光在那裡閃爍，或者是在海面上？

建造燈塔時，一定會讓臥室面對海岸。當燈塔管理員結束工作回到臥室，就會覺得自己的指引燈在家裡。他們希望管理員的指引燈在那裡，而不希望管理員去想到底下過於安靜而深沉的大海。當管理員躺在床上時，心思會被記憶占據，這時他會需要陸地，確認陸地在那裡，就如小孩子在半夜聆聽父親的腳步聲。

自從我們在演化過程中從大海爬出來、我們的蹼首度拍打在沙灘上、我們的鰓努力吸入空氣的那一刻，我們就被綁在陸地上。

陸地上的光靦腆地閃爍，接著突然變得明亮、閃耀，令人感受到渴望。我知道那是你。你在那裡對我說話。我知道你在對我說什麼，要我做什麼。

我聞著你頭髮的氣味，摸著你脖子背後柔和的輪廓，到最後，我就這樣睡著了，你的亮光映照在我眼瞼後方。

37

比爾
公事包

我是在七歲的時候得知我殺死了她。我哥哥把足球踢到我頭上，對我說：「別那麼愛哭，笨比爾，凶手是不能哭的。」我去問我爸這是什麼意思，他便停止吃面前的一盤煎蛋，抬起頭對我說，我的年紀已經夠大，可以告訴我這件事了。是我的出生殺死了她。

這個詞讓我聯想到綿羊轉動的眼珠、在毒氣室發出的尖叫，以及濺到屠宰場牆壁上的鮮血。我在被那顆足球砸中頭之前，心中就有疑惑，像是老師和同學家長看我的眼神中，總是帶著同情與厭惡，低聲議論著那場意外，說我是個可憐的孩子，說她有多麼善良，不應該得到那麼悽慘的結果——太可惜了，沒有帶來任何好的結果。家裡客廳的櫃子上矗立著一呎高的照片，就如同聖壇般；從來沒有人對我解釋過為什麼我媽不在這裡，但即使我不知道為什麼，我還是必須愛她並感到遺憾，在我笑出來之前也得三思，畢竟這是以高到無法說出來的代價換來的。我被暗示是不該存活的那一個。我不值得她的死。

那是我唯一看過的母親照片。這些年來，她在我心中一直保持同樣的形象，凍結在溫柔微笑的姿態中。我從來沒有看過她生氣、悲傷，或是聽到玩笑話而大笑的樣子。每當我放學回來，或是被我哥哥揍，她總是以優雅、耐心的表情望著我。

沒有人原諒我，只有她。

當我見到海倫的那一刻，她讓我想到那張照片；但這次我可以對她說話，摸她的肌膚，握她的手。

我想要告訴她所有她不知道的事，包括我父親和他對我的懲罰——他會雙手拿著自己的皮帶到我的臥室，坐在我的床上。要是她在那裡，她就可以救我了。我會告訴她關於住在多塞的堂姊的事，以及我痛恨大海卻得接受自己的命運。為了彌補我生存下來的事實，我必須毫不存疑地乖乖做自己被要求的事。也因此，我才會來到這座燈塔，過著無法逃脫的生活。

在燈塔上五十五天

當我早上醒來，臥室很安靜，微弱的光線從窗簾間的縫隙透進來。房間裡沒有人。

我檢視上鋪。機械師的床鋪很整齊，簡直就像沒有人睡過，文森也不在。我產生驚恐的感覺，彷彿我已經睡了很長一段時間，結果所有人都死了，或是把我獨自留下來。

距離我回到陸地上還有三天。她現在不用對亞瑟說謊，也不用對我，或是對她自己說謊。在亞瑟發現之後，已經不需要說謊了。

他當然知道了，笨蛋。

亞瑟發現我在某天下午珍妮去城裡的時候，從司令小屋偷的鍊子。如果有人問起，我是去她家修理櫃子的。我並不打算偷任何東西，只是想要聞到她的氣味一陣子——她的絲巾、她的香水、她的睡衣。那條項鍊從我收藏的地方不見了。我原本把它放在她吻我的時候我穿的褲子口袋裡。亞瑟沒有跟我說一聲，就借走了這條褲子。

他是沒有東西可以失去的人。

也許我一直都希望亞瑟能夠發現。這一來他就得自己承擔。

我蹲在袋子前尋找香菸，在袋子裡的深處摸到一個紙袋。我有一瞬間不知道這是什麼，接著我才想到，這是我太太寄給我的巧克力。我在這裡感覺已經待了好久。我拿出巧克力：它們聞起來帶有花香和深沉的氣味，不過和三星期前已經不一樣了。

我想著要不要吃一顆。這是我最後一次對她說實話的機會：沒錯，我吃過了，很好吃，謝謝妳。

但我下樓到廚房，把它們丟到垃圾桶裡。

亞瑟在桌前讀一本書。

「霧已經散了。」我站在水槽旁對他說話，避免背對他。「文森在哪？」

「他在樓上。」

飲用水喝起來有鹽巴和海藻的味道。「席德呢？」

亞瑟說他已經離開了。他想必是搭了很早的船。

我關掉水龍頭，它仍舊低著水。我問：「是誰操作絞盤的？」

「不是我。」

「那就是文森了。」

「不是。」

亞瑟不打算說得更多。以前的他會進一步討論，譬如席德在濃霧中來臨的意義，或是關於他的行為舉止及他說的話；然而此刻的他卻一言不發，而這樣的沉默也形成我們最後的共識。

文森攤開天氣紀錄。我知道他想問我關於席德的事，而我還沒有決定好要說什麼，或是說得多深入，不過我不用擔心，他的注意力顯然放在別的地方。

「比爾，你必須看看這個。」

燈塔的鏡片在閃爍。我走近他。

「過來吧，你看。」他說。

我從他背後探頭看桌上的紀錄。

文森不安地說：「我一開始看到的時候，原本以為是去年的紀錄。這些紀錄不可能正確，一定有哪裡出了問題。我以為這些是舊的紀錄，是主任搞混了，可是你看，這是這個月的紀錄。」

他給我看雜亂的一堆文字與數字。這些是用主任的黑筆潦草記錄的，變淡的墨水使線條變得像蜘蛛絲般，有些地方因為筆力過大而劃破紙張，內容寫著：**天翻地覆。一片混亂。驚濤駭浪。強烈的暴風雨轉變為颶風……**

「風力十級、十一級、十二級。」文森說，「我們根本沒有遇到過十二級的風。這不是真的，這些都沒有發生過。」

這時我才看到那個包包，放在通往燈室的短短一段階梯的第一階上。那是一個方形小包包，不是那種一眼就會發現的東西，文森也還沒發現。那不像是機械師攜帶的工具包，而是光滑而小巧的公事包，從雨中被帶進來之後，帶有像貓一般的光澤。

文森問：「比爾，我們該怎麼辦？」

公事包的顏色和席德一樣，是那種難以形容的顏色。

這就是我們的共識。亞瑟知道，我也知道。

那個機械師根本不是機械師。沒有一個正常人會自己逃離燈塔而不留下任何痕跡，就像一九五一年那個前後兩次走出籬笆、經過我們汽車前方的銀人。

文森闔上天氣紀錄，說：「你到底怎麼了？難道你不在乎嗎？」

我想到我哥哥藏在家裡櫥櫃的香菸。我會在門口抽菸，聞著雨水悶熱的金屬氣味，等待他們回來。

快跑。

「那是什麼？」文森轉頭看到我正在注視的東西。

我走向公事包，按下彈簧鎖，沒想到它竟然打開了。

「比爾——」文森的聲音很急促。「裡面有什麼？讓我看看。」

我想要看裡面，但我辦不到。

「沒什麼。」我邊說邊迅速把它關上。「裡面是空的。」

在家時，珍妮有時會用杯子蓋住蜘蛛。她很討厭蜘蛛，因此會迅速解決，彷彿她無法去想到或看到牠，只想把牠蓋起來，然後把牠弄走。我也像這樣拎起公事包，不去想它，把它帶到樓上的迴廊，越過扶手上方用力丟得很遠，看著它掉入海裡。

38

文森

補給船

我接受訓練的第一天，就聽說亞瑟・布拉克是最傑出的管理員，通常主任管理員不會成為矚目焦點，要是出名通常都不是什麼好事。舉斯科列（Skerries）燈塔的主任管理員為例，他在燈塔上都會光著身體，或許是因為他在家時太太不允許他這麼做，而在燈塔上則沒有人阻止他。他不論執行任何工作都赤身裸體，包括更換罩子、刷洗地板，只有在下廚時才會穿上長圍裙。大家都很怕他的料理，也怕必須要跟隨他上樓。話說回來，因為正當理由而聽到某人名字的情況則很少見。當我開始跟亞瑟工作之後，認識到他寧靜的自尊、善良的心腸與理智的腦袋，我就知道我不會遇到更棒的主任管理員。

接連好幾天，這裡的天氣都是起霧，但他寫的內容卻不是如此。

亞瑟跟以前不一樣了。他不再是同一個人。

我不知道的某件事發生了。

我的主任管理員變得很奇怪，越來越奇怪。我讀到的紀錄完全沒有意義。

我試圖從各種角度來思考這件事，但只能得到一個結論：

亞瑟老了。他搞錯了。

事情就只是這樣，我不允許自己去懷疑其他理由。

在燈塔上二十天

大海就如水彩畫般，被檸檬色的光線照射。我正在值班，不過我看的不是海面，而是海岸。我用雙筒望遠鏡巡視遙遠的海岸線，留意有沒有艾迪的手下。我敢打賭他一定會回來。不論他的名字是什麼，他一定會回來。他會向他的老大報告，然後他們會用專業手段來策劃，想出最好的方式下手。他們會派一艘小船從碼頭出發，一個小黑點逐漸擴大為指印，迅速逼近；有可能是今天，或者明天……

咚咚。

我知道那是誰。

我試圖透過修補東西來忘記這件事。

我的上衣散發臭味，襪子也需要縫補，不過我滿喜歡修補過程，所以不會太在意。

這樣的過程會讓我得到某種安寧的狀態，思考自己正在做的事。此刻我已經不再感到心神不寧，而能夠感覺到自己再度恢復人性，並且為自己在這裡做這件事感到純粹的喜悅。

我拿起雙筒望遠鏡檢視。

當我認識蜜雪兒的時候，我心想，艾瑞卡一定會告訴她我以前做的事，然後兩人之間的關係就會結束。

艾瑞卡會讓我接近蜜雪兒，然後再把她奪走，畢竟這是我成長過程中一再發生的事。

他們期待我喜歡每一個家庭，但是在六或八個月之後，又必須離開。然後他們就會指責我太冷淡、很奇怪，說我這個人有問題，沒有人想要跟我在一起。

但艾瑞卡並沒有說出來。現在我可以相信自己和蜜雪兒將來會在小屋生活，擁有屬於我們的未來。

有時我覺得她很像燈塔，而這也是我當初受到她吸引的理由，或者也是我受到燈塔吸引的理由：當我在黑暗中晃蕩時，突然看到前所未見的明亮火光燃起；我無從選擇，只能走向那道光，希望它能接受我。

我不會讓這個光熄滅。不論是艾迪或任何人，都不能熄滅它。

我下樓到廚房，把手伸進水槽下的裂縫。這個裂縫大概只有磚塊大小，除非有人的手腕跟我一樣細，才能伸進去繞到牆壁後面。我有一瞬間感到恐慌，以為艾迪的人找到它了，不過馬上發現沒事，它仍舊在那裡。

我拿出槍，檢查並裝上子彈。

接著我想到天氣紀錄的內容。萬一我想錯了，而比爾才是對的，那麼我知道我只能依賴自己一個人。我得維護自己的利益。

在海上燈塔待一陣子之後，情況就會變糟。這是他們在補給站告訴我的。他們說，海上燈塔有可能把人逼瘋。如果席德帶著艾迪回來，那麼我對主任和比爾感到很抱歉。我真的會感到很抱歉。

這天下午晚一點的時候，特利登的補給船來替我們加滿水槽。有些礁石燈塔有辦法過濾雨水，而我們這裡也有足夠的雨量可以撐幾個月，不過因為這裡太過偏遠，再加上空間又小，因此我們必須補充淡水。小船的名稱是**因尼斯的精靈**，不知道是什麼意思。亞瑟說這個名字和一位威爾斯巫師有關，不過誰知道，小船會有五花八門的名字。

「麥克，是你嗎？」比爾在下方的平臺呼喊。

「哈囉，比爾，你們想要帶什麼東西到岸上嗎？」

「沒有，只有我。」

「老兄，你不用等太久了。」這名漁夫說。「還有幾天？」

「三天。」

「那你得祈禱好運才行。天氣預報說，會有一場很大的暴風雨。」

這時比爾突然說：「不久前席德過來修理發電機。你認識他嗎？」

「誰是席德？」

「一個很高大的傢伙，在這裡待了幾個晚上。」

麥克搖頭。「陸地上的人說，你們的主任管理員取消派人過來的要求。」

「什麼時候？」

「就是你們的發電機壞掉的時候。」麥克把手放在額頭上，瞇眼眺望平臺。

「我會叫他們去關注這件事。」

「他們真的沒有派任何人過來？」

我說：「比爾，別問了。」

麥克說：「已經好久都沒人開船過來了。天氣那麼糟，根本沒辦法開船過來。如果有人瘋狂到想要嘗試，那我們一定會知道。」

「陸地上沒人看到他？」

「恐怕沒有。」

比爾感到困惑，但我知道艾迪手下有人很擅長避人耳目。

麥克說：「我會去告訴他們，也許這樣可以讓你們安心一點，不過我猜他們不會相信有人在他們不知情的狀況來你們這裡。他們會說：『麥克，你這個老糊塗，沒有人可以做到這種事。你知道沒有一個活著的人能做到這種事。』」

X

1992

39

巴斯
西丘
桃金孃崗16號

倫敦
倫敦橋街110號
譚登集團
兔腳出版社

一九九二年八月二十六日

敬啟者：

我正在協助貴出版社的作家丹・夏普先生調查處女岩失蹤事件。我知道他過去在貴出版社出的小說是使用筆名。如果可以的話，希望你們能夠告訴我他的真實姓名。

希望能夠得到回答。

祝　平安喜樂。

海倫・布拉克

40

海倫

她提早到達約定地點，原本可以進入裡面等他。

然而即使外面下著雨，她仍留在外面，從馬路的另一邊望著咖啡廳的入口。過了片刻，他出現了。他也早到，不過只早了一分鐘。他的頭髮溼了，厚呢水手短大衣上沾附水滴。他走路的樣子、他頭部的形狀是那麼熟悉，海倫懷疑自己之前為什麼沒有注意到。她不敢相信自己竟然會忽略這麼明顯的特徵。蜜雪兒是正確的。當丹·夏普開始這項計畫時，他告訴報社記者，他的動機是對這起事件的懷舊以及對大海的熱愛；海倫當時沒有懷疑他的說法，不過他隱瞞了其他動機。

丹·夏普走進店裡之後，海倫決定讓他有時間弄乾衣服並整理筆記。她現在已經知道這位作家是誰，也準備好要進行最後的告解。

海倫已經告訴他這件事以外的所有事情，但這件事卻是最重要的。話說回來，她先前也沒有對此說謊，只是沒有揭露全貌而已。

海倫原本感覺跟他有隔閡，認為寫海盜綁架和海上冒險的作家不可能了解這起事件，不過海倫現在已經認出他，也知道他和自己一樣。

到頭來，海倫無法忍受他從別人口中得知這件事，用別人的說法寫進他的書裡。海倫花了幾十年才想到自己勉強可以接受的敘述方式。這件事和整個故事有關，也和亞瑟有關，能夠呈現他這個人物，以及他有可能會做的事。

海倫戴上大衣的帽子，越過馬路。

41

海倫

很高興能夠坐下來。我在幾英里外就下了公車。這是我的錯，我以為我已經能夠分辨公車，可是我永遠不記得哪一輛公車會開進城裡、哪一輛不會。好的，我要點一壺茶，謝謝。

我從頭開始說起吧。從頭開始說也不錯，只不過記憶並不是那樣運作的，不是嗎？各種片斷的記憶會以奇妙的順序冒出來。有時我會想起很奇怪的事情，像是租夏季度假屋給我們的夫妻，我永遠記得屋主的那位男士拒絕在星期一工作。他告訴我，他從以前到將來都不會在星期一工作，而且在工作面試時就會說清楚，他討厭在星期一工作，理由是他不想要在星期天晚上產生那種感覺——就是當你要回去上班時，會感覺……怎麼說呢，有些失調。我猜當心理創傷越大，腦袋就越會專注在一些瑣事，這一來感覺比較能夠應付。就某方面來說，我得感謝那個星期一不工作的男人。

我們的兒子名叫湯米。所以說，故事當然不是從那棟度假屋開始，而是從去度假屋的六年前開始。當我發現自己懷孕，一開始感到很震驚。我可以很坦白地說，懷孕這件事要花一些時間才能適應。我並不是不想要小孩，只是我不覺得生小孩是最美好的事。就算不當母親，我也過得很舒服。

在湯米死掉之前，我並不介意認為懷了他是意外，可是現在我無法這麼說。我會覺得因為我想像他原本不會出生，結果就導致了他的死亡。他總是應該要出生的，所以當我想到自己當初因為發現懷孕而感到驚訝，就會覺得簡直像是奇蹟。我們並沒有計畫要生下他，但他絕對不是一場意外。

亞瑟和我不知道該怎麼做，也不知道我們會成為什麼樣的父母，不過沒有人會知道這些事情，只能面對它，盡自己最大的力量。

湯米是個可愛的孩子。我並不清楚當時一般的孩子是什麼樣子，不過相較於後來看到隔壁的珍妮要應付的狀況，湯米真的是個天使。他會為了我而睡覺，胃口也很好，七個月就會爬，十五個月會走路。老天爺，忘記這些事情很悲哀。你以為你會記得所有細節，因為每一個細節都吸引你的注意——他們吃的東西、發出的聲音、握起的拳頭、揮動的手臂、脖子後方纖細的頭髮、洗澡時柔軟渾圓的肩膀……可是實際上卻無法記得。小孩子每個星期都會被新的孩子取代，被更大、更成熟的孩子取代，所以我不認為你能忠實地記住所有細節。這就像在兩年的時間裡認識十個不同的人。不過我跟湯米之間有特別的聯繫：我們都喜歡彼此，我們是好朋友，從他出生的那一刻，他就擁有專屬於我的微笑。

你看起來很難過。你有小孩嗎？好吧，這樣的話，我要跟你說這些也會比較輕鬆。跟有小孩的人在一起，會覺得自己好像具有傳染性，就好像他們看著你，心裡在擔心如此難以想像的不幸會傳染給他們。或者我也會覺得他們乍看之下好像在聽我說話，但實際上根本沒有聽進去，內心只想著「幸好這種事不是發生在自己身上」。

當有人問我有沒有小孩，我可以隨自己高興來回答。有時我會說沒有（基本上這是實話，我的確沒有小孩），有時我會說，我曾經有過小孩，但是他已經死了。你猜我最希望他們這時候問我什麼？他的名字。我希望他們問我他的名字，可是他們只是搖頭說「我很遺憾，那一定很痛苦」，而我也點頭說「是啊是啊，真的很痛苦」。

幾乎沒有人問我他的名字。死後他就變成匿名，不被當成是真正的小孩，不被當成湯米，否則就意味著我們所有人都可能遭遇這種事，沒有人能夠免疫。

我的確覺得自己是個母親。一生下孩子就失去孩子的母親，或是在生下之前就失去孩子的母親，仍舊是母親。跟我一樣失去過孩子的母親，一定會問我他的名字。從這裡就可以分辨出她們。湯米死後有很長一段時間，我會避免接觸他人。沒有人了解我當時的心理狀態。不過後來我加入喪親團體，的確帶給了我慰藉。悲傷會讓人難以置信地孤獨，不知不覺中就會關在自己的殼裡；重點不是有沒有辦法恢復，而是自己想不想要恢復。

那些母親讓我得以恢復。我很想說是多虧亞瑟，不過事實並非如此。我們這些小組成員會稱呼小孩為「幫派」，並且為他們慶生——不是以病態的方式，而是承認那一天。這就是我想要的：承認。亞瑟從來就不談起湯米。在喪禮之後，我大概就沒有聽過我先生提起他的名字。他不想要看湯米的照片或分享記憶，但是我卻需要這些來讓湯米待在我身邊。我無法假裝他沒有誕生過。

沒錯，我的確隱瞞過你。你想要問我為什麼嗎？也許你也隱瞞了我某件事。人們就是這樣。隱瞞比展現真正的自己、談起我們無法逃避的現實簡單多了。要知道，悲傷是非常強大的力量。我當時一直哭，以為自己永遠無法停止哭泣；有好幾個禮拜，我在黑暗中躺在床上，顫抖著以為我聽到他輕聲細語地呼喚「媽咪」。這種情況持續了好幾個月。悲傷擊倒了我，直到現在依舊如此，不過我現在可以察覺到它要襲來，因此能夠維持站立。更早的時候，悲傷感覺好像在踹我的膝蓋，讓我無法承受。我會聞湯米的衣服，覺得他的死亡並不真實。如果他已經不在，他的氣味怎麼還留在這裡？他的東西都在等他，但是他卻再也不會回來。你應該可以理解我為什麼沒有說出來了。

亞瑟在湯米死後，立刻回到處女岩燈塔值勤。我以為我們會離開工作，把彼此放在第一優先的順位，但是我們並沒有。當他離家到燈塔，我得獨自守在小屋，不小心又切掉吐司的皮，或是買回睡前沒人要喝的牛奶。牛奶瓶在冰箱裡保存幾天，直到我撕開瓶蓋，聞到起司的臭味，才把牛奶倒在水槽裡。

亞瑟和我越來越疏遠。我一直都不喜歡燈塔，到了這個時候我開始痛恨它。每當我看到它，就會把它想像成從海面冒出來的恐怖怪物。我渴望亞瑟來安慰我，但是他卻把安慰留給燈塔，或是燈塔在安慰他。這樣聽起來很瘋狂，不過這就是我的感受。我知道湯米的死成為導火線，不過也許亞瑟一直都有這樣的傾向。亞瑟告訴過我，沒有一個腦筋正常的男人會想要成為燈塔管理員。當時我常常想起這句話。

我知道亞瑟很愛湯米，也因此他無法處理、或者應該說是面對這起事件。在處理這種事的時候，如果不直視對手眼睛，就會一輩子在家中到處被追逐，並且被從背後踹一腳。

我多次希望再也不用看到自己的丈夫，所以當他們失蹤的時候，我擔心是我的心願讓事件發生的。這一來我就可以切斷和燈塔工作的關係，搬到遠離大海的地方，不用坐在司令屋的廚房，聽亞瑟為他的石頭分類，或是用鉛筆填寫填字遊戲，不了解他為什麼不能過來摟住我，告訴我他也跟我一樣想念我們的兒子。

現在我了解，湯米希望他父親回到他身邊。他比我更需要亞瑟，而這也是理所當然的。是大海帶走了亞瑟，而那裡也是我們失去兒子的地方。有時我會覺得大海就像一個巨大的舌頭，會把我身邊的人都舔走，而如果我太靠近它，它也會把我捲進去，吞到最深處。這就是我住在這裡的理由。

湯米當時才五歲。那座夏季度假屋是很美好的地方，不應該發生那種事；租給我們的那對夫妻、那個不想在星期一工作的男人，也不應該碰上那種事。人生當中有時會碰上突如其來的意外，而且是在平凡無奇的星期四，當我剛洗完澡出來的時候，事前沒有任何預警。那些平常擔心的事情沒有發生，至少不是以自己想像的方式發生。

那是我們的兒子第一次和很少在他身邊的父親去度假，因此他非常期待。當時湯米對他父親的工作開始產生興趣，像是他爸爸搭船前往燈塔及返回的過程，或是關於暴風雨和走私者的描述（我猜其中有很大部分是編出來的，不過也可能不是）。當亞瑟離開時，湯米會很想念他。亞瑟從來沒有寫信給我，不過他有時會寫信給湯米，但是也要在晴天有船夫願意過去時才能收信。亞瑟曾告訴湯米，當處女岩燈塔的燈在日落後亮起來，就代表他在道晚安。當亞瑟在燈塔的時候，我跟湯米會討論他現在在做什麼。我編的故事不僅是為我自己，也是為湯米。小孩子對這個世界會有很特別的看法。湯米說過，當太陽上床睡覺之後，他爸爸就是太陽。過了這麼多年，我仍舊覺得這是我聽過最棒的形容。

湯米是淹死的。那是一個美好的早晨，在夏天的女王加冕日（註39）。早餐之後，我想要去泡個澡。浴缸是那種有貓腳的浴缸，而且很深。我在水中泡了很久，水都變涼了，這時我突然聽到亞瑟在樓下大叫。我走出去，看到他站在門口，雙手放在身體兩側，手掌朝著天空。他臉上完全沒有血色。我花了幾秒鐘才注意到他全身溼透了。

我問：「湯米在哪裡？」

但亞瑟只是看著我，就好像把一桶水潑到一個笨蛋身上想要叫醒他，但他沒有醒來。

「我弄丟他了。」他說。

「什麼？在哪裡？」這一刻我們的對話就好像在討論汽車鑰匙。

「海裡。」他說。

註39　女王加冕日——伊麗莎白二世的加冕典禮於一九五三年六月二日舉辦。

「海裡的哪裡？」

「海裡。」他說。

湯米除非戴著他的浮力圈，否則不會游泳。當我掃視駭人的海面時，就是在尋找他戴在手臂上的紅色與黃色浮力圈。我知道我一定能找到它們，但我沒有預期會看到它們被放在門口沒有使用，和我們帶來而還沒用上的防水衣放在一起。

他不見了。不，亞瑟不是說「不見了」，而是說「弄丟了」。

我懷著不理智的想法，相信湯米還有機會得救；我想到或許海流會把湯米送回來，因此湯米隨時有可能出現在海灘上，但大海什麼時候對我那麼友善過？

我不知道在那之後發生了什麼事。我們後來應該有求救，因此有救護車和急救人員到達，但他們卻是替我裹上毛毯——即使我不感到寒冷。

過了兩天，湯米的屍體被捲上岸，嬌小的身體變成藍色，肌膚變得斑駁，身上仍舊穿著他四天前在超市挑選的綠色泳褲。亞瑟說他要去認屍，不過我必須要親眼看到。湯米看起來像是在睡覺，並不像已經死了。當我親吻他的額頭，感覺很正常，只是有點冰涼。我突然想到他的靈魂已經離開他的身體，兩者不再合而為一，身體就只是身體，靈魂已經不見了。有些人說這是解脫，但對我來說並不是。我擔心身體失去靈魂會感到寂寞，體內失去了光，再也無法得到溫暖。由於這樣的寂寞，我無法忍受讓湯米被埋葬。我無法不去想像他寒冷而孤單地待在太平間，躺在他的棺材裡，最後被埋入土中。我到現在還是覺得，如果我們把他埋葬，當我想到他的屍骨孤獨地躺在地底，一定每晚都無法入睡。我們最後將他火化。我不希望留下任何東西。

他們當時去划船。亞瑟說水深並不深，因此他才沒有帶浮力圈。亞瑟一再說，水只有到湯米肚臍的高度。我希望他不要這麼說。這個說法會讓我想到湯米還是胎兒的時候，連結他和我的部位；想到我懷他的那幾個月當中，一直保護他的安全，卻為了該死的二十分鐘泡澡而失去了他。亞瑟當時離開他身邊，到距離幾步的門口去拿相機。湯米是個好奇的孩子，他一定是自己走得更遠，一兩步之後就沉入水裡。那裡的海流惡名昭彰，他跌倒之後掙扎，然後便溺水了。這是我在腦中想像的經過，過程想必很短暫而沒有痛苦。當亞瑟帶著相機回來時，已經太晚了。

自責是我必須擺脫的怪物。如果我讓牠控制我，就會毫不猶豫地殺死亞瑟。我會在他睡熟時悶死他。不過他不需要我告訴他說這一切都是他的錯。我不知道怎麼有人能夠克服那樣的悲傷。沒有罪惡感的悲傷已經夠痛苦了，而我知道他懷有罪惡感。這就是一切的根源：他之所以無法看我或碰我，寧願回到燈塔，就是為了這個理由。

我當然也想過，也許亞瑟想要追隨湯米尋死，再度陪伴在他身邊；也許他內心的情感不斷增長，到最後爆炸了。我不知道他是怎麼做的，也無法想像他會做那種事——不論是對比爾和文森，或是他自己，我都無法想像——不過我也相信，在特定條件之下，當時機來臨，任何人都有可能做出任何事，只是他們先前沒有亮出所有底牌。事實上，把一個人關在海上燈塔並不正常。雖然特利登不願意承認，但是他們根本不該派人去做那種工作。那不是正常的環境，到最後一定會造成嚴重影響。

我們上次見面的時候，我還沒有準備好要談時鐘的事，不過我現在可以告訴你，八點四十五分是湯米死亡的時間。處女岩燈塔的兩個時鐘都停在八點四十五分。我當初聽到時並不相信，直到現在我仍舊認為這個線索有可能是假的。時鐘很有可能往前或往後撥五分鐘或十分鐘，這一來就只是不幸的巧合，但是人們喜歡發現模式，而這是很有說服力的細節。總之，我永遠不會忘記這件事。

要是亞瑟必須為失蹤事件負責怎麼辦？要是，要是，要是——

人生中有太多沒有選擇的路徑：要是我沒有遇見他？要是當我們在派丁頓排隊時，他沒有對我打招呼？要是我們從來沒有從事燈塔工作？要是我們沒有去度假，或者那棟度假屋沒有被蓋起來，或者那個男人決定要在星期一工作，賺更多錢，因此最後不會買在那裡而是買國外的別墅，像是托斯卡尼山坡上的小屋？要是我沒有去泡澡？

有時我會想到，如果我有機會和珍妮談這件事，解釋我的過去，她或許會了解我短暫地和比爾出軌的那一次錯誤。要不然我找不到任何藉口。

或許不光只是為了比爾。我甚至答應讓蜜雪兒前往康沃爾對她解釋，不過這是很蠢的點子。我必須自己說出來，而不是拜託任何人。我相信如果我能夠和珍妮和好，與她化解歧見，一定會帶來很好的結果

看，有些話我應該早點說出來，也希望自己曾經說過——不論是對亞瑟或湯米——不過現在已經太遲了，我再也無法對他們說。

對於其他人則還沒有太晚。我們仍舊能夠點亮明燈。

42

珍妮

珍妮說完之後，兩人有很長一段時間並肩坐在床單上。漢娜一言不發，保持看起來僵硬而不友善的姿勢，背脊挺直，雙手放在膝上。珍妮以不自然的專注力觀察棉被。這條桃花花紋的棉被很久以前原本是她的，經過多次洗滌變得柔軟並起了毛球。

樓下的大門關上，最後一批派對客人也離開了。葛瑞格先前上樓找她們，不過漢娜要他幫自己找無法送行的藉口。

她轉向母親說：「妳是在告訴我，妳當時打算……」

珍妮用袖子擦拭自己的鼻子。

「我不知道我打算做什麼。妳得相信我，我並不想要傷害他。我只是希望他能夠……」

「能夠怎樣？」

「重新成為我的丈夫。」

敞開的窗戶外面，隔壁的除草機開始發動。這個日常的聲音此刻聽起來格外尖銳。這是珍妮揭露祕密之前的舊世界和新世界的差異。

漢娜說：「小孩子就是這樣。妳以為妳夠聰明，能夠隱瞞他們，但實際上卻不能。你沒辦法隱藏所有事情。」

珍妮並沒有把視線從棉被上的刺繡移開。她曾經無數次和比爾一起蓋這條棉被，小孩子也會爬進來。她回憶起那些珍貴的早晨。

「什麼意思？」

漢娜說：「我的意思是，我知道。在我內心深處的某個角落，其實我一直都知道。我記得妳站在廚房，爸爸準備出門，妳在哭，沒有跟他說話。我可以聞到漂白水的氣味，也看到巧克力的盒子和瓶子上的標籤。我當時並不了解那幅景象的意義，以為是自己想像出來的。妳是我媽，我相信妳絕對不會做那種事，結果妳現在告訴我，其實我的想法是正確的。」

漢娜說完變得沉默。珍妮努力抬起頭，問她：

「妳記得他嗎？妳總是說妳記得。」

「我記得他。我記得他在家的時候，每晚都會親我道晚安。他以為我睡著了，進入房間摸摸我的臉頰。我也記得在睡前會坐在他的膝上，聽他說故事。我記得他身上有機油和香菸的氣味。天氣晴朗的時候，我們會在日落之後到外面去尋找月亮。對我來說，他工作的燈塔就像月亮一樣。」

珍妮從來沒有感到如此羞愧。

漢娜說：「七歲的時候，感覺生命是由各個片刻組成的，片段的景象之間沒有連結，直到後來才能開始串聯那些點。」

珍妮說：「妳現在已經能夠連結了。」

漢娜搖頭。外面的馬路上，小孩子騎著腳踏車經過。他們的叫聲逐漸增強到最大，然後又消失在遠方。

「當妳告訴我爸爸有外遇，我應該要感到震驚，可是我並沒有。媽，我早就知道了。我們去海倫家的時候，妳跟我在她的客廳裡，我看到爸爸的貝殼放在櫃子上的相框後面。那些貝殼不像他做給妳的；那是送給情人的作品，不是送給妻子的。我看得出來她試圖要藏起來，可是卻沒有藏好。不論在哪裡，我都可以認出他的貝殼；即使在沙灘上和其他幾百萬個貝殼放在一起，我也能找出來。」

粉紅色的繡花變成液體，在珍妮眼前游動。

「我們回家的路上，妳很用力地捏緊我的手。」漢娜說。「妳做了烤豆吐司當點心，可是卻把它烤焦了，只好在水槽裡把它們刮下來。」

「沒錯。」

漢娜面對珍妮，眼睛溼潤。「妳為什麼沒有告訴我？」

「我怎麼說得出口？」

「不是在當時，而是在後來，妳告訴我爸爸外遇的時候。」

「妳不會怕我嗎？」

「我不會怕妳。」

「妳應該要害怕。」

珍妮此刻以全新的態度看自己的女兒。她看到的是一名成熟的女人，不是她的小孩或任何人的小孩。漢娜的眉間刻印著關懷的皺紋，宛如絞肉派上的刀痕。敞開心胸去理解對方、傾聽而不發表評斷，對於珍妮來說是很難得遇見的。

漢娜說：「我知道妳有多愛他，也知道他的行為傷害妳多深。這樣的理由當然不能夠將妳做的事正當化——那絕對是不正確的，可是……」她尋找適當的詞句。「我猜我沒辦法用任何方式結束這句話，只能說『可是』。事情總是有不同的觀察角度，不是嗎？絕對不會只有表面上的樣子。」

珍妮說：「妳會怎麼看我？」

「我知道妳很憤怒，也很傷心。」

「我很抱歉。親愛的，我真的很抱歉。」

「他呢？」

「什麼？」

「他會感到抱歉嗎？」

「我不知道。比爾有太多我不知道的地方了。」

漢娜遞給她一盒面紙。她們的手指碰在一起。

珍妮說：「我以為妳會恨我。」

「我不恨妳。」

「如果我當時知道那是我最後一次見到他……」

「別這麼想。」漢娜握住珍妮的手。「妳是個好太太。」

她伸出手臂擁抱珍妮。這是珍妮這輩子得到過最棒的擁抱，溫暖、緊密、像樹幹般堅強，比比爾給過她的任何擁抱都更棒。

✦

在高速公路上開車讓珍妮感到緊張。她比較喜歡在鄉道上開車，只是這樣要開兩倍的距離。她聽說過，如果相信數據的話，高速公路其實比較安全；但是高速公路上的一切都發生得非常快，因此她很難相信這是真的。只要一瞬間，她就會飛出擋風玻璃。她會做關於車禍的惡夢，看到在路肩起火燃燒的四肢，以及碎玻璃上的血跡。有時候她會看到自己躺在車禍現場，有時候她會看到認識的人，或是比爾——當她經過死亡車禍現場，發現出車禍的正是比爾，才知道原來他這麼多年來一直在這裡，過著另一個生活，開著另一輛車，正要回到另一個家，裡面住了另一個家庭。在她理解到這一切的同時，比爾愧疚地抬頭看她，而她則握著比爾的手看著他死去。

漢娜說：「如果妳希望的話，我可以來開車。」她從一包軟糖中挑出綠色的，拿出來放在手煞車底下的置物盒。

珍妮說：「不要放在那裡。它們會黏上灰塵。」

「就是這裡！六號出口！」

珍妮在慢車道上打方向燈，後面一臺貨車對她按喇叭。

「我做了什麼？」

「妳開到路肩上了。匝道在這裡——那裡。天哪！媽！」

過了半個小時，車子駛入伯明罕光明尖塔通靈大會的停車場。這裡有水晶球與塔羅牌、彩虹與天使，一名莫西干髮型的男人宣稱可以替她找到動物靈的指引，只需要五十便士。珍妮通常會隱瞞到這裡的事實，撒謊說是要去游泳池，不過她現在不需要再假裝了——不論是關於這裡，或是任何事。她花了太多時間假裝，但其實她根本不需要假裝。

珍妮知道漢娜對這種東西沒興趣，因此特別問她：「妳確定妳要來嗎？」漢娜先前說，如果這意味著可以見到丹．夏普，她非常想要一起來。她們同意要給他一個小時的時間，到十一點溫蒂開始通靈為止。

「沒錯。」漢娜說。她解開安全帶，突如其來地親吻她母親的臉頰。「我對他有一些看法，不過這幾個星期讓我了解到，每個故事總是有不只一個觀點。」

43

珍妮

比爾失蹤之後，我每年都會來這裡。我以前就對這方面有些興趣，不過我從來沒有像這樣千里迢迢過來。我沒有這麼多時間，而且當時我的興趣也沒有這麼強烈。我現在之所以這麼投入，是因為這方面的東西可以讓我重新跟他聯繫。只要別抱著高高在上的心態來看，其實他們的表演很棒。溫蒂・阿伯坦是我最喜歡的一位。她的守護靈讓她能夠和另一個世界聯絡。當她為觀眾找到某個人，就會呼叫這個觀眾的名字。我一直等著自己的名字被叫到。

在你第一次來訪之後，我去算過命，算命師對我說，我會被人利用。當時我心想，很好，我知道這個人是誰；不過後來茱莉亞來找我，要跟我借五英鎊，然後我又發現她從我的錢包拿了兩倍的錢，所以算命師指的大概是這個。我知道漢娜聽了會翻白眼——好啦，別說了，你也不是沒做過更壞的事。

我只能說，每個人都有不同的想法。當你經歷過跟我一樣的遭遇，就不會在乎其他人的看法。我能夠認同這裡的人。他們跟我一樣，失去了心愛的人，可是他們也知道，那個人可能仍舊在某個地方等他們。我希望在我們認識彼此的過程中，你能夠稍微放開心胸，就像漢娜剛剛在車上說的，能夠改變自己對事物的看法是很重要的。

海倫絕對不會參加這樣的大會。哈，你懂了嗎？她對於現世以外的東西一點興趣都沒有。她只接受眼前的現實。任何人都會覺得，在她的兒子死後，她會需要這種東西。有很多人來這裡是為了他們失去的小孩。這樣的情境最令人感動。當小孩子的靈魂回來找他們的爸爸媽媽，在場的人最後都會啜泣。我總是注意聽有沒有叫到湯米的名字。如果溫蒂有一天告訴我們湯米在這裡，我會為他舉手。想到那個小傢伙在另一個世界沒有人陪伴他、沒有人去找他，我就感到很難過。

如果他真的來了，我也不會告訴海倫。當我們住在小屋的時候，我不知道她之所以討厭我，會不會是因為我有三個小孩。畢竟她只有一個，而且那個孩子還淹死了，不是嗎？我當然為她感到難過。要是我不同情她，那就太沒心肝了。可是如果她可以對我傾訴，那會讓她更輕鬆一點。也許她並不把我當成可以談心的朋友。這種話題很尷尬，所以我也沒有主動問她。我能怎麼辦？也許她一想起這件事就會難過，根本就不想要談。

我只知道，海倫永遠無法原諒亞瑟。我不敢說如果處在同樣的狀況，我是否能夠原諒比爾，不過比爾把他們的婚姻想像成完美婚姻這一點，總是惹我生氣。他會說，布拉克夫妻不會總是黏著彼此是很棒的一件事。也就是說，他們不會做什麼都在一起，也不會像正常夫妻那樣去管彼此的事。當我們搬到船長小屋，我問海倫這麼多年來她怎麼忍受亞瑟不在的日子，她告訴我這是他們的天性：他們喜歡在一起，但是也喜歡獨處。這樣比較像兩個生活比鄰而居，而不是合而為一的生活。我猜這都是因為湯米的關係。我們的丈夫在燈塔上享有的獨立生活難道還不夠嗎？他們在那裡擁有全世界的所有時間。

不過事實證明，海倫還是需要某個人，所以才找上比爾。我並不是說這件事是黑白分明的，畢竟失去兒子可能對她造成很大的影響。老實說，我無法去想像自己失去小孩的情況。

不過我仍舊無法了解為什麼比爾要做出那種事。他和我結婚，而我一直以為他愛我的理由是因為我是我，不是她。海倫不是我們這一掛的，她並不符合特利登協會傳統的妻子形象。不論是在聖比斯（St. Bees）或是公牛角（Bull Point）燈塔，我們都是一樣的：妻子負責管家，書櫃裡放了料理書，六點鐘在餐桌上端出維多利亞蛋糕和紅茶。我們會同心協力，不會背著彼此偷偷摸摸地做自己的事，也不會和別人的丈夫喝下午茶。法蘭克的太太貝蒂比較合我的胃口。她是個老實的博爾頓（Bolton）女孩，不會裝模作樣也沒有優雅氣質，她的兒子也常和我的女兒在一起玩。

我知道海倫對此感到嫉妒。我並不會為此感到自豪，不過我承認我喜歡讓她感到嫉妒。

她有很多我沒有的東西，而這是我唯一能夠贏她的地方。

我應該在亞瑟回到陸地的時候，告訴他外遇的事情。漢娜說我應該告訴他，我也希望我告訴過他，不過現在他們都走了，講這些也太遲了。

這讓我想到我媽。我想到我還有最後的機會可以嘗試聯繫她，打電話或寫信給她，看看她是否還活著。我這麼做其實是為了保護自己。就某方面來說，這是很自私的。我想要確定自己已經試過所有方式。我比任何人都了解失去這項選擇的感受。

如果我告訴亞瑟，我們或許就可以採取更好的做法。因為我只是基於愚蠢的想法，想要為他們傷害我的感受而復仇。我只能說，我當時腦筋無法正常思考。

我沒有對亞瑟提起這件事，大概是因為我在他面前會感到緊張。漢娜也一樣。這位主任管理員不會向我們自我介紹。他並不會主動打招呼，或是在任何時候表現友善的態度。我完全無法理解他。

回顧過去，他的確顯得有些不穩定。他就是那種平常很安靜靦腆、然後有一天會放火燒了屋子的人。鄰居會說：「喔，可是他平常很文靜，不可能會做出這種事。」

什麼？漢娜覺得我想太多了。我的確會在腦中編故事，而且因為太常去想它們，結果就變成真的了。

不過做出這種事的總是文靜的傢伙，不是嗎？尤其是當他們被逼到絕路的時候。是海倫逼他的——先是以罪惡感逼迫他，然後又以她的謊言逼迫他。亞瑟是那種會把情緒悶在心裡不說出來、然後有一天爆發出來的人。

事實上，既然我會發現，他可能也已經發現了。如果真的是亞瑟傷害比爾，我想我可以……我大概可以理解。

喔，親愛的，時間已經到了嗎？我們得趕快去溫蒂那裡，才能搶到好位子。我大老遠來到這裡，不是為了要躲在後面。

好吧！漢娜要我承諾這件事——我並不想，可是如果我不承諾，她就會一整個下午都對我發脾氣。事情是這樣的，海倫以前會寫信給我，不過她有一陣子沒寫了——親愛的，等等，我馬上就過去，再等一下吧。

漢娜要我問你，海倫過得還好吧？你不是訪談過她嗎？所以你應該知道，她停止寫信有沒有什麼特別的意義。我並不在乎這種事，只是剛好想到，然後漢娜就要我問你。

好，很好。滿意嗎？我就說吧。

我們現在可以進行自己的計畫了嗎？如果我們在溫蒂上場時坐在最前面，就有更多機會聽到跟我們有關的名字。

他們會察覺到我們在這裡，因此更容易找到我們。

這一來溝通會更良好。

44

蜜雪兒

今天晚上，當蜜雪兒為羅傑做牛排腎臟派，他會問蜜雪兒今天做了什麼，而蜜雪兒會撒謊說沒做什麼，只有替女兒燙制服、在體育服上繡名字、替菜床拔雜草。她會省略掉前往清水購物中心、逛沃爾沃斯超市、望著霓虹色的糖果包裝、每隔一分半就要看手錶的部分。

她多少猜想到，自己終究會去見那個人。她和海倫的談話是開端。**讓大家了解真正的文森很重要，不是嗎？**另外還有那些文字紀錄。波兒的供詞把文森描繪成跟實際不一樣的人。文森不在這裡，沒辦法替自己辯護並證明，只有蜜雪兒能夠為他辯護。

她已經厭倦感到害怕。她不想要再畏懼特利登協會、艾迪·伊凡斯，或是真相。

作家站在中庭時鐘的下方。蜜雪兒從他書衣上的黑白大頭照認出他。他的態度顯得焦躁不安，等待有人接近自己，卻不知道對方是誰——蜜雪兒有可能是任何在午餐時間匆匆經過他身旁的女人。

蜜雪兒在博姿藥妝店猶豫不決，想像著他對自己有什麼樣的想法。蜜雪兒先前對他的想法是錯誤的。蜜雪兒以為他是跟羅傑相似的類型，西裝筆挺，頭髮抹油，週末會打高爾夫球，袖口有鍊釦，喜歡喝干邑白蘭地。作家的衣服並不是很合身。蜜雪兒懷疑他不是沒錢買更好的衣服，而是不太在乎服裝，而且他的鞋子看起來也好像被他每天穿了一輩子。如果要替他分類，大概比較像蜜雪兒的弟弟。他和爸爸住在萊頓斯通（Leytonstone）的老家，在當地的博彩公司工作，並存夠錢去剪頭髮。

蜜雪兒不喜歡這座購物中心，主要是因為門廳的部分。那裡的時髦咖啡廳賣的烤三明治太貴，而且巨大的時鐘在整點時，會有塑膠青蛙從布穀鳥窗戶跑出來，發出咕咕叫聲報時。

她等整點的時鐘動作完畢才走過去。

「我是蜜雪兒。」她說。

丹・夏普露出笑容和她握手。蜜雪兒覺得夏普似乎因為看到她來而鬆了一口氣。

45

蜜雪兒

看看他們，把鳥關在籠子裡，真是令人沮喪。我受不了鳥叫聲，所以通常不會停留在這家店。而且那些鳥在籠子裡感覺很可憐。你看，三點九九英鎊就可以把這隻鳥帶回家，可是籠子卻要十倍的價錢。我以前有個班上的女同學在籠子裡養鳥，結果她媽媽的公寓聞起來很臭，就像貓飼料和貓糞的味道。她有一隻玄鳳鸚鵡叫做史派克，還有一隻虎皮鸚鵡叫蘿絲。蘿絲是比較強勢的那隻，籠子裡由牠支配。

你喜歡鳥嗎？我覺得最好還是欣賞牠們在戶外自由自在的樣子。我以前覺得如果能夠放走史派克和蘿絲，不知該有多好。我很想打開門對牠們說：儘管飛走吧。說實在的，我不確定牠們能不能飛。也許牠們會掉在地毯上，也許牠們被關在籠子裡一點都不難過，純粹只是我的感想而已。

好吧，你說你想跟我見面。是你主動提起的，所以我就依照你的安排。我沒有什麼好隱瞞的，文森也一樣。從我讀到那些訪談之後，已經過了許多年。我之所以改變主意來見你，就是因為那些訪談。我不能讓波兒的謊言成為最終結論。不論我告訴自己多少次，你要在書裡寫什麼都不重要，但是我仍舊無法讓波兒在你的書中呈現文森的形象。她並不了解文森，我才了解。

人們對文森已經有成見。他們認為他是罪犯，所以一定是他下的手。他們不知道他實際上犯下什麼罪行，但是當他們找到可以歸咎的對象時，才不會在意那些細節。另外兩個人——亞瑟和比爾——特利登協會特別營造他們從來不曾犯錯的形象，但是仔細調查未必不會找到任何過錯。文森的過錯是大家都看得見的，他沒有什麼東西好隱瞞。

特利登協會知道你在寫那本書。他們表面上很和善，可是內心一定很憂慮，否則不會聯絡我說，要是我跟你談話，他們就會讓我付出代價。他們會停止支付我的津貼。其實我原本沒有想到我可以得到津貼，畢竟文森和我並沒有結婚，不過協會希望我保持沉默，所以才持續給我津貼。我先生羅傑很樂意接受這筆錢。他無法忍受我提到文森，可是卻不介意拿這筆錢。我敢打賭海倫和珍妮也收到類似的信。不過經過這麼多年，我想我們都老到不會被恫嚇了。

特利登協會和事件保持距離，聲稱這起事件跟他們無關。他們不會讓外人知道，他們組織內部有一個人是文森的仇敵。名冊上有一個前科犯已經夠糟了，如果讓人發現這個人和文森的關係，就會再度把協會拖下水。

我不能告訴你發生了什麼事，不過我可以告訴你，我認為發生了什麼事。關鍵在於麥克・森納告訴他們的那個人——那位機械師。我從來不接受特利登協會擺脫責任的說法。因為麥克這個人的個性問題，就連海倫都認為他在胡說。他是當地的酒鬼，也許他真的是胡言亂語，不過即使是一個瘋子提供這樣的資訊，我也會想要深入調查，不是嗎？

事實上，花時間調查麥克的供詞對特利登來說沒有好處。他的說法等於是在嘲諷協會的運作方式。而且如果你知道海上燈塔要如何靠岸，就會覺得不可能有人在特利登不知情的狀況下到那裡。

不過應該還是有可能的。這位自稱機械師的傢伙想要向文森報仇，而且顯然成功了。不過我好像跳太快了，我們先坐下來吧。

波兒一開始就對文森抱持成見。我了解她是為了她的妹妹，無法忍受文森誕生的過程，可是怎麼可以讓小孩子相信沒有人要他，說他就像他那個強暴犯老爸，然後在他頂嘴的時候把他關起來毒打一頓？他後來會被關進監獄一點都不意外。文森無法理解任何東西的意義。沒有人告訴他，這世上還有其他東西。生命給了你什麼，你就會回報什麼，而生命給文森的是狗屎。

唯一的例外是燈塔。燈塔給他希望，所以他沒有理由要拋下燈塔。如果波兒在這裡，她會說：「你記得他最後一次是因為做什麼被關的嗎？做得出那種事的人，什麼都做得出來。」可是她說錯了。就像她說文森小時候打他的媽媽，還對他媽媽吐口水是謊言一樣。即使在文森的媽媽在世的時候，他大多數時間也沒有跟他媽媽在一起。我猜他大概是不小心撞到他媽媽，就像我的小孩一樣。當他們開始學習坐在高椅子上，或是有人替他們換尿布、用奶瓶餵奶、上床睡覺的時候，這種事很有可能發生。說他是故意的根本就是放屁。潘美拉的瘀青其實是來自針頭。

沒錯，文森的確有凶狠的傾向。從他所做的事情來看，他當然有這樣的傾向，而且不是輕度的凶狠，像是說些話來傷害對方，而是當他想要傷害對方，他就會真的讓對方受傷。你不會想要去惹到他。不過我得告訴你，他也很忠誠。只要他喜歡上對方，就絕對不會去懷疑。這也是為什麼我認為他會忠於特利登協會——因為他們也忠於他。是這份工作為他帶來改變。

你知道白烏鴉的事嗎？他的真實名字是艾迪·伊凡斯。艾瑞卡告訴過我以前他們住的那一帶的情況。她說當時是由艾迪和文森統治那一帶。他們總是針鋒相對，想要去幹掉對方，只為了誰跑到誰的地盤、誰跟哪個女生交往、誰偷了什麼東西之類的理由。很蠢的是，沒人記得真正的爭端，他們的爭鬥就是這麼沒意義。不過當艾迪盯上文森最好的朋友，情況就改變了。艾瑞卡說艾迪把瑞格打得半死，因此文森必須去找他算帳。他們只想要去警告艾迪。他們並不知道他有一個年幼的女兒。他們怎麼可能會知道？

文森在獲得特利登協會錄取之後，得知艾迪也在那裡工作的消息。文森從那天晚上之後就沒有見到艾迪，而艾迪對他說的最後一句話，就是有一天他會為他們做的事去找他們報仇。

我有告訴調查人員，他們也找艾迪談過——至少他們說談過了。艾迪說他幫不上忙，說他已經很久沒有看到文森，而這是最好的結果。他說那段往事在他的生命中已經很遙遠，他現在已經洗心革面。他也說，他怎麼可能跑到燈塔去做他們暗示的事情——讓三個管理員從寬度不超過我們坐的這張長椅的燈塔中消失——不過我當時和現在都抱持懷疑。艾迪沒辦法親自下手，並不代表沒有人能夠代替他去做。

特利登協會堅稱他們沒有派機械師到燈塔，燈塔上除了那三人之外沒有別人。他們重播了無線電通訊證明這一點——亞瑟原本要求他們派機械師過去，可是後來又取消，說他們已經修好，不用派人過去。但是亞瑟並沒有說是誰修的，或是怎麼修好的。特利登只是猜測那裡只有他們三人，就像他們猜測其他事情一樣。我可以告訴你，文森根本不會修任何東西，更不用說柴油發電機了。他連燈泡都不會換。

問題是沒人看到那個機械師。特利登協會那幫人認為，如果真的有這個人，尤其是聽說他的外貌很特別，一定會有人目擊到他才對。他們也無法找到任何關於船夫的線索。

不過艾迪的手下就是這麼神出鬼沒。他可以從他的手下挑選任何人，於是選了席德。席德奉命要殺死他們三人然後溜走，而他也照做了。

因為別的猜測，這條線索被遺忘了。當時有各式各樣的猜測，所以很難判斷該專注於哪一個。流言四處傳布，人們說些瘋狂的想法，過一陣子之後就不知道該相信什麼。比方說從倉庫消失的那截繩索，特利登之前否定有這項事實，可是好幾年之後，他們的一名調查人員出來說那是真的。我知道這一點也符合三人被海浪捲走的說法，就像海倫猜想的，也許那條繩索是丟到水裡想要救起某個人……不過我猜是那個叫席德的拿那條繩索勒死他們。

我已經告訴過你，文森以前是他們那幫人的核心人物。當艾迪攻擊瑞格，文森氣到不行，說要去找他算帳。那隻狗根本不在計畫當中，只是時間和地點不對。他們是臨時起意的，因為一時衝動做了很惡劣的事情。他們原本只想闖入艾迪的屋子，可是他們不知道他六歲的女兒也在那裡。當那個女孩穿著睡衣來到走廊上，開始大哭並吵醒艾迪，有人就喊「讓她閉嘴」；接著艾迪找到她，想像到最壞的情節，抽出刀子，事情就發生了。

艾迪拿刀刺死了瑞格。瑞格死在文森的懷裡。文森想必失去了理智，畢竟來這裡是他的主意，結果發生這種事。他們不知道艾迪有女兒，這一點也是文森的錯。他當時情緒很激動，其他人也一樣。接著他們聽到外面被綁在狗窩的狗在叫。我敢打賭艾迪應該很後悔那天晚上把那隻狗綁起來。那是一隻德國牧羊犬。文森說那隻狗的鼻子爛掉，身上的毛也缺了好幾塊。放火燒那隻狗不是他的點子，而是其他人提出的，可是沒有人能正常思考；現場到處都是血跡，瑞格又死了，於是他們就下了手。他們吊起艾迪，讓他的女兒看到自己的狗被燒死，艾迪則看著自己的女兒看著那隻狗。

去找艾迪是文森下的決定。即使不是他決定要做那些事，但是他絕對不是懦夫，於是他就向警察承認自己的責任。他沒有什麼東西可以失去——他沒有家庭要照顧，而且也已經有前科，所以由他來承擔也無妨。就像我說的，當他對某人忠誠的時候，他就會非常忠誠。到頭來，死的終究是一隻狗，他被關了幾年就被放出來；可是放火代表了殘暴性，不是嗎？而且還讓那個小女孩目睹，這一點的確也代表了殘暴性。

人們可以隨自己喜好評論文森，而他的確也有惡劣的部分，可是我們不都是如此嗎？我想說的是，如果我們被逼到絕路，因為某種理由失去理智，我們難道不會像他這樣嗎？

瑞格死去之後，文森想要逃離那樣的生活。那是他最後一次被關。他想要重新做人，也知道自己能夠做到。我也知道。

你看，文森在他寫給我的最後一封信當中，放了一首詩。你可以隨自己的意思來詮釋它。

特利登協會問我，在那段期間我有沒有收到任何他的信，我告訴他們說沒有。

我知道如果我承認，就再也沒辦法看到這封信了。不過隨著歲月流逝，我開始懷疑文森是否真的寫了這封信。他熱愛文字，也很迷寫詩；他覺得詩歌讓他顯得柔和——一個沒受過教育的人能夠寫出這樣的文字，不是很棒嗎？

問題是，這並不像他平常寫的東西。

我不會說明，但是就是不一樣。

如果你認識他，就會理解我的意思。

他有時候會寄給我情詩，不過我不會拿那些給你看。這首詩不一樣。他說他和主任管理員談了很多關於詩的話題，所以我猜應該是亞瑟寫了這首詩，要文森寫下來。我不確定，只是這樣猜測而已。

文森深知自己的過去會絆住他。他覺得不論自己做什麼、做得多快，過去仍舊永遠都會在那裡等候他。最悲哀的是，事實的確如此，過去真的在等他。他以為他在海上燈塔就可以享有自由，其實就像關在籠子裡的鳥，當牠在籠子裡的時候都很好，可是一旦被放出去，就會看到自己失去的東西。牠會發現自己甚至不適合這個世界，而那雙翅膀也不管用了。

46

〔地址已隱藏〕

一九九二年九月十日

夏普先生：

謝謝您在六月十二日和七月三十日寫信給我。很抱歉隔了這麼久才回信。我在任職特利登協會期間遇到的處女岩失蹤事件，對我來說是苦惱的來源。這件事長年使我良心不安，導致我遲遲沒有回信，但最後也因此而鼓起勇氣。被封閉在內部的祕密不能永遠成為祕密。

沒錯，協會的確知道那些管理員發生了什麼事。知情的只有其中幾個人，將來大概也不會廣為人知。不論你的書做出什麼樣的結論，都只會是各種理論之一，既沒有確實證據，也不會有相關人士的證言。我可以給你答案，但必須在極度保密的狀況下。

當年我們並沒有討論那起失蹤案件。我當時受顧於高層的人，被建議（用比較溫和的說法）假裝什麼都沒看到、什麼都沒聽到。我絕對不能承認發生了什麼事。即使在我結束為特利登協會工作之後，我還是不想再看到燈塔。

特利登根據他們向大眾揭露的證據，有他們的一套看法，基本上就是把過錯推給那名兼職管理員，直到今天都維持這樣的路線。他們絕對不會承認事實，那就是造成這起事件的不是任何外部理由，而是這項工作的本質。

特利登協會有些事沒有告訴家屬。他們暗地裡進行各項調查工作，包括採集指紋、進行心理評估，還有關於天氣紀錄的重大發現。這些線索會導出完全不同的凶手。有一名管理員是最後碰觸所有東西的人。這一名管理員在天氣紀錄上記載了錯誤的資訊，並且被專家評估為具有創傷後壓力及憂鬱的人格障礙。他們相信是他在一時激動之下殺死了其他人。

特利登一直不想揭露這件事，畢竟他們非常重視亞瑟·布拉克，給予他很高的評價。他是協會展示他們會終生照顧員工的典範。協會長官任用為主任管理員的人，一定是他們給予最高評價的對象。如果承認他是罪魁禍首，對於今日被視為浪漫的生活方式來說，是一件不名譽的事情。

調查人員對於亞瑟犯下的罪行提出兩個理論，第一個跟兼職管理員有關，認為文森把錢藏在燈塔裡，而亞瑟發現之後想要偷走這筆錢，幹掉另外兩人並逃跑。聽起來很牽強吧？不過並不會比這些年來其他種種猜測更牽強。第二個理論是跟比爾有關。他和亞瑟的太太海倫外遇，因此不難看出是什麼造成動機。

不過我從來就不相信這些說法。我相信是燈塔生活擊敗了亞瑟。我就沒辦法做那種工作。你有辦法嗎？

希望以上內容對你的調查有幫助。我相信你會替我隱藏姓名。

〔簽名〕
謹啟

47 信號

我在海邊遇到一個男人。
他眺望著大海，問我：
你能夠確實看到它嗎？
我看到黑色的火焰冒著藍煙。
他對我說，我在海上
弄丟了我的心臟，
你可以替我找回來嗎？
我因為缺少心臟，無法自行前往。
我游得越遠，火燒得越旺，
筆直的火焰呼喚得更強烈，

但當我回頭眺望海岸，
剛剛遇到的男人已經不見了。
我找到他的心臟並滑入其中，
海水在上升，高高的浪頭
打下來，把我帶到
管理員的靈魂前往之地。
燃燒的火焰就在眼前。
原來是你，我知道你的名字。
燈光，燈光，為我們燃燒；
他的鬼魂與我的鬼魂化為塵土。

XI

1972

深海燈塔管理員

48

每個星期五，在太陽升起前，他都會去看小鳥。他在黑暗中費力地爬上山丘，然後拉開柵欄門的門閂。拉開門閂的「喀啦」聲宛如用火柴點火的聲音，太陽聽到這個聲音就知道要升起。太陽會說：亞瑟來了，他點亮了蠟燭，時間到了。

如果不熟悉路徑，這條路相當險惡，到處是坑洞及細溝。叢生的茂密雜草被漫長的炎熱夏季晒得發白，刮在他裸露的腿上。他應該要穿上長褲的，但他父親說，重要的是時間和行動方便。他必須穿著上學的衣服。

當他到達學校，麥克戴莫老師會當眾指責他：「亞瑟，看看你的樣子，你看起來就好像被往後拉過一道籬笆。」他在衝下山丘到小學的途中，因為鞋帶鬆了，結果被絆倒而擦傷膝蓋，外套也被樹枝勾破。他的鞋子上沾到鳥糞。他被同學稱為「鳥男孩」，但他並不在乎。他只想要在高出海平面許多的地方，在椽條柔和的陰影中聽海鷗的叫聲。這樣的滿足就像鎮紙般停在他的手上。

午餐時間，當其他男生彼此丟擲蛋奶凍，或是把焗豆塞到鼻孔裡，亞瑟仍舊想著那些鳥。在操場上，當羅德尼．卡佛抱著橄欖球撞他並低聲說：「去啊，你這個瘦巴巴的小女生！」他會想像那些鳥從山丘上飛來，宛若一大片雲降落在羅德尼和專橫的體育老師頭上。後者蒼白、無毛而遍布斑點的雙腿會出現在亞瑟夢中，讓他聯想到他母親星期天烤肉時剩下來的豬皮。

跟鳥在一起，他就不會感到寂寞。有時他會畫牠們，看著牠們的身體笨拙地擠在一起，羽毛顫抖，一顆顆鳥糞掉落在樹上。那股氣味就像未使用的大型櫥櫃，並摻雜著隱約的肉醬味。

他父親第一次帶他去看那座欄舍時，對他說：「來吧，我帶你去看有趣的東西。」亞瑟搖搖晃晃地跟隨他走上山丘。他父親說：「牠們恢復之後，就會立刻飛走。」沒人知道為什麼那些鳥會從天上掉下來。亞瑟會在大門外或是院子裡的歐洲紅豆杉之間找到牠們，翅膀拍打著地面。他父親會在晚上叫他起床：「小子，別出聲，輕一點，你看……」他父親的雙手神祕地彎曲成杯狀貼在一起，裡面有一個顫抖的身體，心臟迅速跳動，看起來脆弱而柔軟。

亞瑟內心的寂寞讓他麻木。在家裡，每一間房間都悄然無聲，只聽到壁爐上方的時鐘發出滴答聲。他母親在半睡半醒中遊走，她先生則在後方的房間修理手錶，近視度數越來越深。亞瑟不記得他父親在戰前是什麼樣子——肩膀更輕鬆，笑容更和藹——現在他蒼老的指甲劃破肌膚，在床單上留下血跡。凌晨四點，整個家都會被尖銳的叫聲驚醒，就好像一張椅子從桌前被拖走、刮在地面的聲音。

亞瑟常常能夠感受到自己的寂寞。他可以用手指確認它的位置，如果按得太用力，就會感到疼痛。他喝很多水想要把它沖下去，但卻無法排掉它。每次他去上廁所，就會期待看到它——小巧、藍色而畏懼的形體。他不知道要怎麼處理它，也不知道失去它之後自己該怎麼辦。

太陽落入海平線，將強烈的橘色光芒投射在海面。亞瑟從這裡看到燈塔，宛若一顆黃色的眼睛無聲地張開。

他在學校學習到關於燈塔的知識。他很難相信有人住在燈塔上，而且是三個人組成的家庭。

他覺得這似乎就是答案。

有其他兩個無法離開的人陪伴他，他就再也不會感到寂寞。當其他男生舉手回答關於船難、工程師史蒂文森的問題，憂鬱就會淤積在他內心的角落。燈塔以難以言喻的方式朝他伸出渴望的手，彷彿感到悲傷而需要他。

他讀到水手在銳利的礁岩上溺水，桅杆在十月的滿月底下搖晃，死亡之鐘響起，船上濺灑著嘔吐物、瀰漫糞便的臭味，商人看到船上的貨物沉入海底而怒吼，陸地上的人則等著寶物漂流到岸上。亞瑟讀了《金銀島》（註40），想到說故事的人和建造燈塔的人來自同一個家庭，便感到很神奇。他讀到建造海上燈塔的人，其中有許多人在建造過程中死了；他們必須在遠離陸地好幾英里、半淹沒的平板上工作，被側風吹向旁邊，雙手被鹹水打溼，固定石塊之後又看著它們被沖走，在燈塔完成之後又目睹多年的辛苦成果在公海上崩塌。沒有人會來到這裡，因此也沒有人會欣賞他們的作品。

亞瑟在十一歲生日的時候，看到一隻白色的鳥。這隻鳥比其他的鳥都來得大，從海上飛來，宛若白雪般皎潔，以偏粉紅的眼睛看著他。

後來他問父親那是什麼鳥。他父親問，是鴿子嗎？亞瑟說，不是鴿子。不是鴿子是什麼？我不知道。他父親去看，回來之後告訴亞瑟說根本沒有白色的鳥，你一定是在幻想，這一帶沒有那種鳥。可是我看到了。你當然看到了，去幫我拿火柴吧，乖孩子。

註40　金銀島——Treasure Island，蘇格蘭作家羅伯特·路易斯·史蒂文森的作品。作者的父親湯馬士·史蒂文森及祖父羅伯特·史蒂文森都是知名的燈塔工程師。

49

我跟你解釋過光線及它的作用，也說明過在光明與黑暗之間，還有很多的間隔，而它們的形狀與大小才是更重要的。你媽媽不會聽我說明。她站在水槽前洗碗盤，戴著手套的手看起來毫無生氣，就好像垂下頭的水仙花。

天黑了，我們便到外面。我讓你穿上我的外套保暖，看著你頭頂上的髮旋，以及剛洗過的頭髮在月光下閃耀。我把手掌放在你的頭上，看這兩者的形狀是多麼貼合。當兩個身體彼此相屬，身體的部位也能夠拼在一起：下巴和手，彎曲的手肘和一顆頭。

我們到海邊聽海浪的聲音和鵝卵石被沖刷的聲音。我將手電筒遞給你。我的外套在你身上太大，袖子蓋過你的手指。我們捲起其中一條袖子，露出來的手腕就如在土裡發現的屍骨般驚人地白。手電筒的光線在海面上劃開一條道路，在接近陸地的地方很亮，但是在它追隨黑夜到不再安全的遠方時便認輸了。

處女岩燈塔的性質是穩定，它的光線恆常持久。我教你如何拿穩手電筒回應它的光線，就如處女岩燈塔在海上照亮船隻。

我告訴你：「管理員可以看到你的燈光，就像你可以看到他們的燈光。」你說你的光線怎麼可能在幾英里之外都能看到，我回答這就是光線的特性，不需要很強烈的光。反過來說，如果是在晴朗的花園中只有一小片黑暗，就不會被發現到。光線比黑暗更強烈而迅速，因此眼睛會去追尋它。用這樣的角度來看世界，這世界感覺就沒那麼糟了。

我們把手電筒關上，大海也隨之消失。

再度開啟手電筒，大海又回來了。

這天的月相是殘月，月亮就像一顆被舔掉一半的薄荷糖。當你在我身邊，夜晚感覺對我很溫柔。我們首先讓燈亮的時間較短、黑暗的時間較長，亮三秒鐘、暗九秒鐘，稱作閃光；接著我們倒過來讓燈亮時間比黑暗時間更長，就稱作頓光。

你喜歡這些名詞，跟著我念。我告訴你有些人念「頓光（occulting）」時把重音放在前面，有些人則把重音放在後面。如果我現在到燈塔上，我可以看到你從陸地上打的燈光信號，一開始是固定的，接著是閃光，然後是頓光。

我可以從每一樣特徵得知這是你的燈光。我一定會知道。你讓我感到待在陸地上是美好的。除了你之外，陸地上沒有特別迷人之處。

亞瑟驚醒過來，周遭宛若黑夜，一陣陣沉重的夢境默默地湧上表面；不過事實上現在並不是夜晚，而是早晨八點半。是簾子遮蔽了光線。他拉開簾子，看到睡在對面床鋪的比爾。這天是聖誕節前夕。

他在比爾前方舉起雙手，手掌朝上，彷彿在為生命而奉獻，手中拿的是麵包大小的物體，像是新生兒。他已經無法分辨記憶與創作。當他閉上眼睛，仍舊能夠看到湯米的身影，看到他那雙棕色的眼睛，以及一隻伸過來的手。他的孩子在中間這段時間跑到哪裡去了？

當亞瑟獨處時，常常會聽到一陣輕盈的腳步聲、來自黑暗角落的窸窸窣窣聲，或是在其他人睡著時從貯物間傳來拖動東西的聲音。不過當亞瑟走過去，卻只能困惑地站在那裡，就像一名老人站在公車候車亭。

文森在窗邊回頭遙望海岸。

「你在等什麼？」

「沒什麼。」

亞瑟看著這名年輕人，評估他和自己的身材與力量差異。文森有雙長腿與寬闊的背，不過他一定有弱點，就算只是出其不意也算在內。他打開電視，一點鐘的新聞正在報導加法爾・汗（註41）的新聞。當亞瑟移動或說話時，他感覺自己好像被關在深沉的睡眠當中，籠罩在無法形容的沉重與孤立當中。

文森問：「如果你在家會做什麼？」

「包禮物，看電視上劍橋皇家學院演唱的聖誕頌歌。現在跟以前已經不一樣了。」

「當然不一樣。抱歉，我忘記了。」

「我不期待你記得。」

註41　加法爾・汗——Ghaffar Khan，一八九〇～一九八八。巴基斯坦政治家。

「可是我應該要記得。」

「我寧願你不記得。電視上還有什麼？」

「關於大衛・克拉克（註42）的垃圾節目。要喝茶嗎？」

「我要去釣魚。」

「釣魚？」文森說，「外面很冷耶。」

亞瑟說：「這是聖誕節習慣。」事實上，他並沒有這樣的習慣，將來也不會有。

✦

釣魚的重點不在於釣到魚，而是坐在那裡眺望。漣漪輕輕地拍擊著狗階梯下方，一道寒風鑽入他的外套。有個形體在霧中顯現，扭曲而分裂。他可以感覺到此刻這個看不見的東西正回頭注視著他。那東西有可能從任何地方來到他面前，有可能來自海上，也可能從天上降落。他不知道那東西會在什麼時候到達。

註42 大衛・克拉克——Davy Crockett，一七八六～一八三六，美國政治家。

海水在悶燒，灰色的鬼火在海面上嬉戲。他抬頭看到燈塔從廚房的樓層被截斷，霧砲聲自雲端傳來。

亞瑟聽到背後一陣急速的拍打聲，或者是輕盈的跑步聲，就如在捉迷藏時的腳步聲。啪噠啪噠啪噠啪噠。

他轉身，沒有看到任何人。

他最近太常產生幻覺了。

腳步聲又傳來。啪噠啪噠啪噠啪噠。

接著是清脆的笑聲：小孩子的笑聲。

亞瑟放下釣竿，沿著平臺的弧度前進，一直繞到原本自己所在地點的正後方。笑聲在霧中跳進跳出，停止一秒鐘後又重新出現，發出咯咯笑。

亞瑟頭昏眼花地說：等一下。他不停地繞圈圈，釣魚竿和門都消失了，沒有任何東西標記圓圈結束的地方。這時亞瑟想到，一個圓當然沒有開始與結束的地方，只能永遠前進。他把一隻手貼在牆上，另一隻手伸到前方，心裡想著自己隨時會摸到目標。

什麼?那是襯衫領子。手肘。肌膚。

他說：等一下。

他停下來豎耳傾聽，讓腳步聲可以趕上他。他不確定兩人中誰在追逐、誰在逃跑。他往前走，對方此時的腳步聲感覺太快了，不可能停留在平臺的弧度中，也不可能還沒有追上並超過他。他在跑動中絆到而跌倒，伸手抓住一個單眼螺栓，雙腳懸在海面上。霧砲在高處發射，因此沒有人能夠聽到他的聲音。

他摸到安全繩索，把自己往上拉。

笑聲變得很大聲，近在咫尺。

嘿！

這個聲音像乾咳，或是貓把吃進去的毛球吐出來。

嘿！

亞瑟眨眨眼。

他把自己拉上平臺坐好，握住釣竿，很快地感覺到有東西在扯動，就像小孩子在拉扯一撮頭髮。接著又是一次拉扯，把他的身體往前拉。

釣魚線變得緊繃。他用自己的重量往反方向拉，每一次猛烈拉扯都讓釣魚線變得更加沉重。釣魚線快要被拉斷，不過此刻他已經把那東西拉到水面。有一瞬間，他產生勝利的感覺。那東西漂浮在薄霧籠罩而視野模糊的海面上，就像他今天早上做的夢。這是他極為熟悉卻又陌生的形體。那終究是一隻鯊魚——但是可怕的外型在霧中被扭曲，而那當然不是鯊魚。他很想放下釣魚竿，但殘酷的強迫作用卻讓他無法放下，讓他停留在原地，就如他一開始來這裡的目的般坐著眺望。他的雙眼害怕看到那東西，卻被邪惡的好奇心強迫繼續盯著瞧。

我釣到的不是魚，是我兒子。

我鉤住了他的臉頰。

釣魚線斷了，男孩把線一起帶下水，消失在黑暗中。水面分開又聚合，最後只反映著瘋狂絕望的父親低下頭的身影，臉孔扭曲而詭異。

50

因尼斯的精靈為他們帶來帶骨土雞胸肉以及一瓶紅酒，搭配罐裝蔬菜和一罐Bisto肉汁，沒有聖誕布丁，取而代之的是罐裝的斑點布丁。比爾負責掌廚。他面對平底鍋不斷地一根接著一根抽菸。

亞瑟把他的食物推開。他越是隔著裊裊白煙望著比爾，腦中的聲音越大——那是指甲刮在灰泥上的聲音。有時這個聲音似乎很接近他，彷彿在他身上或在他體內。

「你聽到了嗎？」

「聽到什麼？」文森問。

後來文森在客廳裡找到一集《灰西裝口哨測驗》（註43）。有一個叫「Focus」的四人樂團在演唱，其中彈鍵盤的人用很高的聲音在唱歌。最後他們唱了「聖

註43　灰西裝口哨測驗——The Old Grey Whistle Test，英國BBC電視臺的音樂節目。

誕快樂，新年快樂」。

他們也看了女王的演講。她談到她和菲利普二十五年的婚姻、英國要加入歐洲經濟共同體、北愛爾蘭問題，然後說不論是家庭或國家，此刻最需要耐心與寬容。

亞瑟評斷自己只有三人的國家。隱密的念頭侵蝕著他的心靈。他感到不可思議，一個人心中竟然能充滿著其他人完全不知道的想法。

其他人宣稱天氣紀錄錯了。他們說沒有暴風雨會來，比爾可以順利迎接接班的人。亞瑟的頭在痛。他的頭已經痛了一個星期。他很難記住自己做了什麼、說了什麼。無能為力讓他感到憂慮。

霧已經消散了。他拿起雙筒望遠鏡眺望遠方的陸地、船隻，以及斑點般的房屋。他想到他太太有可能也在看他，兩人在不知情的狀態下彼此傳送信號。

他希望海倫幸福。他希望海倫能夠找到幸福。

他不應該和海倫結婚。他不應該和任何人結婚。

他下樓到廚房，心想如果他不在，那東西有可能會回來。那東西有可能出現在他身後，就如在霧中他沒有注意的時候——就如他在失去兒子的那天也沒有注意。

亞瑟在杯中裝滿水，上樓到臥室。比爾和文森都在睡覺。他站在門口一分鐘左右，也許更久。他拿著那杯水，就好像被吩咐要拿水過來，可是在被叫到之前遲遲不敢上前。

他感受到銳利的頭痛。鋼琴鍵盤以錯誤的順序在彈奏。

嘿！

腳步聲跑上階梯。

啪噠啪噠啪噠啪噠。

他上樓到燈室，發現只是一隻鳥。這隻海鷗的翅膀拍打在窗玻璃上。牠是從打開的窗戶飛進來的。亞瑟讓牠飛一陣子，弄傷牠自己。接著亞瑟打開通往迴廊的門，然後下樓。

四點之後天就黑了，月亮大到可以看到上面的隕石坑。今天是滿月：這是不祥的預兆。這些宇宙現象都是相關的——月亮、潮汐、風——放在一起形成等式，最接近的人能夠目睹上帝的印記。亞瑟無法相信有人到過月亮。他很難想像有長了水泡、硬繭、待剪指甲的人類的腳接觸過月球表面。在科學時代來臨之前，人們相信星星是天堂地板上的洞。

風開始吹拂。亞瑟想到以前和他一起在長船（Longships）燈塔值班的管理員說過，在海上值班如果能夠確保接班人員準時到達，其實也沒那麼糟。如果在該回去的時候能夠回到陸地，不會在最後一秒鐘才發現一直期待的接班日被延後，情況就會好多了。

亞瑟在祈求天氣。他每天在天氣紀錄中記下暴風雨，憑意志的力量召喚它。當他們事後發現日誌，他們會說他瘋了。他脆弱、無能、有缺陷，最好還是離開這份工作，回到家裡和不愛他的太太在一起。每當他看到海倫，就會看到死去的孩子，以及那個引誘海倫背叛他的男人的臉。

亞瑟為他自己三十年的服務自豪。當他得到主任管理員的職位（他最高的榮譽）時，立誓要每天穿上正式服裝，把鬍子刮乾淨，把鞋子擦亮。這代表尊嚴，也是他長年工作的勳章。其他人會對他說：「亞瑟，做這份工作對你沒有好處。在湯米死後，這份工作不會為你帶來好處，你應該回到家裡陪伴海倫。」但燈塔是他唯一剩下的地方。待在這裡拯救了他的靈魂，不過他也知道他的理智已經不見了，彷彿他離開家時把它留在鑰匙掛鉤上。

你記得我們一起走在休耕地上嗎？我牽著你柔軟而潮溼的手。我們在夕陽中，看著燕子飛上飛下。我愛你。

他在鏡中的倒影很嚇人。他眼睛底下的眼袋變得堅硬，臉上的表情不屬於他。他沒有注意到自己的鬍子變得茂密，腦中的聲音每一小時都變得更大聲。

他在黑暗的室外召喚大海。

往上捲起的風帶來警告，從底下的巨石升起一個黑色扭曲的怪物。牠一直潛伏在那裡，此刻已經準備好了。

51

亞瑟醒來得很乾脆，就好像游泳者浮出水面。風聲震耳欲聾，周圍的海面驚濤駭浪，海水拍打著花崗岩，濺起激烈的水花。由於門窗緊閉，室內的空氣瀰漫著令人窒息的惡臭，並且冷到刺痛鼻孔。亞瑟感覺腦袋清晰，思路透明。

今天是節禮日（註44），比爾不會到任何地方。

亞瑟再度聽到那個聲音。他下了床，沿著冒水珠的內牆走下樓梯，感受下方的天氣、下方的大海。

海倫永遠不會了解他怎麼能夠繼續忍受大海，但對他來說，仇恨他們的兒子死亡的地方沒有任何意義。海倫認為是大海殺死了湯米。湯米的遺體被送回來火化，骨灰放在匣中。亞瑟認為小男孩的骨灰不該被放在匣中。那個五歲男孩在生前沒辦法靜止一分鐘。他認為湯米其實在這裡，在海上，從北到南、從

註44 節禮日——英國國定假日，為聖誕節次日的十二月二十六日。

西到東漂流。他會在晨曦中閃爍，在夕陽中跳舞。

海倫說，我不敢相信你怎麼能夠忍受。亞瑟不知道該如何回答。如果回答說，他覺得湯米就在海裡，一定會傷害海倫，因此亞瑟沒有說話。海倫在床上轉身背對他，而亞瑟則想著他在值大夜班時鄰近燈塔的燈光。它們的陪伴讓他感到安心，知道不遠的地方有其他人跟他一樣睜著眼睛。

如果他說：**當我在陸地上跟妳在一起的時候，我們的兒子就變得孤單。他在海上等我，等他的爸爸回去**。如果他這麼說，海倫一定會揍他。海倫認為湯米跟她比較親近，而不是跟亞瑟。她不知道湯米死前的叫聲一直殘留在亞瑟耳中，永遠無法忘懷。那叫聲鑲在星星上、溶解於海水中；出現在黃昏飄舞的火焰，以及黎明當他熄滅燭芯的時刻。

亞瑟握住扶手。當他把手放開，扶手上便留下霧狀的手印，然後逐漸縮小並消失。

沒有任何東西能夠存活，萬物都不是永恆的，一切都會消失在深淵中。

他來到入口的門。大門就如他收藏的石頭般冰冷。他一摸到那些痕跡，立刻猜到來源。鎖桿上有指甲痕跡，不知是嘗試要出去或嘗試要進來。

52

暴風雨變得更加劇烈，高高的浪花濺起白色的泡沫，疾風發出咆哮，雷聲碾過穹頂上的閃電。

亞瑟爬上階梯到燈室。牆上滴落著凝結的水珠。他猜想自己身上大概也有同樣的水珠，就好像他的身體和容納身體的建築之間沒有任何空間，不過當他摸自己的臉頰，卻發現是乾燥溫暖的。

文森的值班時間結束了，接下來輪到亞瑟值班。他朝著暴風雨發射霧砲，然而警告聲卻被狂風劃破。浪打得很高，頂峰破碎，在騷亂的海面濺起飛沫。一道道閃電劈開劇烈搖動的黑暗——黑色的海水與黑色的天空。燈塔在風雨交加中顫抖，海浪在底部激起的水花高達燈室。

亞瑟閉上眼睛，想像自己往前掉落。淹死的念頭並不會讓他畏懼。

一道閃電射入海中。

有一瞬間，海浪被照亮。亞瑟覺得好像看到一艘船，但不太能夠確定；直到第二道閃電襲來，他才確實看到搖擺的船身。

那是一艘小小的木船，掛著破掉的船帆。

他費力推開通往迴廊的門，迎著風雨跑到扶手前方。那是一艘構造簡單、划槳的船，在海浪間起伏擺盪。

「別靠近！」

他的聲音被強風淹沒。在光線照射下，那艘船再度出現。當他看到划槳者，原本心中相信的東西變成已知的事實。

他抓著扶手下樓，雙腳無法支撐他亟欲去見那名水手的渴求，不過在他到達之前，他聽到三層樓下方的入口門發出砰的聲音。

啪噠啪噠啪噠啪噠。

小孩子的笑聲往上傳到他耳中。

嘿！

亞瑟轉身。他在經過客廳之後跟丟了腳步聲，直到後來，過了很久，他才再度下樓，在那裡發現痕跡——不是鞋印，而是光著腳的腳印，小小的提琴形狀搭配代表腳趾的五個點。

53

星期五之前，風雨已經平息，此刻下著細小但持續的雨。

比爾用無線電聯絡本土。

「你們可以派人過來嗎？」他的嘴唇變得粗糙，指甲周圍的皮膚也剝落了。

他在燈塔上已經六十一天。

「不可能，比爾，這裡的風雨還很強勁。」

亞瑟站在他背後，從門口觀察。

比爾轉身。雖然天氣很冷，但他的眉毛上閃爍著汗水。

他說：「好吧，那我們明天再接班吧。」

「好的，比爾，我們一大早就會派人去接你。」

亞瑟心想，他以為我打算要傷害他。

亞瑟知道自己有各種理由會想要傷害比爾，但他想到那艘划槳的船，還有船上露出小小的頭操縱方向的水手，舉起一隻手對他打招呼。

我看到你了。

亞瑟從以前到現在，都不屬於會傷害人的個性。他可以握緊拳頭，但不論他有多想揍人都不會出手。

比爾在通訊途中停下來。還有一天一夜，一整天。

「好吧。」他說完垂下頭閉上眼睛，隔了更長的一拍之後，無線電發出嗶的聲音。「通話完畢。」

54

「亞瑟，醒醒，醒醒。」

亞瑟張開眼睛。臥室就像外太空中的蟲洞，內部是柔和的藍色，遍布著星星的花紋。比爾站在他的床鋪旁邊。即使在黑暗中，或者正因為在黑暗中，亞瑟看到他夥伴憂慮的臉上，虹膜在深陷的眼窩中發光。

比爾再次說：「醒醒。」

「怎麼了？」

比爾的聲音沙啞，幾乎比悄悄話還要細微。

「發生意外了。」

「什麼？」

「他不見了。」

「比爾。」

「文森不見了。就在剛剛，他不見了。」

亞瑟盯著他閃耀的眼睛。

「比爾，你在做夢。」

「我沒有。」

「你在胡言亂語。」

「你呢？」

「比爾——」

「你是醒著的嗎？」

「坐下來，你在夢遊。」

「他死了。」比爾說。「文森就在剛剛不見了。」

「我去找他。」

「我看見了。」

「我會找到他。我會在你面前找到他。」

「我沒辦法。我試過了。」比爾說。

「等一下。」

「我們當時在外面，結果突然捲起一陣浪。」

「比爾，你先坐下。」

「文森大聲喊。我沒辦法——」

「我會去救他。」

「我試過了，可是大海——」

「不可能——」

「他不見了。他掉入海裡，不見了。」

亞瑟聽到和緩的風聲與溫柔的海浪聲。他沒有聽到錄音帶播放機的音樂，或是聞到菸味。

他把腳放到地面上，穿上褲子和毛衣。他知道為時已晚，不過發生在他的燈塔上的一切，都是他必須承擔的十字架。

在他身後的臥室內，比爾從櫥櫃拿了一樣東西舉起來。在短暫的瞬間，亞瑟回頭並理解到那是什麼，腦中閃過一連串的念頭：他想起父親帶他走上雜草叢生的山丘，柔軟的蕨類擦過他露出來的雙腿，海鷗在椽條上鳴叫並走動；他想到大海在日出時閃耀著黃色的光，朦朧的雲朵微微染上粉紅色；他想到他工作的第一座燈塔是起始角（Start Point）燈塔，那裡的管理員都比他年長，發出粗糙的笑聲，抽著帶有刺激氣味的菸斗，爬上鐵製階梯並用大拇指撚熄菸；他想到婚禮那一天的海倫，想起兩人的接吻；他想到海倫告訴他說他們將來要生孩子，以及她真的懷孕時自己內心的喜悅；他想到永遠屬於自己的湯米，就如永遠不會減弱的光芒；他想到他在海上點亮過無數次的燈，以及開船駛過附近的眾多水手；他想到自己對於過去與現在發生在他們、他太太、他朋友的事有多抱歉，而他永遠無法補償海倫。

他想到像這樣在失落與迷惘中結束生命有多麼可惜。他犯了錯，而且他不是自己以為的那種人。亞瑟愛好孤獨，但最終孤獨並不愛他。孤獨奪走了他部分的理性，而且光是待在這座島上終究是不夠的。他有瞬間的空檔去理解比爾拿的是什麼，以及他要拿那東西來幹麼。亞瑟還沒有打開門，那條沉積岩的石頭就打在他的後腦杓。

55

比爾並不打算要讓文森淹死，但是當文森淹死之後，接下來要做的就很明顯了。

珍妮老是說他不肯捍衛自己的權利。他父親也這麼說過。比爾會想要挑戰他父親，用雙手或是皮帶（那個老混蛋自己的皮帶）掐緊他父親的脖子。

他把亞瑟的屍體抬出臥室，拖下樓。屍體很沉重，他必須改把它拉到肩上用背的，就像士兵在戰壕中拯救夥伴時那樣。

他從來沒有看過亞瑟的腳。亞瑟的腳趾甲剪得很短，腳趾上長了毛。這個可憐蟲沒時間穿上襪子。

在比爾家中的客廳，在他母親的聖壇上方，有一個船形的時鐘，上面印了「及時行樂」。比爾想到她的笑容，以及她讚賞的眼神。

他想到海倫的笑容、海倫的眼神。

他來到廚房，把背負的重物丟到桌上。鮮血從現在已經無法辨識的部位滴下來，沾染到薄板最上層。亞瑟的鼻子被打碎，眼睛和太陽穴裂開，但這些傷口都變得血肉模糊。比爾看到自己做得太過火，但是他必須確保亞瑟已經死了。腎上腺素使他變強。他的心臟狂暴地跳動，呼吸急促，急於吸入新鮮的氧氣。他面前的雙手染上碘酒的顏色。他注意到自己的腦筋運作得很有效率，思路非常清晰。到了早上，接班的船就會到達。比爾會向他們解釋。沒有人能夠為了在這裡發生的慘劇怪他，也沒有人能夠怪罪他後來要做的事情——他會等到珍妮冷靜下來，等到周遭的人可以接受他去追求死者遺孀的時候。

怎麼會有人期待他能夠繼續維持自己的婚姻？怎麼會有人期待他回去之後沒有任何改變？這是他這輩子第一次不受到任何期待。

比爾擦拭亞瑟和自己的手，接著戴上手套，從牆上拿下時鐘，調整時間到八點四十五分，亦即亞瑟的兒子死亡的時間。比爾是在船長小屋的沙發上聽海倫告訴他的。當時海倫來找珍妮，但珍妮出門了，於是比爾便替她泡茶，聽她哭訴。海倫告訴他所有細節，包括早上八點四十五分。到最後，親吻她是比爾唯一能夠表現體貼的方式。

亞瑟留下他的印記。這是他們能找到最接近認罪的證據。

比爾以顛倒的方向放回電池。他在自己摸到的地方按下亞瑟的指紋，接著爬上兩層樓到客廳，調整那裡的時鐘，改變電池方向，然後同樣地放回去。

此刻他站在亞瑟的屍體前方，思索著該如何處理。他很難相信眼前的屍體就是那個讓自己感到渺小的男人。主任管理員就像一棵樹般倒下。

擦拭桌子讓他放鬆情緒。比爾把桌板的表面、側面、底部擦拭乾淨，另外也擦了椅子和地板上的痕跡。他並不著急，慢條斯理地進行工作。他在水槽沖洗血跡之後洗了水槽，然後把刷布揉成一團，從窗戶丟到海裡。接著他跨過亞瑟的屍體，從櫥櫃拿了兩個盤子，又從抽屜拿了兩副刀叉。他再度跪在地上，讓亞瑟的手碰觸這些餐具，才把它們擺到桌上，另外還擺了兩個杯子、鹽巴與胡椒，以及幾乎用完的一條芥末。

那罐香腸是偽裝。亞瑟曾經告訴他，香腸是湯米最喜歡的食物。比爾不需要納入這個細節，不過這樣做會讓他覺得自己勤勉細心，而這些都是優秀燈塔管理員所需的特質。

餐廳布置好之後，比爾用主任管理員的馬克杯泡了茶，帶上樓到客廳，坐在主任的椅子上，想著主任的太太。

海倫理應得到幸福。在這之後，她就會幸福。比爾發誓要在餘生中為她尋找幸福，釘在兩人每天晚上做愛的床上，而他永遠不會讓海倫離開。

文森現在下沉到多深了？比爾有些擔心他的屍體會被打上岸，不過就算真的發生也沒什麼大不了。他已經編好自己的一套故事：亞瑟失去理智，殺死了文森，還想連比爾也一起殺掉。比爾別無選擇，只能採取自衛手段。他們沒有理由不相信這個故事。

他會告訴他們，他為這位前輩感到遺憾。他一直很喜歡亞瑟，並且為他的變化感到震驚。

56

文森在死前，早就該死了好幾回。他在出生時就有可能死亡：他的臍帶纏繞在脖子上，直到肌膚變成青色，助產婦才發現。他四歲住在理查森家時，有一次走到外面馬路上，站在一輛車的前方。

那輛車在最後一刻轉彎，才沒有撞死他。十五歲時，他從二十英尺高的牆壁摔下來，摔斷他的手臂。

他的人生中所有這些插曲加起來，得到最終的償付：在這一天的這個時刻，他的號碼被叫到了。

當時他正在平臺上抽菸。他遇到的不是艾迪或使用假名的機械師搭乘的船，也不是任何他想像中的情節。

空氣很清新，海浪上下起伏，沖刷著石頭與礁岩。今天的世界感覺很美好。

他選擇相信一切都已經結束了。也許根本沒有人要來找他算帳，沒什麼好怕的。他可以展望未來。蜜雪兒不會在意他做過什麼。蜜雪兒了解他，不會離開他。他的靈魂感受到寬慰與輕鬆。他心想，這就是幸福。

比爾下樓到平臺上，看起來好像暈車一樣。文森給他一支菸，但他沒有接受。

「我打算戒菸。」比爾說。

文森挑起眉毛。「絕對不可能。」

接下來發生的事情很單純——以奪取一個人性命的時刻來說，單純到簡直像是侮辱。

文森把菸蒂彈出去，但菸蒂掉在平臺而不是水中。

他走到平臺邊緣想要用腳把它掃到水裡，這時海浪迅速掀高，宛若用平底鍋煮滾牛奶般突然。

燈塔彷彿暫時沉沒，就像餅乾浸泡到牛奶裡；接著它再度出現，海面下降，文森也跟著掉入海裡，首先撞到手肘，接著撞到頭。他心想「該死」，試圖抓住，但卻沒有東西可抓。

他的頭在流血，使他難以看見或集中注意力。海水把他帶離平臺。當平臺消失，周圍就只剩下海浪。

他的肌肉痙攣，耳朵嗡嗡響。燈塔不見了。他剛剛還站在那裡，怎麼可能現在就已經摸不到它了？

他此刻腦中只能想到蜜雪兒。

他想到她的嘴巴、她的手臂，想到自己擁抱她、把頭枕在她頸部甜蜜的凹陷處的感覺。

文森的雙腿失去力量，海水把他帶到更遠的地方。

比爾在大喊，文森也朝他喊，但他不知道自己在喊什麼。他不知道自己喊的是之前使用過的語言，或是完全沒發出過的聲音。

57

比爾坐在主任管理員的椅子上喝茶。他並不討厭文森。這件事與喜惡無關，他只是遇到錯過可惜的機會，於是就抓住了那個機會。文森的死是出口的標誌、逃脫的手段，就如墜機時的降落傘。

他對亞瑟說的是實話。他的確試過要救文森。當他看到文森掉入海裡，便丟了繩索到海中，不過他必須承認，他丟得並不夠遠，文森根本抓不到。接著他想到，如果他不想救文森，其實根本不需要丟得太準。

文森掙扎了一陣子，在這段時間比爾下定決心，就如他決定丟掉自己不需要的貝殼時一樣冷酷。他把繩索丟入水中，冷淡地站在原地，看著自己的夥伴溺水。

明天當那些人過來就會說，沒錯，我們現在了解了。該死，真是太不幸了。不過特利登協會會選擇保持沉默。他們會為了比爾的勇氣頒獎給他，很快地讓他晉升到另一座燈塔工作。

過了幾個月，他會離開協會，並且帶海倫一起走。他會和海倫結婚，並且搬離海邊。

也許有一天他會告訴海倫真相，也許不會。這要看海倫有多傷心，以及有多開心他是存活下來的那一個。

58

樓下傳來的聲音讓比爾嚇了一跳。

比爾懷疑自己是否真的聽到聲音，不過接著又再度傳來：

啪噠啪噠啪噠啪噠——聲音來自遙遠的下方。

比爾從客廳的書櫃拿了一本精裝書——《史前人類》，作者是J．奧古斯塔和另一個褪色的名字。主任管理員已經死了，所以應該沒問題吧。

你是個笨孩子。他聽到他父親在說話。**不要用猜的，要親自檢查。我知道你會搞砸**。

比爾下樓到臥室。他背對著牆壁，一邊旋轉一邊往下走。當他到達廚房，看到亞瑟仍舊躺在先前的地方。

嘿！比爾轉身。「誰在那裡？」

他的聲音在螺旋梯之間迴盪。

「誰在那裡？」

啪噠啪噠啪噠啪噠。

他高舉著那本書走下樓，告訴自己那只是風聲。當他到達入口樓層，他總算感到安心。門跟之前一樣是關上的。

這座燈塔上只有他一個人。

不過他還是檢查了青銅門板，並且將門閂拉到最裡面，然後才鎖上鎖桿。他決定要等到外面有活人來臨，才要再度打開這道門。

雖然才剛過四點，不過傍晚已經來臨，白天已經消逝到地平線下方。儘管發生了那樣的事件，燈塔的燈依舊亮起。

比爾是最後一個生存的人。有時在值大夜班的時候，他會假裝這是真的。他會想像地球上所有人都死了。他會關掉無線電，這一來就不會再聽到船隻彼此通訊的聲音，然後他會背對著海岸的燈光坐著。

處女岩燈塔綻放穩定的光線，就像在神祕洞窟中發光的頭燈。比爾曾經在學校的活動中去過一次洞窟。他記得狹窄的通道和幽閉恐懼症。他們的腰被繩索連結在一起，像即將出生的胎兒般通過潮溼的洞穴通道。那些洞窟感覺像是腸子之類的有機體。後來其中一人失去理智，以為自己再也無法呼吸或移動而陷入恐慌，用肩膀用力碰撞，結果被人從後面推入沒有回音的石室裡。最糟糕的就是了解到，要走出去唯一的路就是往回走。

死後僵直現象開始出現，亞瑟的屍體變得僵硬。拖著屍體爬上四層樓差點沒要了比爾的命。

在燈室，亞瑟的屍體擺在比爾旁邊，陰影中的龐大身軀就如冬天傍晚的山巒。在執行該做的事之前的最後幾個小時中，有這樣的伴侶是很合適的。到了早晨，比爾會渾身顫抖，但能夠做出前後連貫的陳述。他沒什麼創造力（他從小被稱作「沒有想像力的孩子」），不過描述這起事件不需要添加太多細節。

首先，他會讓他們看時鐘，還有為死去的兒子準備的晚餐；接著他會讓他們看天氣紀錄。長年以來，亞瑟生活在這塊礁岩上，逐漸失去了理智。這種生活終究會對人類產生影響。他無法忍受這種生活，對燈塔及燈塔生活感到噁心與厭倦，痛恨到極點。

陸地上的人會為比爾能夠生還感到敬佩。

這會是一個很精采的故事，而比爾是其中的主角。這個故事會流傳下去，就像斯摩爾燈塔的故事。

他整晚擦拭所有表面，彷彿是在準備這座燈塔的喪禮。他把廚房到燈室之間的每一層階梯都刷洗乾淨，擦拭亞瑟的屍體碰到的所有地方。燈塔管理員的工作教給他的細心觀察，不會讓他錯過任何汙漬。他不會留下任何痕跡。

他在樓下的動作非常迅速。他不喜歡長時間停留在下面。這裡籠罩在陰影中，救生艇和繩索呈現神祕的形狀。他不喜歡去想到先前聽到的聲音或笑聲，以及周圍的低語聲。這些一定是想像的產物——因為執行工作與孤獨產生的幻想。他無法打開門。他從亞瑟的櫃子拿出那些石頭。

他常常看到亞瑟俯身觀賞它們，現在它們正好可以帶亞瑟到水底。

比爾拿了十幾顆石頭，留下其餘的，海倫的銀錨和他挑選的那些石頭放在一起。原來在這裡，亞瑟拿回了屬於他的東西，比爾露出微笑，把鍊子戴到脖子上。

59

今晚的燈光格外美麗。處女岩燈塔的燈光投射在海面上，闢出一條船隻可以免於恐懼通行的路徑。

讓亞瑟穿上大衣很困難。屍體的手臂僵住了，關節變得堅硬而難以操作。比爾把亞瑟放在迴廊的扶手上，在他的四個口袋裡裝滿石頭。

只要推一把就行了。比爾想到海倫在家裡準備上床時，絕對不會知道明天早上她的生命就可以重新開始。

比爾把自己的重量施加在扶手上的屍體上，用盡全力靠過去。

嘿！

這時他聽到奔跑的腳步聲和小孩的笑聲。

啪噠啪噠啪噠啪噠。

有東西從背後撞過來。比爾發出呻吟，身體失去平衡。腳步聲從四面八方傳來，還有耳語聲與口哨聲，接著又是一次撞擊，使他往前傾斜。

比爾感到震驚，抱住亞瑟的屍體。恐懼奪走他的呼吸，他沒有時間去思考是那東西在推他，還是某個不知名的東西。下一個瞬間，死者的重量就往下墜落，把他一起拖過扶手。

白色的牆壁飛馳而過，宛若鬼魂，永無休止。亞瑟的身體和比爾融合在一起，兩人一起跌入冰冷的黑色液體當中。

比爾短暫地失去意識。他割傷腿，撞到頭部。他的耳中塞滿了鮮血、恐懼與海水。他一再想「不可能」，即使沒有意義仍舊反覆地想。亞瑟的屍體把他往下拉，他在極度的恐懼中不斷掙扎，雙腿猛踢，但他踢得力道越大、掙扎得越厲害，海水越是把他吞沒。血液注入他的鼻子和嘴巴，彷彿灌滿了他的頭顱。

他在絕望、震驚與後悔中抱住拉下他的管理員。亞瑟是比爾的導師，也是他一直想要成為的人物。

在黑暗中，在朦朧中，從遠處看這場掙扎就好像一群塘鵝在爭奪魚的內臟。海面產生騷動，有幾聲模糊的叫聲，然後除了海豹悲傷地彼此呼喚的聲音之外，就沒有任何聲音了。

在比爾溺水的霧中，一艘船駛來。這艘船的船長俯身並伸出一隻手。

這艘船隨著耀眼的光芒來臨，就如提著燈走過漫長隧道的流浪者。船上的帆已經破裂而無法迎風。那隻伸向他們的手很嬌小。

亞瑟的身體離開比爾。他感到冰冷的水好像在啃蘋果般咬著他。那艘船像溫暖的家一般接走亞瑟。比爾想要游過去，但那艘船不是為他而來的。

在一百英尺高的燈塔迴廊上，金屬門被風關上。一隻白鳥盤旋在塔頂，然後飛向大海。

XII

終點

60

海倫，一九九二

聖誕節結束之後，海倫為了紀念日前往康沃爾。

這天是典型的英國下午。天空是保鮮盒的顏色，大海混合著各種色調的灰色與棕色。雨持續地下著，溝渠積了水，雜草茂密又泥濘，地上堆滿了秋天轉為冬天時掉落的樹葉和發黑的樹枝。她這回帶了愛犬一起來。這隻狗興奮地嗅著，想要尋找狐狸的窩。雨點打在她的雨傘上。在樹林中，被遺棄的鴿巢散落，蒼白的蛋殼碎片在青苔間發光。

海倫最近會感覺到體內的骨頭。當她爬上山丘前往莫特海芬墓園時，她會意識到灰白色的骨骼彼此連結在一起，肋骨則像某種史前生物。她的狗察覺到她需要陪伴，便走在她的身邊。

她還能再來這裡幾次？這次有可能是最後一次。二十年畢竟可以算作一個里程碑。這種事不是由她的丈夫來決定說，時間已經過了夠久，又是完整的整數，我應該要回家了。

不過她還是來了，以防萬一。

什麼萬一？

每年十二月三十日，她都要來看處女岩燈塔——她在這個特定生日的搭檔。這或許很像在客廳養一隻野生動物。她要每天開門，確保牠知道自己還在這裡。放著牠不管只會給予牠不必要的力量。

海倫懷疑珍妮會來。在十週年紀念的時候，海倫看到她在遠處，和她的孩子站在一起眺望大海。海倫猶豫要不要過去，但是到最後還是沒有勇氣。蜜雪兒每一次都沒有參加。她當年看不出參加有任何意義，直到今日也是如此。她會在隔了一星期之後打電話給海倫，辯解說是因為她先生不希望她過來。

當他們抵達墓園，風灌入她的雨傘。她可以聽到大西洋的海水打在遍布貽貝的岩石上，掀起一陣陣的浪花。

海倫知道她要去哪裡。那座墓碑很靠近她丈夫的紀念長椅。墓碑上的墓誌銘文字處處長了地衣，寫著：

朱利・佛瑞德利克・馬丁，一九二一年誕生

逝於一九九〇年。我們永遠想念他。

她站在那裡好一陣子，直到雨停。

雲朵被微微染成黃色。陽光雖然微弱，但卻很積極。海倫收起雨傘。自從三人失蹤之後，她偶爾會想起這名船夫。雖然他們年齡相仿，不過她總是對朱利抱持著類似母親的感謝。她猜想這是因為他是第一個到達現場的。是他報告管理員失蹤，後來也為他們哀悼。朱利是他們在結束值班時期待的迎接者，是沒有救到人的救難者，就如在風中的叫聲沒有得到回應。

海倫的狗聞到墓碑之間的氣味而跑過去。她察覺到有人來到身後。她相當確信這個人是誰，因此不用回頭便能向對方打招呼，不過她還是想要看到那個人的臉。

「哈囉。」海倫開口，頓時很高興可以跟其他人在一起。

作家穿著紅色短風衣和牛仔褲，鞋子被雨打溼。他背著一個帆布包，在發現海倫知情之後，臉上節制的表情顯得有些憂慮。海倫現在理解他為什麼沒穿西裝也沒有特別打扮。他是船夫的兒子，在漁網之間長大。

海倫問：「你為什麼沒有告訴我？」

丹・馬丁手中拿著一顆石頭。這顆石頭表面光滑，帶有珍珠色彩，上面有一條細如棉線的白色環狀花紋。他把石頭放在他父親的墓碑上。

「我爸一直覺得那是他的錯。」他說，「他覺得自己應該為他們做更多，不顧風雨更早前往燈塔。他不可能辦到，但他還是感到自責。」

「你應該告訴我的。」

「我以為妳也會怪罪他。」

「我從來沒有這種想法。」

他把手放在口袋裡說：「很抱歉，海倫，我希望妳在不知道我是誰的情況下跟我談，不會因為我的出身而改變妳要說的內容或方式，就好像我跟事件無關一樣。我以為這樣對妳來說也會比較輕鬆。」

兩人之間產生片刻溫暖而親切的感覺，讓海倫不禁把臉轉開，想起他知道別人所不知道的關於自己的事。

他承認：「我應該老實說出來。妳是怎麼發現的？」

「你不是唯一對事實感興趣的人。」

他對這個答案報以微笑，說：

「我爸在世的時候，我沒辦法去追蹤這起事件，只能寫些槍砲和護衛艦的故事來娛樂他。不過我想他會感到高興。他一直很希望能親自跟妳談。」

海倫在海平線的位置尋找處女岩燈塔。燈塔籠罩在霧中，不過仍斷斷續續地反射著微弱的光線。

海倫說：「經過二十年，這次感覺不一樣了。」

「怎麼說？」

「我不確定。也許是我自己改變了。我很高興能說出那些話。我不知道珍妮或蜜雪兒是否有同樣的感受——蜜雪兒告訴我，她最後還是決定要見你。有趣的是，這些訪談不只換回過去的記憶，也推動我向前走，提醒我已經過了這麼多年，以及我生活中的改變。我不是以前那個女人了。大家認為我應該悲傷地回顧過去，而我的確也會一直感到悲傷，但是那已經是很久以前的事，我現在也沒有那麼悲痛了。」

丹有些遲疑地說：「我總是催促我父親談這起事件，可是他從來不肯談。這種事沒有人知道該用什麼樣的方式描述。」

「總比什麼都不說來得好。」

「的確。」

「而且你知道。」

「知道什麼？」

「用什麼樣的方式描述。」

丹面對海倫。他偏低而筆直的眉毛及航海者的眼睛，看起來和他父親很像。

他說：「我一直想要寫關於亞瑟和其他兩人的故事。他們失蹤的那一天，就是改變我生命的日子。我的家人也改變了。爸爸一直無法忘記這件事，而我也一樣。當我長大之後，我想要藉由把大海寫進書裡來更深入了解它，但我一直無法辦到。因為這才是我一直想要寫的故事。在他們失蹤之後，莫特海芬再也無法回到從前了。在過去，沒有人知道我們的城鎮，也沒有人會把我們跟失蹤或鬼故事聯想在一起。小孩子擁有快樂的童年，長大之後搬走，放假時會帶小孩回老家，去看船隻和處女岩燈塔，然後到碼頭去抓螃蟹。但是在事件之後，這些都不復見了。」

海倫說：「你無法容忍沒有答案。」

「沒錯。」

「可是這起事件沒有答案。」

他拉開包包的拉鍊。「這並沒有阻止我去尋找答案。這些年來，我問過任何願意聽的人這個謎語：有三個管理員從燈塔消失了。你認為他們發生什麼事？」

「你自己的答案是什麼？」

他拿出放在塑膠活頁夾的一疊厚厚的紙，上面用橡皮筋繞了兩圈，交叉成十字形。

「就在這裡。」他說，「這是妳的書。」

「我的書？」

「對了，妳說得沒錯，最後的成果跟我當初的計畫不一樣。」

「你感到失望？」

「剛好相反。」

他拆開橡皮筋。

「想到那裡沒有人，感覺就很奇怪。」他走過墓碑，來到岬角邊緣。「燈塔現在都變成自動化了。不再有管理員，不再有接班，不再有延期。不久前，我有機會再度接近處女岩燈塔。當時天氣剛好適合，因此我心想，好吧，老爸，這是為了你。那座燈塔現在有種奇怪的感覺。每座燈塔大概都有，不過尤其是海上燈塔特別明顯。這是因為我們知道那些燈塔被遺棄了。在那麼遙遠的地方特地建造的石製結構，現在已經沒有人住在裡面。那是一種詭異的氣氛，很難不讓人聯想到它保留了什麼東西。當我出海到那裡時，感覺真的好像有什麼東西在那裡。」

海倫說：「你是指，亞瑟有可能在平臺上對你招手？」

「到現在還有人相信他們有可能會回來。」

「希望你不是那種人。」

「為什麼？」

「因為太不真實了。」

「這個主題本身就很不真實。」

「即使是這樣，還是太不真實了。」

「妳是指，想像他們還活著？」

「我是指，想像他們經過這麼多年還會出現。」海倫站在他旁邊。「亞瑟已經走了，他不會再回來。你說你需要答案，可是我不需要。我懷疑我從來就不需要。我需要的是接受、和平、希望。雖然花了二十年，不過我已經接近了。」

丹把書遞給她。「給妳。」

這本書很重。「看來你花費了很多心力。」

「沒錯，我的確花費很多心力完成它。我現在比以前知道得更多，不過談到當時燈塔上發生的事，我永遠無法得到確切的答案。我沒有笨到會以為我能夠得知真相。結局可能有一百個，甚至更多。」

海倫低頭看他溼透的鞋子，以及被雨打溼的原稿。她差點要對他說謝謝。她跟亞瑟說過她很抱歉，以及她愛他。她一直都愛著亞瑟，經過最糟糕的時期直到最後。即使亞瑟從來沒有聽她說過，她現在已經說出來，而這是最重要的。

丹說：「真相屬於他們，也屬於妳們，不是屬於我或其他人。」

海倫吸入自然而乾淨的海洋空氣，宛若清晨般新鮮。

她說：「我們都不知道真相，不是嗎？這就是重點所在。有些謎本來就不應該解開。我講的當然是亞瑟和其他管理員，不過也包括其他的，像是我們為什麼做某件事、為什麼要點火柴、為什麼一開始要建造燈塔等等。在有靈感的日子想到的每一件事情，都有可能拯救生命。我們不是做決定的人，不過我們如果不做這些嘗試，就不能算是人類。當我們在世上，就會點亮盡可能更多的燈，讓它們綻放光芒；在黑暗來臨時，也要讓它們保持明亮。」

丹注視著海倫，然後對她說：

「那麼妳來接下去吧。」

「什麼？」

「妳來寫結局。」

他抽出一疊紙，拋到空中。

「你在做什麼？」

紙張被風任意吹走，白色的翅膀飛到天空與大海，散落並飄舞到海面上。

海倫在驚喜中大笑，接著她跟隨丹，豪邁地丟出一張張紙，就像彩券中獎者在灑紙鈔。

她看著那些紙飛散，隨著海浪朝各個方向搖擺。

「海倫，謝謝妳。」

海倫的狗回到她身邊。丹收拾包包，沿著小徑往回走。當他到達墓園門口，海倫轉身看到有兩個身影站在歐洲紫杉底下。不論到哪裡她都認得出那兩人，就像家人一樣。

作家停下腳步，確認她有沒有看到。

她放大膽子接近，心裡又擔心這麼做會讓她們消失。不過她走得越近，景象也越加清晰。蜜雪兒和珍妮的手臂勾在一起，兩人臉上的表情溫柔並樂觀。珍妮跟以前看起來一樣，並沒有變老。當妳自己也跟著一起變老，其他人就不會變老了。

過了片刻，珍妮舉起手打招呼。

海倫也做了同樣的動作。

在走向她們之前，她轉身看了最後一眼處女岩燈塔。從這裡只能看到燈塔隱約的輪廓，就好像灰色釘子放在粉綠色的海面上。風吹來，或許首先觸摸到她的臉，風中與臉上的鹹水在剛出現的太陽底下晒乾。海倫知道燈塔上沒人，但她內心卻一直有不同的想法。她可以清晰描繪主任管理員的形象，彷彿她也在那裡。亞瑟在爬階梯，抬頭望著上方的燈。他沒有碰扶手，一直往燈室爬，距離自己沉沒的黑暗海底越來越遠，直到最後留給他的，只有一顆幾乎不再閃爍的星星。

致謝詞

我要對口述歷史學家 Tony Parker 的《Lighthouse》一書表達感謝與欽佩。書中針對燈塔管理員及其家屬的訪談，指引了這本小說的方向，以及說故事的方式。派克對於消失的生活方式的描述，不只讓讀者了解燈塔管理員這個職業，也能了解那些把生命奉獻給這項工作的人的智慧與人性。

小說中某些插曲和海上燈塔的生活經驗，來自於真實世界管理員的回憶。為了了解這個社群的情感與想法，我參考了以下回憶錄與選集：William John Lewis 的《Ceaseless Vigil》、A. J. Lane 的《It Was Fun While It Lasted》、Peter Hill 的《Stargazing》，以及 Richard Woodman 與 Jane Wilson 的《The Lighthouses of Trinity House》書中的管理員心聲。我也從 Bella Bathurst 的《The Lighthouse Stevensons》、Thomas Stevenson 的《Lighthouse Construction and Illumination》、Adam Hart-Davis 的《Henry Winstanley and the Eddystone Lighthouse》、Mike Palmer 的《Eddystone: The Finger of Light》、Aaron Mahnke

的 Lore podcast 當中〈Rope and Railing〉這一集，以及 Wilfrid Wilson Gibson 的詩作〈Flannan Isle〉等得到進一步的啟發。

感謝我傑出的編輯 Francesca Main、Andrea Schulz、Iris Tupholme 的洞察力、直覺及對原稿的改善；感謝 Sophie Jonathan 巧妙、機智而友善的掌舵；感謝英國 Picador、美國 Viking 以及加拿大 HarperCollins 等團隊的熱情與專業，尤其要感謝 Jeremy Trevathan、Camilla Elworthy、Katie Bowden、Katie Tooke、Laura Carr、Roshani Moorjani、Claire Gatzen、Nicholas Blake、Lindsay Nash、Carolyn Coleburn、Molly Fessendon、Lindsay Prevette、Kate Stark、Nidhi Pugalia、Sona Vogel、Bel Banta、Amanda Inman、Meighan Cavanaugh、Claire Vacarro、Tricia Conley、Sharon Gonzalez、Nayon Cho、Jason Ramirez 及 Julia McDowell 等人。

感謝我的經紀人 Madeleine Milburn 以及 MMLA 的所有人，尤其是 Anna Hogarty、Liane-Louise Smith、Georgina Simmonds 以及 Giles Milburn。Maddy，自從我們認識以來，你就聽過這個故事了。就如在史蒂文森眼中只是微光的眾多燈塔，有許多草稿在寫了之後又被捨棄，不過最終還是能夠讓我們的燈光閃耀。

感謝 Mimi Etherington、Rosie Walsh 及 Kate Reardon：希望你們知道是為了什麼。感謝 Kate Wilde、Vanessa Neuling、Caroline Hogg、Chloe Setter、Melissa Lesage、Jennifer Hayes、Joanna Croot、Emily Plosker、Sam Jenkins、Chioma Okereke、Laura Balfour、Sarah Thomas、Jo Robaczynski 以及 Lucy Clarke 的友誼與支持。另外也要對我妹妹 Victoria、外甥 Jack，以及我的父母親 Ian 與 Katharine 說聲我愛你們。這本書就是獻給你們的。

謝謝你，Mark，鼓勵我在生活與想像中，接近我深愛的燈塔。不過最重要的是要感謝 Charlotte 與 Eleanor，妳們永遠是我最明亮的燈。

逆思流

點燈人

（原名：The Lamplighters）

著者／艾瑪・史東尼克斯（Emma Stonex）
執行長／陳君平　譯者／黃涓芳　企劃宣傳／陳品萱
榮譽發行人／黃鎮隆　美術總監／沙雲佩　國際版權／黃令歡、梁名儀
協理／洪琇菁　美術編輯／李政儀　文字校對／施亞蒨
總編輯／呂尚燁　執行編輯／陳昭燕　內文排版／謝青秀

出版／城邦文化事業股份有限公司 尖端出版
台北市中山區民生東路二段一四一號十樓
電話：（〇二）二五〇〇—七六〇〇
傳真：（〇二）二五〇〇—二六八三
E-mail：7novels@mail2.spp.com.tw
發行／英屬蓋曼群島商家庭傳媒股份有限公司城邦分公司 尖端出版
台北市中山區民生東路二段一四一號十樓
電話：（〇二）二五〇〇—七六〇〇（代表號）
傳真：（〇二）二五〇〇—一九七九
中彰投以北經銷／楨彥有限公司（含宜花東）
電話：（〇二）八九一九—三三六九
傳真：（〇二）八九一四—五五二四
雲嘉以南／智豐圖書有限公司
（嘉義公司）電話：（〇五）二三三—三八五二
傳真：（〇五）二三三—三八六三
（高雄公司）電話：（〇七）三七三—〇〇七九
傳真：（〇七）三七三—〇〇八七
香港經銷／城邦（香港）出版集團有限公司
香港灣仔駱克道一九三號東超商業中心一樓
電話：（八五二）二五〇八—六二三一
傳真：（八五二）二五七八—九三三七
E-mail：hkcite@biznetvigator.com
新馬經銷／城邦（馬新）出版集團 Cite（M）Sdn. Bhd.
E-mail：cite@cite.com.my
法律顧問／王子文律師 元禾法律事務所
台北市羅斯福路三段三十七號十五樓
二〇二二年十月一版一刷
二〇二三年七月一版二刷

■中文版■

郵購注意事項：
1.填妥劃撥單資料：帳號：50003021戶名：英屬蓋曼群島商家庭傳媒(股)公司城邦分公司。2.通信欄內註明訂購書名與冊數。3.劃撥金額低於500元，請加附掛號郵資50元。如劃撥日起 10～14日，仍未收到書時，請洽劃撥組。劃撥專線TEL：(03)312-4212 ・ FAX：(03)322-4621。E-mail：marketing@spp.com.tw

國家圖書館出版品預行編目資料

點燈人 / 艾瑪．史東尼克斯 (Emma Stonex) 作；黃涓芳譯. -- 1 版. -- [臺北市]：城邦文化事業股份有限公司尖端出版：英屬蓋曼群島商家庭傳媒股份有限公司城邦分公司發行, 2022.10

面；　公分

譯自：**The Lamplighters**

ISBN 978-626-338-375-3（平裝）

873.57　　111011939